刺客信条：黑旗

（英）奥利弗·波登 著 朱佳文 译

新星出版社 NEW STAR PRESS

感谢百度刺客信条吧及其吧内汉化组"寒鸦号飞天神教"在本书出版过程中的大力协助。

第一部分

第一章

1719 年

我割掉过一个人的鼻子。

我记不清确切的时间了：大概是 1719 年左右吧。我也不记得地点。不过那件事发生在袭击一艘西班牙双桅横帆船的期间。原因自不必说——我们需要船上的补给品。我向来以能够保持寒鸦号储备充足为傲，但那条船上还有些别的东西——某个我们并不具备，但却需要的东西。准确地说，是某个人。一位随船厨师。

我们自己的随船厨师和他的助手都死了。厨师助手在压舱物里撒尿，被人抓了个现行，而这是我严令禁止的。于是我决定用传统的法子惩罚他：让他喝下一大杯其他船员的尿。我得承认，我从没见过哪个受罚者会丢掉性命，但那个助手真的不太走运。他喝下那杯尿，当晚睡下就再没醒过来。厨师少了帮手倒没什么大碍，不过他向来喜欢灌几口朗姆酒，而且每天晚上喝完，他都喜欢爬上船尾楼的甲板透透气。我每晚都会听见他在我客舱的屋顶上跳吉格舞的脚步声。直到有天晚上，我听到了他在屋顶上的舞步——紧接着是一声尖叫和落水的声音。

警钟响起，船员们冲上甲板，我们抛了锚，点亮了提灯和火把，但厨师早已不见踪影。

当然了，厨师和助手也有帮工，但那只是几个孩子，除了搅拌锅子里的汤和削土豆之外，他们对厨艺根本一窍不通。我们从此以后只能吃生食——因为我们之中就连能煮开一锅水的人都没有。

就在不久前，我们抢来了一艘战舰。饶有兴味地做了番游览后，我们带回了一整套崭新的舷侧排炮，以及大量的军火：弯刀、长矛、火绳枪、手枪、火药和铅弹。从一名被俘的战舰乘员那里——后来他成了我的手下——我得知这条"大人物号"配有一条特别的补给船，船上有一位非常老练的厨师。听说那人曾在宫中任职，但触怒了王后，因此受了流放。我不相信这些话，但这不妨碍我一遍又一遍地告诉船员们，我们不出这星期就能让他给我们准备饭食。不用说，我们立刻开始寻找那艘双桅横帆船，并在找到它的那一刻马上发起了攻击。

我们刚弄来的舷侧排炮派上了大用场。我们开到那艘补给船旁边，进行了猛烈的炮轰，直到船帆成了破布，船舵也只剩下海上漂着的木片。

在我的手下强行登船。像耗子那样咬得它千疮百孔之前，船身已经向一侧倾斜，空气中充斥着刺鼻的火药气味，火绳枪的枪声和弯刀交击的响声也此起彼伏。我当时就在他们之中，一手握着弯刀，另一只手弹出袖剑，弯刀负责格斗，袖剑则用来近距离解决对手。他们有两个人朝我攻来，于是我迅速解决了头一个，用弯刀自他的头顶斩下，把他的三角帽砍成两半，他的脑袋也几乎一分为二。他就这么跪倒在地，我的刀还留在他的双眼之间，但麻烦在于，我砍得太深了。我奋力想要拔出刀子，结果把他抽搐不停的身体也带了过来。这时第二个人跑到我面前，他的眼中带着恐惧，显然没经历过什么打斗，于是我袖剑一挥，砍下了他的鼻子，满意地看着他连连后退，脸上的窟窿喷出血沫。这时我用上双手，终于拔出了我的弯刀，继续投入战斗。很快一切就尘埃落定，他们那边甚至没死几个人。我先前下达过特别命令，要求无论如何都不能伤害那位厨师——我当时说的是，无论发生什么，都必须活捉那位厨师。

等到他们的船消失在水下时，我们已经驾船远去，留下空气中弥漫的火药粉末味道和漂浮在海上的破碎木片。我们让他们的船员集合在主甲板上，在其中寻找厨师，这时我们几乎每个人都馋涎欲滴，饥肠辘辘——没人看不出那些船员吃得有多好，除非他是个瞎子。

是卡罗琳教会了我欣赏美食。卡罗琳，我唯一的真爱。在我们相处的短暂时日里，她提高了我对食物的品味，我想她很赞赏我对待饮食的态度，也会欣赏我将自己对美好事物的热爱与手下分享的做法。我很清楚——部分原因是她让我见识到的那些美食——吃得好的人都是快乐的，而快乐的人往往不会质疑船长的威信，正因如此，我在海上的这些年从未嗅到过一丝叛乱的气味。半点也没有。

"我就是。"他说着，走上前来。只不过他那句话听起来更像是"无酒死"——他的脸上缠着绷带，因为有个蠢货割掉了他的鼻子。

第二章

1711 年

好吧,我说到哪儿了?对,卡罗琳。你说你想知道我和她是怎么认识的。

按照他们的话来说就是,这其中有个故事。要讲述这个故事,我就得追溯到更久以前,直到我还只是个单纯的牧羊人的时候。那时我还不知道什么刺客组织或者圣殿骑士,也不知道什么黑胡子(译注:18世纪的英国海盗,是史上几乎最臭名昭著的海盗),什么本杰明·霍尼戈(译注:18世纪的英国海盗,后来成为知名的海盗猎人),什么拿骚(译注:巴哈马群岛的一个港口,当时是知名的"海盗天堂")或者什么观象台,但要不是我在1711年那个炎热的夏日去了"老橡木棍"酒馆,恐怕我根本不会有机会得知这一切。

问题在于,当时的我是个血气方刚的年轻人,还喜欢喝酒,虽然这让我惹上了不少麻烦。我经历过几次……不妨说是"事件"吧，而且我并不引以为傲。但这是作为爱酒之人必须背负的十字架——几乎没有哪个酒徒能维持头脑清醒。大部分酒徒都曾考虑摒弃这种恶习，改过自新，开始信奉上帝或是成就一番事业。但等到了中午，你知道酒徒的脑袋最需要的就是再来一杯，于是你径直去了酒馆。

我所说的那些酒馆都在布里斯托尔，位于亲爱的老英格兰岛的西南海岸，我们那儿的人习惯了严酷的冬季和美好的夏日，在那一年，在那特别的一年，在1711年，我遇见了她。之前我说过的，那时我才17岁。

而且没错——我和她相遇的时候，我喝了个烂醉。在那些日子里，我得说我经常酩酊大醉。或许……好吧，还是别太夸张的好，我可不想让你对我留下不好的印象。但我恐怕足有一半的时间是醉着的。也许比清醒的时间还多一点儿。

我的家位于一座名叫哈瑟顿的村子的外围，距离布里斯托尔有整整七英里，那里的人们在小农场里以放牧羊群为生。父亲关心的只有牲口的事——那儿的人都这样，所以我的帮助让他摆脱了这门生意里最令他鄙视的那部分：带着商品到城里去，跟商贩讨价还价，斤斤计较。因此一等我成年——也就是说，在我们的生意伙伴的眼中，我长成了能跟他们平起平坐的成年人——嗯，正是这样，父亲就非常愉快地让我接手了这些工作。

我父亲名叫伯纳德。我妈妈叫琳内特。他们出生于斯旺西（译注：英国威尔士南部海港），但在我十岁那年来到了西南诸郡。我们说话仍然带有威尔士口音。我不在乎我们是否与众不同。我是个牧羊人，不是羊，出生地对我来说并不重要。

父亲和母亲常说我很有口才，母亲还总说我是个英俊小伙儿，说我的魅力能让鸟儿离开树枝。这话不假，即使在我自己看来，我对付女士还是颇有一套的。这么说吧，比起跟那些商人谈生意来，我更擅长跟他们的妻子打交道。

至于我每天都做些什么，这取决于季节。一月到三月期间是产羔期，也是我们最繁忙的时候，无论是否宿醉未醒，我每天日出时都要到畜棚里去，看看昨晚有没有哪只母羊产仔。如果真有小羊出生，我就得把它们带去小些的畜棚，放进围栏——我们管它叫"羊羔监牢"——由我父亲接管，而我要负责清洗饲料槽，装满饲料，更换干草和水，妈妈则将新生羊羔的细节一丝不苟地记录在日志上。那时的我还不识字。现在当然不同了，卡罗琳教了我认字，以及其他很多让我成为真正男人的事，但那时候我还大字不识一个，于是这份职责就落到了母亲身上——她其实也不认识多少字，不过至少够做记录的了。

母亲和父亲很喜欢一起干活儿。理由比父亲喜欢让我进城更充分。他和我母亲简直就像一对连体婴儿。我从没见过两个人能如此相爱，又几乎完全不需要向对方表达的。谁都能看出他们是多么如胶似漆。光是看着他们的样子，你都会体会到何谓美好。

到了秋天，我们会把公羊带去和母羊一起吃草，让它们为明年春天的产羔而交配。牧场需要打理，围栏和围墙也需要修建和修理。

冬天的时候，如果天气非常恶劣，我们就把羊群带进畜棚，保证它们安全和温暖，也为次年一月开始的产羔期做好准备。

但让我真正如鱼得水的季节却是夏天。夏天是剪羊毛的季节。母亲和父亲负责大部分的修剪工作，而我比平时更加频繁地进城，但不是带着待宰的牲畜，而是满载羊毛的马车。而且在夏天，因为有了比平时更多的机会，我也会更频繁地光顾城里的酒馆。这么说吧，我在那些酒馆里成为了一道熟悉的风景：我身穿纽扣马甲，齐膝短裤，白色长袜和稍有些破旧的棕色三角帽,我把最后那件看作自己的标志,因为我母亲说它很配我的头发(虽然总是略显凌乱,但就算在我自己看来,我的沙黄色头发也相当迷人)。

正是在那些酒馆里,我发现中午的几杯麦酒能让我的口才锦上添花。酒就是有这种作用,不是吗?它让你畅所欲言,不再受道德和教条的约束……这并不是说我清醒的时候就是个害羞内向的人,但麦酒能让我如虎添翼。而且归根结底,在麦酒激励下多做成的那几笔生意的收入,要弥补麦酒本身的花销根本是绰绰有余。至少当时我是这么告诉自己的。

而且除了那个愚蠢的念头——喝酒的爱德华比清醒的爱德华更会做生意——之外,还有一样东西在影响着我。那就是我的心境。

因为事实在于,我认为自己是与众不同的。不,我很清楚自己与众不同。有时候,我会在夜晚静静思考,发现自己看待世界的角度是独一无二的。现在的我已经了解了真相,但当时的我还是懵懵懂懂,只是觉得自己与众不同。

无论我是喜欢还是痛恨这种与众不同,总之我认定自己并不想一辈子当个牧羊人。从我长大成人作为雇工踏进农场的第一天起,我就明白了这一点。我看看自己,又看看我父亲,明白自己今后来农场不再是为了玩耍,扬帆远航的梦想也永远只是幻想而已。不,这原本会是我的未来,我会作为牧羊人度过余生,为我父亲干活,娶一个本地女子,生养几个男孩,教他们如何成为牧羊人,就像他们的父亲和祖父那样。我能清楚地看到自己的余生,就像铺在床上的一件整洁的工作服。在那一刻,我的心中所涌现的并非温馨、满足与幸福,而是恐惧。

事实就是如此,没有更加委婉的说法,我很抱歉,父亲,愿上帝令你的灵魂安息,但我痛恨我的工作。就算是喝下几杯麦酒以后,我也只能说我痛恨的程度少了些。我是在用酒精掩饰自己破灭的梦想吗？也许吧。我当时根本没仔细想过这些。我只知道始终压在我的肩头，像一只浑身疥癣的猫儿的，是对我人生前景不断增长的厌恶——更糟的是，这样的前景已经渐渐成真了。

或许我对于某些真实感受的处理有些轻率。我有时会给酒友们留下一种印象，那就是我觉得自己终将有一番大作为。我能说什么呢？我当时年轻自大，还整天醉醺醺的。这些加在一起，在最好的年头都非常要命。何况当时绝对算不上什么好年头。

"你觉得自个儿比我们都强，是不是？"

这话我听过很多次。最多换种说法，但意思还是一样。

在这种时候，做出否定回答恐怕才是得体的做法，可我并没有，于是我发现自己陷入了一场对我非常不公平的打斗。或许这是为了证明我在任何方面都比他们强，包括打斗。也许是我在以自己的方式维护家族的名声。我也许是个酒鬼，是个花心男人。傲慢又不可靠。但我不是懦夫。噢不。我绝对不是临阵脱逃的那种人。

也正是在夏天，我的鲁莽会达到一年中的顶点：那时的我醉得最厉害，也最喜欢吵闹，而且大体上有点惹人嫌。但在另一方面，我也比平时更可能去救助一位危难之中的年轻女士。

第三章

她当时身在"老橡木棍",那家酒馆位于哈瑟顿和布里斯托尔的半道上,是我经常光顾的地方。有时是在夏天,那时母亲和父亲在家里辛勤地剪着羊毛,而我会比平时更频繁地进城,频繁到一天去好几次的程度。

我承认自己起先并没怎么注意她,这对我来说很不寻常,因为我向来以清楚身边所有漂亮女人的确切位置而自豪。另外,橡木棍酒馆并不是那种经常会出现漂亮女人的地方。女人当然有。只不过都是那种女人。但我看到的那个女孩却不太一样:她很年轻,跟我年纪相仿,戴着白色的亚麻头巾,穿着一件罩衫。在我看来像是个用人。

但引起我注意的并不是她的衣着,而是她的说话声——她的嗓门只能说跟外表截然相反。她跟三个男人坐在一起,每个人年纪都比她大,我立刻认出了那些人:汤姆·考博雷,他儿子赛斯,还有个名叫朱利安什么什么的家伙,他的姓氏我记不清了,不过他是汤姆和赛斯的工友——这三个人跟我聊过几句，要不就是打过几架。他们那种人从不把我放在眼里，因为他们觉得我不把他们放在眼里，他们对我的好感不比我对他们的好感更多，而我并不太喜欢他们。他们身体前倾着坐在凳子上，色眯眯地看着那个年轻女孩，贪婪的眼神中透出更加不堪的意图，尽管他们此时正用力敲着酒桌，满脸堆笑地怂恿她喝干一大瓶麦酒。

不，她看起来并不像经常光顾这家酒馆的女人，但她似乎决心表现得和她们一样。那只酒瓶几乎跟她一样高大，等她抹了抹嘴巴，把酒瓶重重放回桌上的时候，那些男人回以一阵欢呼，大叫着再来一瓶，而且不用说，看到她在凳子上微微摇晃的样子，他们简直高兴坏了。他们大概是不敢相信自己的运气——居然能遇上这么个漂亮的小东西。

我看着他们又催促那女孩喝下更多的麦酒，对于她的成功报以又一阵吵闹。她像之前那样灌下一整瓶麦酒，用手擦干嘴巴，只是这回摇晃得更加明显。这时他们交换了一个眼神，意思像是在说："搞定了。"

汤姆和朱利安站了起来，用他们的话说，他们是在"护送"她到门口去，因为"你喝得太多了，我亲爱的，我们送你回家好不好？"

"送你上床去，"赛斯坏笑着说，他以为自己压低了声音，但其实整个酒馆都听得清清楚楚，"让我们送你上床去吧。"

我看了一眼酒保，可他却低下头，用围裙撑起了鼻子。另一个坐在吧台边的顾客转过头去。一群混球，指望他们帮忙简直是在做梦。我这么想着，叹了口气，然后把酒杯重重砸在吧台上，起身跟在考博雷他们后面走了出去。

我从昏暗的酒馆来到明亮的阳光下，不由得眨了眨眼。炎炎烈日还在炙烤我的马车，我认出旁边那辆马车是考博雷他们的。路的另一边是个非常宽敞的院子,但院子里看不到农夫的影子。大路上只有我们几个:我,汤姆、赛斯和朱利安,当然还有那个女孩。

"哦,汤姆·考博雷,"我说,"瞧瞧这个大好的下午都发生了什么。你跟你那群狐朋狗友喝得烂醉,还把个毫无防备的可怜少女灌得更醉。"

汤姆·考博雷放开那女孩的胳膊,让她的身体软瘫下去。然后他转身看着我,抬起了拳头。

"爱德华·肯威,别来捣乱,你这一无是处的家伙。你跟我一样烂醉,也跟我一样品行不端:我可不想被你这种家伙说教。"

赛斯和朱利安也转过身来。女孩双眼呆滞,就好像她的身体还醒着,但头脑已经睡着了。

"是啊,"我笑了笑,"我也许品行不端,汤姆·考博雷,但我跟女孩上床之前用不着给她们灌酒,当然也不需要再找两个朋友来帮忙。"

汤姆·考博雷涨红了脸。"嘿,你这无耻的小杂种,我只打算帮她扶上马车,然后送她回家。"

"我毫不怀疑你打算把她扶上马车然后送她回家。我担心的是你在她上马车和到家之间打算做的事。"

"你担心这个,是吗?要是你敢乱管闲事,马上就有断掉的鼻梁和肋骨要担心了。"

我眯起眼睛看着路上,两旁的树木在阳光下闪烁着金色和绿色的光,远处有个人孤零零地骑在马上,身影模糊不清。

我踏前一步。如果说先前我的态度还带着些温和与幽默,此时也自然而然地消失无踪。我说出下一句话的时候,语气斩钉截铁。

"汤姆·考博雷,现在你们给我放开那女孩,否则后果你们自负。"

他们三人面面相觑。以某种角度来说,他们照我说的做了。他们放开了那个女孩，而她几乎立刻蹲坐在地上，一只手按着地面，蒙眬的双眼打量着我们，显然对这番与她相关的争执懵然不知。

与此同时，我看着考博雷他们，掂量着打赢的几率。我有过同时对付三个人的经历吗？好吧，没有。因为以一对三的时候，你基本上只是挨打而已。但话说回来，爱德华·肯威，我告诉自己，是啊，对方的确有三个人，但其中一个是汤姆·考博雷，这家伙已经年纪不小，大概跟我父亲差不多了。另一个是赛斯·考博雷，他是汤姆·考博雷的儿子。如果你能想象出能帮自己的爹灌醉年轻女孩的那种人，那么赛斯·考博雷多半正如你的想象：他是那种阴险下作的家伙，面对硬仗往往会尿着裤子逃命。更重要的是，他们都喝醉了。

另一方面，我也喝醉了。外加他们那边还有朱利安，看起来他是我们之中唯一神智清醒的人。

但我还有打算。远处的那个骑手。如果我能拖延到他赶来的那一刻，局面就对我这边有利了。毕竟，如果那骑手有一副好心肠，就必定会停下马儿，施以援手。

"好吧，汤姆，"我说，"你们人多势众，这点谁都看得出来，不过你得知道，要是我就这么坐视不管，恐怕就再也没脸见我妈了。"

我看向路上，那个骑手又近了些。快来啊，我心想，别瞎转悠了。

"所以，"我继续道，"就算你们最后会把血肉模糊的我丢在路边，带着那个年轻女孩扬长而去，我也会尽我所能给你们添麻烦的。等着瞧吧，你们上路的时候肯定会多几个青眼圈，没准还得加上一对儿肿痛的卵蛋。"

汤姆·考博雷吐了口唾沫，用那双皱纹包围的小眼睛盯着我。"就这些？你是打算站在那儿说上一整天，还是早点来手底下见真章？时间可不等人啊……"他恶毒地笑了笑，"我还有人要见，有事要做呢。"

"噢,说得对,而且你们等得越久,那可怜的姑娘清醒的可能性就越大,不是吗?"

"我不介意告诉你,我已经不想听你说下去了,肯威,"他转头看着朱利安,"我们要不要好好教训这小杂种一下?噢,不过在开始以前,我还有句话要说,肯威少爷。你连给你妈擦鞋都不配,明白了吗?"

我承认,他的话戳中了我的痛处。汤姆·考博雷的品德等同于满身疥疮的狗儿,智商只有它一半,可这样的家伙却看透了我灵魂中的不安,然后把拇指伸进其中,仿佛在蹂躏我的伤口,让我更加痛苦。但这反而坚定了我的决心。

朱利安挺起胸口,大吼一声走上前来。在距离我还有两步的时候,他举起拳头,垂低右肩,挥出手臂。我不清楚朱利安平时在酒馆外面都跟什么人打架,不过那些人在打斗的经验方面显然不如我,因为我已经注意到他是个右撇子,而且他看起来似乎不打算掩饰出拳之前的准备动作。

我轻而易举地避开,脚边扬起一阵尘土,随后我猛地抬起了自己的右拳。我这一拳正中他的下巴,让他痛得大叫了一声。如果对手只有他一个,我这场架应该已经打赢了,但汤姆·考博雷已经扑了过来。我用眼角余光瞥见了他,但已经来不及反应,随后我的鬓角被指关节狠狠地打中,一时间头晕眼花。

我有些蹒跚地转过身,面对他的攻击,可我的拳头比预想中挥得更猛了些。我指望自己能碰巧打中对方的要害,因为至少得再撂倒一个,人数才能扯平。但汤姆却向后退去,让我的拳头全部落了空,朱利安也以惊人的速度恢复过来,再次攻向了我。

他挥出右拳,命中了我的下巴,让我的身体转了半圈,几乎摔倒。

我的帽子飞了出去，头发挡在了眼前，人也晕头转向的。猜猜这时候是谁过来用靴子踢了我一脚？是那条蛀虫赛斯·考博雷，一边踢还一边给他父亲和朱利安加油鼓劲。那个小混蛋真走运。他的靴子踢中了我的上腹部，让早已失去平衡的我脚下一滑。我摔倒了。

打架的时候，最糟糕的状况就是摔倒。你摔倒的那一刻，一切就结束了。透过他们的腿，我看到那个孤身的骑手沿路靠近，他已经成了我唯一的救星，或许也是我唯一得以活命的希望。但看到那个人的时候，我的心沉了下去。马上的不是男人，如果是个旅行的生意人，一定会立刻下马，冲过来施以援手。不，那位孤身的骑手是个女人。她骑马的姿势是跨坐而非侧坐，但我还是能看出她是位女士。她头戴软帽，身穿一件浅色的夏裙，就在考博雷的靴子遮蔽我的视线，开始狠命地踢打之前，我想到的最后一件事就是，她很漂亮。可那又如何？再漂亮的姑娘现在也救不了我。

"嘿，"我听到有人在说，"你们三个。无论你们在做什么，都快住手。"

他们转过身，抬头看了看她，然后摘下帽子，排成一列挡住躺在地上咳嗽不止的我。

"这是怎么回事？"她质问道。从她的嗓音来判断，我敢说她很年轻，虽不是出身名门，却很有教养——肯定是太有教养了，才会独自一人骑马旅行吧？

"我们只是在教导这位年轻人一些礼貌。"汤姆·考博雷用粗哑的嗓门上气不接下气地说。毕竟把我踢得半死可是很累人的活儿。

"可这用不着整整三个人，不是吗？"她答道。这时我又看到了她的样子，比我起先以为的还要漂亮一倍，因为她正瞪着考博雷父子和朱利安，而那几个人看起来已经彻底平静下来。

她下了马。"更重要的是,你们在对这位年轻女士做什么?"她指了指那个醉醺醺地坐在地上,仍旧一脸茫然的女孩。

"噢,女士,请您原谅,女士,这位是我们的朋友,她只是喝太多了。"赛斯说。

女骑手沉下了脸。"她肯定不是你们的朋友,她是个女佣,如果我不能在我母亲发现她潜逃之前把她带回家去,她就会变成被解雇的女佣了。"她目光锐利扫视着他们几个,"我了解你们男人,我想我完全明白这儿发生了什么。趁我还没有深究的打算,你们最好还是留下这个年轻人,赶快走吧。"

朱利安和考博雷父子点头哈腰,连声道歉,然后连滚带爬地上了他们的马车,很快就走得没影儿了。这时候,那女人单膝跪地,对我开了口。她的语气变了。她此时语调温柔,而我听出了关切。"我名叫卡罗琳·斯考特,我的家人住在布里斯托尔的霍金斯巷,请让我带你回那里去,为你处理伤口。"

"我不能去,女士,"我说着坐起身,努力挤出一个笑容,"我还有活儿要干。"

她皱着眉头站了起来。"我明白了。我对整件事的判断没错吧?"

我拾起帽子,开始拂去上面的灰尘。它磨损得更严重了。"没错,女士。"

"那么我就欠你一个感谢,等萝丝酒醒以后,她也会感谢你的。她是个任性的女孩,在仆人里也不算是特别随和,但无论如何,我不希望她为一时冲动付出代价。"

那时我断定她是个天使。就在我帮着她上马的时候——卡罗琳扶着萝丝,后者醉醺醺、软绵绵地趴在马脖子上——我突然有了个念头。

"女士,我能再见到你吗?等我打扮得体面些之后,或许我可以好好地感谢您一番？"

她遗憾地看了我一眼。"恐怕我父亲不会赞成的。"她说着甩动缰绳，绝尘而去。

那天晚上，我坐在农舍的茅草屋顶下面，凝视着夕阳照耀下起伏的牧场。

平时的我总会思考逃脱既定未来的方法。那天晚上，我想的却是卡罗琳。霍金斯巷的卡罗琳·斯考特。

第四章

两天以后，我在尖叫声中醒来。我匆匆忙忙地套上马裤，没扣衬衣的扣子就冲出房间，一蹦一跳地穿着靴子。我熟悉那种尖叫声。那是我母亲的叫声。不久以后，她的尖叫变成了抽泣，同时响起的是我父亲的咒骂。那是男人在不幸言中时那种有气无力的咒骂。

在老橡木棍酒馆外的那场搏斗之后，我回到了酒馆里，想要处理一下身上的伤口和淤青。说到缓和痛楚，有什么能比喝上一两杯更有效的呢？正因如此，等我最终回到家中的时候，状况有些不佳。我所说的"状况"，即看起来就像刚下战场的士兵的状况——就像我这样，脸上和脖子上都有淤青，衣服破烂不堪。而且又喝了太多太多的酒。

这两件事的随便哪样都很有可能惹恼我的父亲，于是我们大吵一架，而我要羞愧地承认，自己在母亲面前用了几个粗鄙的字眼。我父亲当然大为光火，为此反手给了我一耳光。真正让他愤怒的是，那场"斗殴"——那是他的说法，因为他不相信我是在保护某位女士的荣誉，也因为换作是他肯定会做出同样的选择——是在工作日发生的。他看到其他人辛勤工作了一整天,而我喝得烂醉,还跟人打架,玷污了肯威家族的好名声,更因此埋下了祸根。

"考博雷一家,"他恼火地说,"就是一群卑鄙小人。跟你打架的就是他们,对吧?他们不会善罢甘休的,你难道不知道吗?"

果不其然,当我那天早上跑到前院里,只见身穿工作服的父亲在抚慰母亲,她的头埋在父亲的怀里,低声抽泣着,背对着地上的那个东西。

我捂住嘴巴,看着面前的景象:两头死掉的绵羊,喉咙被人割开,并排躺在血液浸染的泥土上。这么一来,我们也就知道这些绵羊并非狐狸或是野狗所杀。我们知道,这两头羊的死是有理由的。

是一次警告。也是复仇。

"是考博雷他们干的。"我吐了口唾沫,只觉愤怒就像滚开的水那样,在我心中沸腾起来。随之而来的是强烈的内疚。我们都知道,是我的行为导致了这一切。

父亲没有看我。你们应该能想象到,他的脸上写满了悲伤和担忧。我说过的,他是个很受尊敬的人物,而且他很享受这种尊敬带来的好处:他和竞争对手的关系甚至都带着礼貌和尊重。他不喜欢考博雷一家,这是当然的——谁又会喜欢他们?——但他从来没招惹过他们,也没招惹过任何人。这是头一次。我们对这种事都很陌生。

"我知道你在想什么,爱德华。"他说。我注意到,他甚至不愿看着我,而是就这么抱着母亲,目光看着远处的某一点。"但你最好三思。"

"父亲,你觉得我在想什么?"

"你在想,这桩祸事是你惹出来的。你打算去找考博雷父子说个明白。"

"是吗？那您又在想什么？就这么让他们逃脱惩罚？"我指了指泥地上那两具血流不止的绵羊尸体。他们毁了我们的畜群。也破坏了我们谋生的手段。"他们必须付出代价。"

"这是不可能的。"他简短地说。

"您为什么说不可能？"

"两天前，有人邀请我加入某个组织——叫什么'贸易团体'的组织。"

我看着父亲，忽然觉得自己看到了几十年后的自己。他曾经是个英俊的男人，但如今脸上满是皱纹。他那被毡帽宽阔的帽檐遮掩下的双眼永远疲惫地低垂着。

"他们希望我加入，"父亲说，"可我拒绝了。就像本地的大多数商人那样，考博雷父子也加入了。他们有贸易团体的保护，爱德华。不然你觉得他们为何能做出如此残忍的行为？他们有靠山。"

我闭上了眼睛。"我们还能做什么呢？"

"我们就像以前一样，爱德华，并且希望这就是结束，希望考博雷一家觉得他们已经挽回了颜面。"他疲惫苍老的双眼第一次看向了我。他的眼睛里看不到愤怒或是责备。只有挫败感。"现在我得照顾你母亲，你能不能帮我把这儿清理干净？"

"好的，父亲。"我说。

他和母亲回到了屋里。

"父亲，"等他们走到门边时，我大喊道，"你为什么不加入那个贸易团体？"

"等你长大以后就会明白了。"他头也不回地说。

第五章

在此期间，我的心思又回到了卡罗琳身上。我所做的第一件事就是查清她的身份，在打听了霍金斯巷的事以后，我得知她的父亲埃米特·斯考特是位经营茶叶生意的富有商人，不用说，他的大部分顾客都把他看作暴发户，可他不知用什么手段得到了颇高的社会地位。

如果不是像我这么顽固，又这么自负的人，多半会选择另一种夺取卡罗琳芳心的方法。毕竟，她父亲是为西南各郡的许多富裕家族提供上等茶叶的供应商；他很有钱，足以雇用霍金斯巷的一栋宽敞宅邸所需的仆人。他不是我们这种小农户——他用不着每天早上5点起床，给牲畜喂食。他是个既有资产又有势力的人。我应该做的——虽然我清楚这是徒劳的——就是试着和他结识。如果我真的这么做了，那么随后发生的很多事——很多很多事——就都可以避免了。

可我没有。

要知道，我那时还年轻。我太自大了，所以难怪汤姆·考博雷那样的人会痛恨我。尽管我没什么社会地位可言，却觉得巴结茶叶商人是非常丢脸的事。

现在的我懂得了一个道理，那就是，如果你喜欢女人——这点我不怕承认——就会在每个女人身上发现美丽之处，无论她们是不是那种古典美女。但不幸的是，我爱上了卡罗琳这样内在与外表同样美丽的女子，而且不用说，被她的魅力吸引的人不止我一个。于是我所得知的下一件事就是，她吸引了奥布里·黑格爵士之子，马修·黑格的注意。奥布里是布里斯托尔最大的地主，也是东印度公司的管理者之一。

根据我打听来的消息，年轻的马修和我年纪相仿，而且同样高傲自大，不知天高地厚。他喜欢模仿他父亲，摆出一副精明商人的模样，虽然很显然，他在生意方面的才能完全无法和他父亲相比。更夸张的是，他总觉得自己是个哲学家，经常会把想法口述给始终随行的记录员，后者则随身带着笔墨以便记录，比如："笑话就像丢进水里的石头，它掀起的涟漪就是笑声。"

也许他这些言论其实别具深意吧。我只知道，我原本不会把这个人太当回事——的确，我原本只会跟其他人一样，提起他的名字就大加嘲笑——但前提是他并没有对卡罗琳表现出兴趣。如果没有另外两个因素，或许我也不会如此担忧。首先，卡罗琳的父亲埃米特·斯考特显然已经让卡罗琳和马修订了婚。其次，也许因为马修永远自高自大的态度，有在最简单的生意上犯下致命错误的趋势，以及在惹恼他人方面的本领，因此他的身边跟着一位名叫威尔逊的保镖，他既没教养又粗暴，但身材非常魁梧，总是眯着一只眼睛——听说他很不好惹。

"人生不是战斗，因为战斗只有输和赢。而人生是为了体验的。"听说马修·黑格曾这么跟他骨瘦如柴的记录员口述道。

噢，当然了，马修·黑格还是有一场宝贵的小小战斗要打，首先因为他是那位奥布里·黑格爵士的儿子，其次是因为，有个肮脏又魁梧的保镖跟他如影随形。

不管怎么说，在一个阳光明媚的下午，我设法得知了卡罗琳的行踪。可要怎么找？这么说吧，我借助了某个人的帮助。还记得那个叫萝丝的女佣吧？是我帮她避免了比死更可怕的命运。有一天，我跟着她从霍金斯巷去了集市，她挎着一只篮子，老练地穿行于货摊之间，对摊主的叫卖声充耳不闻。就在这时，我走了上去，进行了自我介绍。

当然了，她没认出我来。

"先生，我确定自己不认识你。"她说着，吃惊的双眼扫视四处，就好像她的雇主会突然从货摊间的狭小过道里跳出来似的。

"噢，我可是很清楚你是谁，萝丝，"我说，"因为你，我上星期在老橡木棍酒馆还挨了一顿打。你的确是喝醉了，可总该记得有人帮了你吧？"

她不情愿地点点头。是啊，以这种唯利是图的方式来利用年轻女士的不幸遭遇，也许不是最绅士的做法……噢，我觉得这还没到勒索的程度，只是为了从她那儿获取信息，总之我确实这么做了。我被迷得神魂颠倒，而且考虑到我的字实在写得太差，我认定与卡罗琳见面才是开始赢得她芳心的最佳方法。

我的魅力能让鸟儿离开树枝，不是吗？这种魅力对商人有效，也对我不时在酒馆遇见的年轻女士有效。那凭什么不能对出身高贵的女孩有效呢？

从萝丝口中，我得知卡罗琳喜欢在周二下午去布里斯托尔的码头呼吸新鲜空气，然后，她迅速看了一下周围，提醒我当心黑格先生。当心他和他的男仆威尔逊。按照萝丝的说法，黑格先生对卡罗琳十分殷勤，并且对她爱护备至。

于是在第二天早晨，我去了镇子上，尽可能快地交了货，然后径直去了港口。那里的空气弥漫着海盐、肥料和沸腾沥青的气味，充斥着海鸥的叫声，以及在码头劳作的人们无休无止的叫喊声，他们装货卸货的那些船只的桅杆在微风中轻轻摇曳。

这下我明白卡罗琳为什么喜欢这儿了。她喜欢的是港口的勃勃生机：男人们拎着装满新摘苹果的篮子，脖子上挂着野鸡；小贩们刚刚在码头边上堆好货筐，正大声招徕路过的水手；女人们手里抱着布料，努力让水手们相信自己的东西价廉物美。还有些孩子拿着花儿或者火绒来卖，或是在海员和商贩间跑来跑去，就像那些在码头墙壁周围转来转去、翻找着垃圾和腐坏食物的小狗。

卡罗琳就在他们之间，她的软帽上系着一只蝴蝶结，肩头搭着一把阳伞，而萝丝恭敬地跟在几英尺远处，全神贯注地看着她的女主人。而且我注意到——我暂时站在远处，想要选择合适的时机——她对周围的一切并没有不屑，这点真的很不容易。她对这里的喜爱是纯粹的。从她的行为举止，我可以看出她就像我一样，乐于看到任何形式的生活。我不禁思索，她是否曾像我一样眺望闪烁着财富光芒的海洋，看着微微摇曳的桅杆，目送海鸥飞向世界伊始之处，对地平线所讲述的故事满心好奇？

没错，我是个浪漫的人，但我并不是浪漫的傻瓜。在酒馆外的那天以后，我也曾数次质疑，我对卡罗琳与日俱增的爱慕也许只是想象出来的。毕竟，是她救了我的命，但就在码头上，我再一次爱上了她。

我会穿着牧羊人的衣服跟卡罗琳说话吗？当然不会。我做了充足的准备，我用那双脏靴子半买半换了一双银制搭扣的鞋子，穿上了整洁的白色长袜和黑色马裤，衬衣外面套着一件刚洗过的马甲，又用更相配的三角帽换下了我那顶可靠的棕色帽子。要是让我自己评价的话，我看起来相当绅士：我年轻、英俊而且充满自信，是当地一位备受尊敬的生意人的儿子。我是肯威家的人。这个姓氏还是有些影响力的（尽管我没给它争什么光），而且我还带着个名叫艾伯特的小混混，他收了我的钱，要为我做一件事。你们应该能猜到那件事是什么：他要帮我在美丽的卡罗琳面前留下深刻的印象。我又去找卖花女买了一束花，然后就万事俱备了。

"好了，别忘记该怎么做。"我告诉艾伯特。他从帽檐下面看着我，眼神比他的实际年纪老成得多，脸上带着厌倦的表情，像是在说"我早就听过了"。

"没错，伙计，你要把这一捧花送给那边那位美丽的女士。她会停下脚步。她会对你说：'哎呀，小伙子，你为什么要送给我这些花儿？'你就指指那儿。"我指了指自己等会要站的地方，骄傲得就像一只孔雀。卡罗琳或是会因为那天的事认出我来，至少也会感谢她神秘的仰慕者，她会让艾伯特邀请我过去，这么一来，我就可以发动魅力攻势了。

"我能有什么好处？"艾伯特问。

"你能有什么好处？我没打你耳光就算你走运了。"

他撇撇嘴。"我宁可看着你跳进海里去。"

"好吧，"我只好让了步，"你会得到半个便士。"

"半个便士？你就拿出这么点儿？"

"实话实说，小家伙，我他妈就拿得出这么点儿。我要的不过是让你穿过码头，给个漂亮女人送一束花，就半便士的活儿来说，这真是最简单的了。"

"她是不是带着求婚者一起来的？"艾伯特伸长脖子去瞧。

事后看来，艾伯特询问这件事的原因简直显而易见。但在那一刻，我还以为他纯粹只是出于好奇，只是没话找话。于是我告诉他，没有，她没有什么求婚者，我把那束花和半便士给了他，让他赶快开始。

就在他慢悠悠地走过去的时候，他另一只手里的东西吸引了我的目光，我意识到自己犯了个错误。

那是一把小巧的刀子，而他的双眼盯着她的胳膊：钱包的带子就挎在手臂上。

上帝啊，我心想，他是个扒手。小艾伯特是个扒手。

"你个小杂种。"我压低声音说道，然后立刻跟了上去。

那时候他已经走到了半途中，但他个子矮小，更容易穿过拥挤的人群。我看到了卡罗琳，而她丝毫没有察觉逼近的危险——由我在无意间促成的危险。

紧接着，我看到三个男人也在努力靠近卡罗琳。我认出了那三个人：马修·黑格，他皮包骨头的记录员，还有他的保镖威尔逊。我的心里咯噔一下。看到威尔逊的眼睛从卡罗琳转到艾伯特，然后再转回来的时候，我的不安更加重了。我看得出来，他是个狠角色。不过一次心跳的工夫，他就料到了接下来会发生的事。

我停下脚步。有那么一秒钟，我的脑子里一片混乱，不知该如何是好。

"喂！"威尔逊喊道，他粗哑的嗓音盖过了周围无休无止的抱怨声、交谈声与叫卖声。

"喂，你！"他冲向前去，但艾伯特已经挤到了卡罗琳身边，他以快到难以置信的流畅动作伸出手，卡罗琳的钱包带子立刻断开，小小的丝绸钱包稳稳地落进艾伯特的另一只手里。

卡罗琳对这次盗窃浑然不觉，但她不可能看不到魁梧的威尔逊冲上前来的情景，于是她惊叫起来。就在这时，威尔逊从她身边跑过，抓住了艾伯特的双肩。

"这个小恶棍拿了些属于您的东西，小姐。"威尔逊咆哮道，随后他用力摇晃艾伯特，那只丝绸钱包就掉到了地上。

她看了看钱包，又看了看艾伯特。

"是真的吗？"她说道。虽然证据就这么清清楚楚地摆在她眼前，事实上，那只钱包正好落在了他们脚边的一块马粪上。

"捡起来，去捡起来。"黑格对他皮包骨头的记录员说。他才刚刚赶到，立刻就开始表现，就好像抓住那个手持凶器的小贼的人是他，不是他身高六英尺半的保镖。

"给这小恶棍一点教训吧，威尔逊。"黑格摆摆手，仿佛要扇开空气中的某种恶臭。

"非常乐意，先生。"

他们距离我还有好几英尺远。艾伯特动弹不得，可他惊恐的双眼却从威尔逊转到了人群中的我，就在我们目光交接的时候，他换上了恳求的目光。

我咬紧牙关。那个小杂种，他毁了我的所有计划，现在又来向我求助。真是厚颜无耻。

紧接着，威尔逊单手抓住艾伯特的领子，另一只手握成拳头，狠狠打中了艾伯特的肚子，而我也忍不住了。我在酒馆里感受到的那种愤愤不平再次涌现，于是我不假思索地挤过人群，前去帮助艾伯特。

"嘿！"我大喊道。威尔逊转身看着我，尽管他比我高大，又长得凶神恶煞，但他殴打孩子的情形让我血气上涌。这并不是特别绅士的打架方法，但我从打人和挨打这两方面的经验明白了一件事：那就是

28

要撂倒一个人，没有比这更迅速也更利落的方法了，于是我就这么做了。我抬起膝盖撞了过去。准确地说，我的膝盖又快又狠地撞上了他的睾丸，上一秒威尔逊还是个咆哮着准备应战的壮汉，下一秒就趴在地上低声啜泣，而且倒地的时候，他的双手紧紧捂着腹股沟。

我对马修·黑格的怒吼声充耳不闻，一把抓过艾伯特。"向这位女士道歉。"我按着他的脸命令他。

"对不起，小姐。"艾伯特顺从地说。

"现在快滚吧。"我说着，指示他朝港口的另一边走去。他不需要我的第二次提醒，更何况马修·黑格还在大声抗议——转眼间，他就消失得无影无踪。而我不禁感谢上帝，至少艾伯特已经走了，也就没法把我供出来了。

我让艾伯特免受了一顿毒打，但我的胜利十分短暂。威尔逊已经爬了起来，虽然他的卵蛋肯定还在抽痛，但此时的他除了愤怒什么都感觉不到了。他的动作很快，还没等我来得及反应，他就抓住了我，紧抱不放。我奋力挣扎，同时垂下肩膀，一拳打向他的心口，但这一下力道不足，他又用身体封堵了我的动作，同时咕哝着拖着我穿过港口，人们在他面前纷纷让开。如果在公平的搏斗里，我应该还有一拼之力，但他借助了自己超乎常人的力量和愤怒刺激下的速度，于是下一刻，我的双脚就离开了地面——他在码头边把我扔了下去。

好吧，在海上漂泊确实是我一直以来的梦想，在充斥耳中的嘲笑声中，我奋力游到最近的那架绳梯，开始向上爬。这时候卡罗琳、萝丝、黑格和他的两个跟班已经没了人影：我开始希望能有人伸出手，拉我一把。

"来吧，伙计，让我帮帮你。"有个声音说。我感激地抬起头，正要握住我这位救星的手,却看到了汤姆·考博雷那张恶毒的脸。

"噢,瞧瞧你没带家伙就出门会发生什么事。"他说。而我根本无法阻止那只拳头打中我的脸,我就这么松开了绳梯,落回海水里。

第六章

汤姆·考博雷早已溜之大吉，可威尔逊却折返了回来。他恐怕是在确认黑格和卡罗琳安然无恙后，就立刻赶回了码头，发现我正坐在一段台阶上休养。他挡住了我的阳光，而我抬头看到是他，不由得心下一沉。

"如果你是来故技重施的，"我说，"这次我可不会让你这么简单就办到了。"

"毫无疑问，"他回答的语气里听不出什么动摇，"但我回来不是为了把你丢回海里的，肯威。"

听到这里，我立刻目光锐利地看向了他。

"没错，孩子，我有我的探子，我的探子告诉我说，有位名叫爱德华·肯威的年轻绅士一直在询问卡罗琳·斯考特的事。也是同一位年轻绅士上周卷入了老橡木棍酒馆外的一场打斗，打斗的地点就在通往哈瑟顿的那条道路旁边。也是在同一天，斯考特小姐沿着那条路去了哈瑟顿，因为她的女佣溜出了家，而且在那场打斗之后，你多半和斯考特小姐搭上了话。"

他靠得很近，我能嗅到他的呼吸里陈咖啡的气味。这足以证明——如果真有证明的必要的话——他一点也不害怕我本人，或是我可怕的名声。

"肯威少爷，我到目前为止都没说错吧？"

"也许吧。"

他点点头。"我想也是。孩子，你多大了？十七？跟斯考特小姐一般大。我看你对她有点儿意思，是不是？"

"也许吧。"

"我觉得我没看错。好了，接下来的话我只会说一遍：斯考特小姐已经许给黑格先生了。这次结合有他们父母的祝福……"他把我拖了起来，把我的双手按在身体两侧。我全身又脏又湿，筋疲力尽，根本无力反抗，但我料到了接下来会发生的事。

"好了，如果我看到你再在她身边转悠，或者又想用什么愚蠢的把戏吸引她的注意，那你可就不是到海里游一圈这么简单了。我说得够明白了吧？"

我点点头。"那你接下来要踢我卵蛋的那一下又算什么？"

他恶狠狠地笑了。"噢，那纯粹是私人恩怨。"

他说到做到，结果我花了好些时间才能站起身，回到马车上。但受伤的不光是我的下体——我的自尊也受到了沉重的打击。

第七章

那天晚上,我躺在床上,抱怨着自己的不走运。我搞砸了和卡罗琳见面的机会。她根本没注意到我是谁,这都要感谢那个贪婪的小混蛋艾伯特,更别提黑格和他那伙人了。我又一次吃了汤姆·考博雷的苦头,而父亲发现我到家的时间比平时要晚,身上又脏兮兮的——我今天才刚换过干净衣服——看着我的目光就带上了怀疑。

"你这次没去那些酒馆吧?"他愠怒地说,"上帝保佑,如果我再听到你败坏我们家的好名声……"

"没有,父亲,不是这样的。"

他错了,我回家的路上没去酒馆。我一直在告诉自己,和卡罗琳的相遇对我产生了影响。这种影响名副其实地能让我保持清醒。

可是现在,我开始不确定了。我开始思索:也许我的人生就在那儿,在那些啤酒沫之间,在那些放荡女人慵懒的笑容周围,等到我三十岁那年再把羊毛运去布里斯托尔的集市时,我就会对这一切麻木——我会忘记自己游历世界的梦想。

接着发生的两件事改变了一切。第一件事发生在一个阳光明媚的下午,我当时正在布里斯托尔的"乔治与龙(译注:圣乔治是英格兰的守护圣徒,传说曾在利比亚杀死过一条恶龙)"酒馆的吧台前,有位绅士坐在了我身边。那位绅士穿着得体,袖口华丽,系着五颜六色的领带。他摘下帽子,放在吧台上,指了指我那杯酒。

"先生,我能请您喝一杯吗?"他问我。

他叫我"先生",而不是"孩子""伙计"或是"小子"这些我每天——或者说每个钟头——都要忍受的称呼。

"那我又该怎么答谢这杯酒呢?您打算要我怎样回报?"我谨慎地问道。

"只要跟我聊几句就好,朋友。"那人笑着说。他伸出手,跟我握了握。"我叫迪兰·华莱士,能认识您我很高兴……肯威先生,对吧?"

才不过几天的时间里,我第二次碰到有人知道我的名字,而我却完全不清楚原因。

"哦没错,"他笑着说,(至少他比威尔逊友好些,我心想。)"我知道你的名字。爱德华·肯威。您在附近还是很有名气的。事实上,我亲眼见识过您的风采。"

"是吗?"我眯起眼睛看着他。

"噢,那是当然的,"他说,"我从别人那儿听说,你打的架可相当不少,但即便如此,您肯定不会忘记那天在老橡木棍酒馆外的那一次。"

"我想我恐怕想忘也忘不了。"我叹了口气。

"既然说到这里了,先生,我就要开门见山了,因为您看起来像是个有主见的年轻人,不太可能被我告诉您的话牵着鼻子走,所以我就实话实说了吧。您有没有想过出海?"

"噢,既然您提到这个,华莱士先生,我的确考虑过以这种方式离开布里斯托尔,您说得对。"

"那您为什么不去做呢?"

我摇摇头。"这个问题问得真是太好了。"

"肯威先生,您知道私掠船是什么吗?"

还没等我回答,他就解释起来:"就是得到王室特许证的海盗船。您也知道,西班牙人和葡萄牙人正在大肆掠取新世界的财富,他们赚得盆满钵满,所以私掠船的工作就是阻止他们,或者夺下他们拿走的东西。您明白了吗?"

"我知道私掠船是什么,非常感谢您,华莱士先生。我知道只要您不去袭击自己国家的船只,他们就不能以海盗罪送您上法庭,就是这样,不是吗?"

"噢,的确是这样,肯威先生。"迪兰·华莱士咧嘴笑了,"好比我就这么弯下腰,给自己倒一杯麦酒,那就是偷窃行为,不是吗?酒保会阻止我的。可如果我这么做不会受罚呢?如果我的偷窃行为有王室的认可呢?我们要说的就是这个,肯威先生。我们说的是扬帆远航的机会,以及把金银财宝装满船舱的机会。而且这么一来,您不仅能得到安妮女王陛下的许可,更可助她一臂之力。您应该听说过克里斯托弗·诺波特船长,弗朗西斯·德雷克船长,以及亨利·摩根上将,他们都是私掠船长。您不想在这张辉煌的名单里加上爱德华·肯威的名字吗?"

"您在说什么?"

"我是在建议您成为私掠船员。"

我仔细打量了他一番。"如果我答应考虑的话,您又有什么好处?"

"噢,那当然是佣金啦。"

"您平时也是这么游说别人加入的吗?"

"别人可没有您这样的才干,肯威先生。别人可不是您这种领袖之才。"

"就因为我打了那么一场架?"

"是因为您在那场架里的表现,肯威先生,而且是各方面的表现。"

我点点头。"如果我答应考虑您的提议,是不是就不用还这杯麦酒的人情了?"

第八章

那晚我上床时，心里知道自己必须告诉父亲这件事：我命中注定不会是牧羊人，而是在汪洋之上冒险的私掠船员。

不用说，他肯定会失望，但或许也会松一口气。没错，一方面我是个有用的人，学会了不少做生意的技巧，并以此为家人谋得了福利。但另一方面，我酗酒，打架，当然还惹出了和考博雷家的恩怨。

就在两具绵羊的尸体出现在我家前院之后不久，又发生了另一件事：我们一觉醒来，发现羊群在之前一天晚上被人放了出去。父亲认为围栏被人故意弄坏了。我没把码头发生的事告诉父亲，但很显然，汤姆·考博雷依然对我们怀恨在心——而且这种怨恨不太可能很快过去。

这些麻烦是我给父亲惹出来的，如果我离开，也许他们的复仇就会结束吧。

因此那天晚上，我的头挨着枕头的时候，心里想的只有怎样把这个消息告诉父亲，而父亲又会怎样告知母亲。

接着我听到窗户那边有响动。轻轻的敲打声。

我不无惊恐地望向窗外。会看到什么呢？这我不清楚，但考博雷父子的所作所为仍历历在目。然而我所看到的，在院子里苍白的月光下跨坐在马鞍上的，正是卡罗琳·斯考特——仿佛上帝本人拿起提灯，照亮着她的美貌。

她的打扮就像是要参加骑术课程一样。她一袭黑衣，戴着高顶礼帽，身穿白色衬衣和黑色外套。她一只手握着缰绳，另一只手举在空中，正要把第二把碎石丢向我的窗户。

我本人就以用同样的技巧吸引一位女性朋友的注意而闻名，而且我清楚地记得自己当时提心吊胆，生怕吵醒她的家人。于是我在朝窗玻璃丢石头的时候，通常会躲在安全的石墙之后。而卡罗琳不会这样做。这就是我们社会地位的不同。她用不着担心被人又踢又打地赶出院子。她是住在布里斯托尔的霍金斯巷的卡罗琳·斯考特。她的追求者是东印度公司高层人士之子。无论私会与否——而且这毫无疑问是私会——她都不会躲在石墙后面。

"噢……"她小声说道。我看到她的双眸在月光下闪烁。"您打算让我这么在外面等上一整晚吗？"

当然不。我立刻跑进院子，来到她身边，接过她坐骑的缰绳，一边跟她说话，一边牵着马远离屋子。

"您在那天的那些行为，"她说，"您冒了这么大的险，就为了保护那个年轻的窃贼。"

（没错，没错，我知道你在想什么。是的，我的确感到有些内疚。）

（但并不太多。）

"我最痛恨的就是欺凌弱小，斯考特小姐。"我说。至少这一句是毫无疑问的真话。

"我也这么认为。这已经是我第二次被您的英勇行为打动了。"

"您能两次都在场见证，我也很高兴。"

"您让我很感兴趣，肯威先生，我也并非没有察觉您对我的兴趣。"

我保持着沉默，就这么陪着她走了一会儿。尽管没人说话，但我们的沉默自有其深意。就好像我们都已确认对彼此的感觉了。我感觉到她的马靴靠近我身边。在马儿的汗臭和体味之外，我想我能闻到她搽的粉的香气。我清晰地感觉到她就在我身边，而这是我从未有过的感受。

"我想你应该听说了，我已经跟别人订了婚。"她说。

我们在乡间小路上停下脚步。我们的两边都是石墙，石墙之后的绿色草地上点缀着三五成群的白色绵羊。周围的空气温暖而干燥，连一丝扰动远处林木的微风都没有。不知什么地方传来动物的叫声，不知是在求偶还是受了伤，但它显然不是家畜。灌木丛突然一阵颤动，把我们吓了一跳。我们觉得自己就像闯入者，是大自然里的不速之客。

"哎，我没想到……"

"肯威先生……"

"您可以叫我爱德华，斯考特小姐。"

"那您可以继续叫我斯考特小姐。"

"真的？"

"我是在说笑，您可以叫我卡罗琳。"

"谢谢您，斯考特小姐。"

她转头看了我一眼，仿佛要确认我是否在嘲笑她。

"好吧，爱德华，"她续道，"我很清楚你打听过我的事，虽然我不清楚你具体听说了什么，大概内容我应该是知道的。卡罗琳·斯考特跟马修·黑格订了婚，马修·黑格用情诗对她狂轰滥炸，而且这桩婚姻不仅有卡罗琳·斯考特的父亲的祝福——这是毫无疑问的——还得到了马修·黑格之父的认可。"

我承认自己的确打听到了这些。

"或许,通过我们打过的几次交道,你已经明白我对这桩婚事的感受了?"

"恐怕我还不明白。"

"那么就由我亲口告诉你吧。想到要和马修·黑格结婚,我就觉得恶心。你以为我愿意一辈子在黑格家度过吗?要像侍奉国王那样侍奉我的丈夫,对他的风流韵事视而不见,还要打理家业,指挥手下,挑选花朵和桌巾,去探访他家族的朋友,和别人的妻子一起喝茶闲聊——想到这些,你觉得我还会愿意吗?

"如果我让自己的心思被琐事占据,只顾关注繁文缛节,难道不会迷失自我吗?眼下的我活在两个世界之间,爱德华,我能同时看清两边。我在码头上看到的那个世界才是真实的,爱德华。那个世界充满了生机。至于马修·黑格本人,我厌恶他,正如我厌恶他那些诗。

"你可别把我当成需要英雄解救的无助少女,爱德华,因为我不是。我来找你不是为了求助的。我是为了帮助我自己。"

"你是来帮助把自己交给我的?"

"这就看你了。下一步由你决定。如果你打算这么做,请记住一点:你和我之间的任何关系都不会得到我父亲的祝福,但会得到我的认可。"

"很抱歉,但我并不在意你父亲怎么想。"

"想到要跟黑格家为敌,你就不会害怕吗?"

此刻的我无所畏惧。"不,卡罗琳,我不怕。"

"希望如此吧。"

于是我们道了别，并约定再次相见，在那之后，我们认真地谈起了恋爱。我们成功守住了秘密。事实上，足足保守了几个月。在私下里，我们利用小块时间在布里斯托尔和哈瑟顿的小路上散步，或是一同骑马穿过牧场。

直到有一天，她宣布说马修·黑格打算在明早向她求婚，我的心跳顿时停止了。

我不想失去她。因为我爱她，因为我头脑里想的全都是她，因为我们在一起的时候，我时时刻刻都乐在其中；对我来说，卡罗琳的每一句话，每一个动作都像甘露般甜美，我欣赏她的一切，她身体的曲线和轮廓，她的体香，她的笑声，她彬彬有礼的举止，还有她的聪慧。

我思索着这一切，同时单膝跪地，牵起她的手。因为她这番话也许并非提醒，而是道别，如果真是如此，至少我的耻辱不会宣扬出去，恐怕只有林子里的鸟儿和草地上沉默地嚼着牧草，以蒙眬的双眼看着我们的奶牛会知道。

"卡罗琳，你愿意嫁给我吗？"我说。

我屏住了呼吸。在我们恋爱的过程中，我们每一次见面，每一次偷偷接吻的时候，我都不敢相信自己的运气。就好像有人在跟我开一个天大的玩笑——我甚至觉得汤姆·考博雷会从阴影里跳出来，然后放声大笑。如果这不是玩笑——如果这不是他为复仇而开的可怕玩笑——那么或许，卡罗琳只是在拿我消遣，是她在行使自己身为女儿的职责前最后的放纵。她当然会拒绝我。

"噢，爱德华。"她笑了，"我还以为你永远不会问我呢。"

第九章

我的心里仍然不敢确信,于是第二天我去了镇子里,朝霍金斯巷那边走去。我只知道马修·黑格打算在早上去拜访她,而当我沿着大路,经过她的家所在的那排房屋时,我不禁思索:他也许已经进了她的家门,也许已经在求婚了。

有一件事我很清楚:卡罗琳是个勇敢的女人,或许是我见过的女人之中最勇敢的,但她所要放弃的却是锦衣玉食的人生。更糟的是,她还会触怒她的父母。我非常清楚想要取悦父母时的压力,以及那样的人生多么诱人。得不到满足感的人生,以及充满负罪感的人生——哪一种人生更难熬呢?

有我站在她面前的时候——而且她爱我,这点我可以肯定——也许要做出选择并不难。但等到那天夜里,忧虑和疑惑接踵而至的时候,又会怎么样呢?也许她会在一夜之间改变主意,也许此时的她一边满面通红地接受马修·黑格的求婚,一边想着如何写信和我断绝关系。

就算真是如此，我至少还有迪兰·华莱士可以指望。

借着眼角的余光，我看到屋子的大门开了，威尔逊走了出来，紧跟着他的是那个记录员，再后面是马修·黑格，他伸出手臂让卡罗琳挽住，萝丝则跟在最后。

我跟在后面稍远处，沿路走向码头，思索着他的用意。他该不会真的要去码头吧？那个肮脏、恶臭、拥挤的码头，充斥着排泄物的臭味、沥青的异味、新鲜捕获的鱼儿的腥味，以及出海数月，没怎么洗过澡的水手们的汗臭。

他们朝着停泊在码头里的一艘中型帆船走去，船的周围还聚集着一些人。奇怪的是，船尾挂着一块帆布，盖住了那条船的名字。但跟着他们一行人走近之后，我忽然明白过来。我想我知道他的打算了。

果不其然，他们在船的面前停了下来，而我躲在暗处，看到卡罗琳的目光紧张地从马修·黑格转到那条帆船上。我想她恐怕也猜到了他们此行的目的。

接下来，我看到黑格单膝跪地，而帆船上的所有船员、威尔逊和那个记录员都背着双手站在旁边，准备鼓掌，因为马修·黑格随即提出了那个问题："我亲爱的，你愿意嫁我为妻吗？"

卡罗琳吞了下口水，有些语无伦次。"马修，你就非得选在这儿吗？"

他以屈尊俯就的态度地看了她一眼，随后他一挥手，示意取下帆船尾部的帆布。船名用金箔蚀刻在那儿：卡罗琳。

"我亲爱的，还有比这儿更好的地方吗？"

要不是眼下这种处境，看到卡罗琳不知所措的样子，我甚至会有些愉快。平常的她总是一副自信满满的样子。我在她眼中看到的不安和几近恐慌的情绪,恐怕对她自己也非常陌生。

"马修,说真的,你让我很难为情。"

"我亲爱的,亲爱的卡罗琳,我宝贵的花朵……"他朝记录员做了个不起眼的手势,后者立刻开始摸索羽毛笔,准备记录他主人诗意的言辞,"可不用这种方法,我又该如何把我送给你的结婚礼物公诸于众?现在,我必须要求你的答复。拜托,这么多人都在看着……"

没错,我扫视周围,发现整个码头似乎都停了下来,每个人都在等待卡罗琳接下来的话,而她的回答是——

"不,马修。"

马修猛地站起身来,他的记录员连忙向后退去,几乎失足摔倒。黑格阴沉着脸,嘴唇也紧紧抿着。他努力维持着镇定,挤出一个微笑。

"你大概又是在开玩笑吧?"

"恐怕不是,马修,我已经和别人订下了婚约。"

黑格站直身子,仿佛要以身高来恐吓卡罗琳似的。我站在人群之中,只觉热血上涌,开始挤向前去。

"别人,"他嗓音嘶哑,"这个别人是谁?"

"是我,先生。"我挤到人群前方,站在他面前,大声宣布道。

他眯起眼睛看着我。"是你。"他吐了口唾沫。

他身后的威尔逊已经走上前来,在那个壮汉的眼里,我看到了他对忽视警告的我的愤怒。也因为这么一来,整件事就成了他的过错。

黑格伸出一条手臂,阻止了他。"不,威尔逊,"他说着,又用尖锐的语气补充,"别在这儿。也别是现在。我的女士会重新考虑这件事的,我敢肯定。"

卡罗琳接下来的回答引起了人们的惊呼,以及不少人的笑声。"不,马修,爱德华和我就要结婚了。"

他转身看着她。"你父亲知道这件事吗?"

"现在还不知道,"她说着,又补充了一句,"不过我觉得他很快就会知道了。"

有那么一会儿,黑格站在那儿,气得全身发抖,而我头一次——后来我发现,这也不是最后一次——由衷地同情起他来。接下来的那一刻,他厉声要看热闹的人们回去干活,随后又对那艘帆船的船员们大喊,要他们重新盖上帆布,然后招呼威尔逊和他的记录员离开码头,他故意背对着卡罗琳,走的时候还满怀恨意地瞪了我一眼。威尔逊跟在他的身后,我们目光交接。他缓缓地用一根手指在脖子上比画了一下。

我真不该这么做的,惹恼威尔逊这种人没有任何好处,但面对他的死亡威胁,我还是忍不住笑着眨了眨眼。

第十章

就这样,整个布里斯托尔都知道爱德华·肯威,一个每年只有区区七十五英磅进账的牧羊人,就要和卡罗琳·斯考特结婚了。

这简直是天大的丑闻:光是卡罗琳·斯考特下嫁牧羊人就足够引发流言蜚语了。她拒绝马修·黑格的事更是掀起了轩然大波,而我不禁思索,或许这桩丑闻最终对我们会有所助益,因为虽然我做好了迎接报复的准备——有那么一阵子,我不管去哪儿都会提防威尔逊的出现,每天早晨从窗户望向院子的第一眼也总是满怀恐惧——却什么也没等到。威尔逊踪影全无,马修·黑格那边也没有动静。

到了最后,对我们婚姻的威胁并非来自外界——和考博雷父子、埃米特·斯考特、马修·黑格或者威尔逊全都无关。威胁来自内部。来自我自己。

当然了,我也花了很多时间去思考原因。问题在于,我不断回想起和迪兰·华莱士的那次会面,以及他许诺的西印度群岛的财富。我想当个私掠船员,然后作为有钱人回到卡罗琳身边。我开始把它看作成功的唯一机会,我唯一能配得上她的机会。因为,没错,如果我现在娶卡罗琳·斯考特为妻,从马修·黑格的鼻子底下把她偷走,我会得到荣耀,也许还有名望,但随之而来的将会是某种……只能称之为"惨淡"的生活。

埃米特·斯考特对我们的婚礼做出了回应。我想,我们本该感激他和卡罗琳的母亲屈尊出席的。虽然就我而言,我完全不感激他,而且宁愿他们俩置身事外。我不想看到父亲摘下帽子,对埃米特·斯考特卑躬屈膝的样子,毕竟埃米特并非贵族,只是个商人——我们两家的区别不在于身份,而是金钱本身。

考虑到卡罗琳的话,我其实很感激他们的到来。这并不代表他们认可了我们的结合,远非如此。但至少,他们并不想因为这桩婚姻失去自己的女儿。

我偷听到了她母亲的话——"我们只希望你快乐而已,卡罗琳"——但我知道,只有她一个人这么想。从埃米特·斯考特的眼神里,我看不出他有类似的想法。我看到的是一个刚刚失去了晋身上流社会之机的男人,看到他发迹的梦想就此破灭。他是勉强同意参加婚礼的,又或许,他只是为了在结婚宣誓后于教堂前发表那番宣言。

埃米特·斯考特将一头黑发梳理在额前,阴沉凹陷的脸颊和紧闭的嘴巴加在一起,形状活像猫儿的屁股。事实上,他的脸上始终带着那种咬到柠檬果肉时的表情。

只有片刻的例外:那时他的嘴角微微上扬,然后说,"我不会给一分钱嫁妆。"

他的妻子——也就是卡罗琳的母亲——紧紧闭上了双眼,仿佛她一直担忧着这一刻,也希望他不会说出这句话。我能猜到他们就此事谈过话，而最后一锤定音的人则是埃米特·斯考特。

于是我们搬到了我父亲农庄的外屋。我们尽可能地装饰了那栋屋子，但它说到底只是农庄的外屋：墙壁是树枝糊上泥巴做成的，茅草屋顶也亟待修缮。

当然了，我们结婚时还是夏天，在炎炎烈日下，我们的家还算是凉爽舒适，但到了潮湿多风的冬天，它就根本没法称之为家了。卡罗琳这辈子都习惯了布里斯托尔那种砖砌的房屋，有仆人给她穿鞋，为她洗衣做饭，听从她的所有心血来潮的要求。但在这儿，她不再富有。她很贫穷，她的丈夫也同样贫穷，而且前途渺茫。

我又开始光顾酒馆，但我已经和从前不一样了，那时的我是个单身男人，是个欢快、吵闹而又风趣的酒徒。我坐在那儿，感觉整个世界的重量都压在肩头，我只能佝偻身子，背对着众人，郁闷地看着酒杯，觉得仿佛所有人都在谈论我，仿佛他们都在说："那就是爱德华·肯威，他连自己老婆都供养不起。"

当然了，我向卡罗琳提出了那件事。我去当私掠船员的事。她虽然没有不同意——她毕竟是我的妻子——但也没有同意，而且她的双眼透出不安和担忧。

"我不想抛下你，但我回来时就会成为有钱人了。"我告诉她。

如果我真的要去，那么我既得不到她的支持，又得把她独自留在农庄小屋里。她父亲会说我抛弃了她，她母亲会看不起我，因为我让卡罗琳不快乐。

我陷入了两难的境地。

"会不会很危险？"我向她提到私掠船的时候，她这么问我。

"如果不危险的话，回报就不会这么高了。"我告诉她，当然了，她勉强同意让我去。说到底，她是我的妻子，她还能有什么选择呢？

但我并不想留下她在家中独自伤心。

有天早上,我从前一晚的烂醉中苏醒过来,正对着早晨的阳光眨眼的时候,却发现卡罗琳已经提前穿戴整齐。

"我不想你去。"她说完这句话,随后便转过身,走了出去。

有天晚上,我坐在"青灰佳酿"酒馆里。我很想说那时的我不是平常的自己,因为我坐在那儿,大口喝着酒,在阴郁的思绪中看着水面不断下降。或者应该说,看着杯子里的酒面不断下降。

但令人悲伤的是,那时的我正是平时的我。那个言辞风趣,笑容常在的年轻无赖已经消失不见了。在他的位置上还是个年轻人,但肩头却担负着生活的重担。

在农场那边,有卡罗琳帮助我母亲。母亲起先被她的请求吓坏了,说让卡罗琳在农场干活太有失身份了。听到这话,卡罗琳却大笑起来,并且坚持要帮忙。刚开始的时候,我看着她穿过当初骑马到来时的那片院子,戴着干净的白色软帽,穿着工作靴、罩衫和围裙时,心里还觉得很是自豪。但后来看到她这身打扮,我却只会想起自己作为男人的失职。

更糟的是,卡罗琳似乎并不介意:就好像只有她不把如今的处境看作失去地位的表现。其他人都这么认为,而感受最强烈的人就是我。

"我能请你喝一杯吗?"我认出了身后那个声音,于是转身面对着他:那是埃米特·斯考特,卡罗琳的父亲。我最后一次见到他是在婚礼上,那时的他拒绝给自己的女儿提供嫁妆,这时却提议要请他恨之入骨的女婿喝一杯。但喝酒这回事就是这样。如果你像我这样,看着杯里的酒一点点变少,一边思索下一杯从何而来,那么你也不会拒绝任何人的好意。即使那个人是和你不共戴天的埃米特·斯考特。即使他痛恨你，正如你痛恨他。

于是我接受了他的酒，他给自己那杯付了钱，拉过一张凳子，凳脚刮过石板地面，发出一阵噪音。然后他坐了下来。

还记得埃米特·斯考特的表情吧？就像在吃柠檬。而在和自己痛恨的爱德华·肯威说话的这一刻，我得说他的表情比之前更加痛苦。在这间酒馆里，我感觉非常自在，可以彻底放松自己，沉湎于酒精，可他却和这儿格格不入。他会时不时地回头张望，仿佛害怕有人从背后袭击他。

"我想我们还没说过话吧。"他说。我冷笑一声作为回答。

"这都是因为你在婚礼上的那句话，不是吗？"

当然了，是酒精给了我勇气，让我口不择言——还有我成功夺走他女儿的事实。毕竟她的心是属于我的，她放弃了这么多东西，只为跟我在一起，这就是她深爱我的最佳证明。就算是他也应该明白。

"我们都生活在这个世界上，爱德华。"他简短地说道，显然是在努力维持话题的主导权。但我却看穿了他。我看穿了他这个人：他只是个担惊受怕的卑劣男人，在生意场上受人欺侮，却把怨气撒在手下身上，多半还会殴打仆人和他的妻子，他觉得我这样的人本该对他俯首帖耳，就像我父母在婚礼时那样（而且想到那一幕，我就怒火中烧）。

"我们何不像生意人那样，来做一笔交易？"

我喝下一大口麦酒，对上他的目光。"我的岳父大人，你想做什么交易？"

他板起面孔。"你离开她。你把她赶出家门。随便你怎么做都行。只要你给她自由，让她回到我这里。"

"如果我答应的话?"

"我就会让你成为有钱人。"

我喝光了那杯麦酒。他朝酒杯点点头,向我投来询问的目光,我说"好的",等着他为我拿来另一杯,然后几乎一口喝光。我眼中的世界摇晃起来。

"噢,你很清楚这个提议意味着什么,不是吗?"

"爱德华,"他说着,身子前倾,"你和我都知道,你供养不起我女儿。你和我也都知道,你过得这么沮丧也是因为你供养不起我女儿。你爱她,我知道,因为我曾经也和你一样,是个一无是处的男人。"

我咬紧牙关看着他。"一无是处?"

"噢,没错,"他吐了口唾沫,然后坐直身子,"孩子,你只是个牧羊人。"

"你怎么不叫我'爱德华'了?我还以为你是以对等身份跟我谈话的。"

"对等身份?你永远不可能跟我平起平坐,你自己也很清楚。"

"你错了。我有自己的打算。"

"我听说过你的打算了:去当私掠船员,在汪洋上发家致富。你可不是这块料,爱德华·肯威。"

"我是。"

"你没有必要的品行。你自己弄出了这个烂摊子,而我是在提议帮你收拾,孩子:我建议你好好考虑我的提议。"

我喝完了剩下的酒。"不如让我用再喝一杯的时间好好考虑,你看如何?"

"如你所愿。"

又一杯酒出现在我面前的桌子上,而我开始努力让它成为历史,同时思绪飞转。他说得没错。这是整场对话中最令我震惊的。埃米特·斯考特说得对。我爱卡罗琳，但我没法供养她，如果我是个真正尽责的丈夫，就该接受他的提议。

"她不希望我去。"我说。

"可你想去？"

"我希望她支持我的打算。"

"她永远都不会的。"

"我只能希望她会同意了。"

"如果她像她说的那样爱你，就永远都不会同意的。"

即使借着酒劲，我也挑不出他这句话的任何毛病。我知道他说得对。他也知道。

"你树敌众多，爱德华·肯威。非常多。有些敌人很强大。你以为那些敌人为什么没有报复你？"

"因为他们害怕？"我的口气带着醉酒后的自大。

他嗤之以鼻。"他们当然不是因为害怕。他们之所以放过你，是因为卡罗琳。"

"那如果我接受你的提议，不就没法阻止敌人的报复了吗？"

"你会得到我的保护。"

这我可不太相信。

我又喝光了一杯酒。他看起来更消沉了。他一直在那儿待到很晚，而他的存在本身就在提醒我，我的选择究竟多么有限。

等我打算离开的时候，已经喝得双腿发软。我只好抓住桌边，勉强站稳身子。卡罗琳的父亲露出嫌恶的表情，上前扶住了我，在我反应过来之前，他就带我回了家，但不是因为他希望我平安到家，而是因为他希望卡罗琳看到醉醺醺的我，而当我摇摇晃晃，大笑不止地走进门时,她的确正在家里。埃米特·斯考特趾高气昂地对她说:"这醉鬼就是个废物,卡罗琳。他不适合陆地上的生活,也更不适合大海。如果他去了西印度群岛,受苦的人只会是你。"

"父亲……父亲。"

她不安地啜泣着,而我躺在床上,看到他挪动靴子,转身离开。

"那个老守财奴,"我努力挤出这句话,"他看错我了。"

"希望如此吧。"她答道。

我借着酒意发挥起了想象力。"你相信我,不是吗?你难道看不到我站在甲板上,和船只一起缓缓入港的样子吗?我会成为优秀的人物……一千枚金币就像雨点那样从我的口袋里撒出来。我能看到那一幕。"

等我看向她时,却看到她摇了摇头。她看不到。

等我次日酒醒以后,我也看不到了。

我想这只是时间的问题而已。我惨淡的前途成了这桩婚姻里的第三者。我思索着自己有限的出路:埃米特·斯考特提议用钱换回他的女儿。还有我扬帆远航的梦想。

无论我选择哪条路,都会伤透卡罗琳的心。

第十一章

到了第二天,我回到了霍金斯巷,去了埃米特·斯考特的住处,然后我敲响了门,请求和他见面。来应门的人是萝丝。

"肯威少爷。"她的语气有些吃惊,脸也微微红了。尴尬的沉默持续了片刻,然后她要我稍等,不久后,她便领着我去了埃米特·斯考特的书房。书房的正中央摆着一张书桌,木制镶板营造出一种阴暗严肃的氛围。他站在书桌前面,在昏暗的光线里,他黑色的头发、惨白的面孔,再加上阴沉瘦削的脸颊,看起来就像一只乌鸦。

"这么说,你考虑过我的提议了?"他说。

"是的,"我答道,"而且我希望尽快把决定告诉你。"

他交叠双臂,露出得意扬扬的笑容。"那你就是来开价的喽?我的女儿价值多少?"

"你原本决定付我多少?"

"原本?"

这下笑的人换成了我，但我努力不让自己做得太过火。埃米特·斯考特是个危险人物。我在跟这个危险人物玩着危险的游戏。

"没错。我已经决定去西印度群岛了。"

我知道在哪儿能找到迪兰·华莱士。我把这件事告诉了卡罗琳。

"我明白了。"

他似乎在思考，指尖也在桌面上轻轻敲打。

"但你不打算一直留在那儿。"

"对。"

"这跟我的提议可不太一样。"

"是的，跟你的提议不一样，"我说，"实际上，这是我这边做出的提议。我希望得到你的支持。斯考特先生，我是肯威家的人，我有我的自尊。这一点我希望你能理解。也希望你理解，我爱你的女儿——无论这让你多么恼火——而且我希望给她最好的生活。我打算成为有钱人之后就回来，用我的财富让卡罗琳过上她应得的生活。我相信，你也期望她过上那样的生活。"

他连连点头，尽管他紧抿的嘴唇早已泄露了他对于我这番打算的不屑。

"所以？"

"我向你保证，直到我成为有钱人之前，都不会回到这片海岸。"

"我明白了。"

"而且我向你保证，你打算用钱买回女儿这件事，我是不会告诉卡罗琳的。"

他脸色一沉。"我明白了。"

"我要求的只是赚取财富的机会——让我能以卡罗琳习惯的方式供养她。"

"这么一来,你仍然是她的丈夫——这跟我希望的不一样。"

"你觉得我一无是处,不配当她的丈夫。我希望证明你的看法是错的。在我离开的时候,你无疑可以更频繁地见到卡罗琳。如果你真对我如此痛恨,也许会利用这个机会来挑拨离间。重点在于,你会得到充足的机会。此外,我也许会死在海上,这么一来,她就会作为年轻寡妇回到你身边,而且仍然可以再嫁。这就是我的提议。作为回报,我只要求你的允许,让我在没有阻碍的情况下去尝试,去实现我自身的价值。"

他点点头,思索着这个主意,或许正对我死于海上的可能性乐在其中。

第十二章

迪兰·华莱士把我分配到了帝王号上,那艘船停泊在布里斯托尔的码头,将在两天之内出发。我回到家中,把这件事告诉了母亲、父亲和卡罗琳。

不用说,他们流泪、指责或是恳求,全都希望我留下来,但我已经下定决心。听完我的话以后,卡罗琳心烦意乱地出了门。她说她需要时间去思考,于是我们就这么站在院子里,看着她骑马离开——去自己家里,而她至少会把这个消息告诉埃米特·斯考特。他会知道,我已经履行了我这部分的责任。我只能希望——或者应该说,我希望到时候——他也能履行他的那部分。

在这么多年以后,向你讲述这件事的我并不清楚他是否履行了责任。但我会弄清楚的。很快我就会查个明白,而清算的日子终将到来……

但那时的我不同。那时的我年轻、愚蠢、自大又喜欢炫耀。所以卡罗琳刚走，我就去了酒馆，或许是因为找回了些从前的活力吧，于是我愉快地告诉所有愿意聆听的人：等我在大海上施展拳脚之后，爱德华·肯威和他的夫人就会成为一对富有的夫妇。事实上，我还添油加醋了一番。我快活地看着他们轻蔑的眼神，听到他们的反驳，不是说我太不知天高地厚，就是说我没那个本事。他们觉得我很快就会夹着尾巴，灰溜溜地回来，觉得我会让我父亲失望。

我自始至终都在笑着。我的笑容像是在说："你们等着瞧吧。"

即便喝着酒，而我一两天后就要出发——甚至可能正是因为这些——我也并没有把他们的话当作耳旁风。我质问自己，我真有能力作为私掠船员存活下来吗？我会夹着尾巴，灰溜溜地回家吗？而且……没错，我可能会死。

他们说得没错：我已经让父亲失望了。我宣布出海的消息时，看到了他眼里的失望，而那失望从此便没有消失过。那种失望里带着悲伤，或许是因为他让我打理农庄的希望已经彻底破灭——虽然原本就已十分渺茫。我的离开不仅是为了拥抱新生活，而且还由衷地反感旧生活。反感他为他自己，为我母亲和我营造的生活。我反感这种生活。我认定自己值得过上更好的生活。

也许我从来没有认真想过，这一切会对卡罗琳和我父母的关系产生何种影响，但回想起来，我指望她就这么留在农庄的想法实在太可笑了。

有天晚上，我回到家里，发现她穿戴整齐。

"你要去哪儿？"在酒馆里度过了大半个夜晚以后，我口齿不清地说。

她不敢对上我的目光。她的脚边是一只用床单系成的包裹，包裹鼓鼓囊囊的，她的着装也有些奇怪。仔细打量之后，我才意识到她的打扮比平时整洁许多。

"我……"她终于和我四目相对,"我父母要我去跟他们一起住。我也想去。"

"你说'跟他们一起住'是什么意思?你住在这儿。跟我一起。"

她对我说,我不该放弃农庄的工作。那是份体面的收入,我本该愉快地接受。

我本该和她愉快地生活。

透过朦胧的酒意,我试图告诉她,我曾经很愉快。而且我所做的一切都是为了她。她肯定是回家的时候跟父母谈过了,虽然我料到她的吝啬鬼父亲会挑拨离间,却没料到他会这么快就开始。

"体面的收入?"我愤愤地说,"那份活儿简直跟抢劫差不多。你想这辈子都跟农夫一起过吗?"

我说得太大声了。我们交换了一个眼神,而我尴尬地想到,父亲多半也听到了。接着她便走了,而我跟在后面,大声请求她留下。

结果徒劳无功。到了第二天早上,等我清醒过来,想起昨晚那些事的时候,父亲和母亲已经用谴责的眼神看着我了。他们喜欢——甚至可以说是钟爱——卡罗琳。不仅仅是因为她帮忙打理农庄,而且母亲多年前失去了一个女儿,所以对她来说,卡罗琳就像是她的另一个女儿。

除了受我父母喜爱,以及在农庄帮忙以外,她还会帮助我和母亲处理账目和信件。

现在她离开了——因为我不愿满足于现状。因为我想要冒险。因为光凭麦酒已经无法排解我的无聊了。

我为什么不能和她愉快地生活?她这么问过我。我曾经很愉快。为什么我不能满足于自己的人生?她这么问过我。不,我对自己的人生并不满足。

我去找过她，想要说服她改变主意。在我看来，她仍旧是我的妻子，我仍旧是她的丈夫，我所做的一切都是为了婚姻美满，为了我们两人的幸福，并非只为我自己。

想在这一点上，我欺骗了自己。这番话里恐怕只有很小一部分是真实的。我清楚，或许她也清楚，虽然我想让她过上好生活，但我同时也想看看布里斯托尔之外的世界。

这毫无用处。她说她担心我受伤。我回答说我会小心行事，说我会带着钱财回来，或者寄送给她。我对她说，我希望她信任我，但她却对我的话充耳不闻。

那一天是我预定离开的日子，于是我回到家里，收拾好行李，丢到马背上，随后离开了家，我父母谴责的目光如同芒刺在背。夜幕降临的同时，我心情沉重地骑马来到了码头，在那里找到了帝王号。但我没有看到预想中的热闹景象，情况恰恰相反。我看到的只有六个人，似乎都是甲板水手，皮制的朗姆酒壶放在手边，用木桶当作椅子，拿板条箱当作赌桌，正在赌钱。

我将目光转向帝王号的船身。这是一艘经过改装的商船，吃水线很高。每一层甲板都空空荡荡，也看不见亮着的灯，只有舷侧的栏杆在月光下闪闪发光。她就像一位沉睡的巨人，尽管冷清的气氛让人不知所措，但高度和规模都令我惊叹。我会在这片甲板上工作，睡在下层甲板的吊床里，攀爬这几根桅杆。我注视着我的新家园。

其中一个水手上下打量了我一番。

"噢，有什么事吗？"他说。

我吞了口口水，突然觉得自己年轻又无知，又悲伤地想到，他们——卡罗琳的父亲，酒馆里的其他酒客，甚至是卡罗琳自己——对我的评价恐怕是正确的。也许我真的不适合海上的生活。

"我是来入伙的,"我说,"是迪兰·华莱士让我来的。"

听到这话,他们窃笑起来,接着每个人都开始兴致盎然地看着我。"你是说迪兰·华莱士,那个招募官?"跟我搭话的那个人说,"他从前也派来过一两个人。孩子,你能做些什么?"

"华莱士先生觉得我是干这一行的材料。"虽然心里七上八下,但我还是努力让语气透出自信。

"你的视力如何?"其中一个水手问。

"我的视力还不错。"

"你能爬高吗?"

他们指了指帝王号的索具上的最高点,也就是瞭望台的位置,我这才明白他们那些问题的用意。

"我想,华莱士先生应该更希望我做甲板水手。"

他实际上说的是"领袖之才",但我不打算把这些都说出来。我的确年轻又紧张。但我不蠢。

"噢,伙计,你会做针线活儿吗?"对方答道。

他们肯定是在嘲笑我。"私掠跟针线能有什么关系?"尽管处在这种情况下,我还是觉得自己有点鲁莽。

"甲板水手得做针线活儿,孩子。"另一个水手说。和其他人一样,他的发辫涂着焦油,刺青在袖口和领口处隐约可见。"还得擅长打绳结。孩子,你对打绳结拿手吗?"

"这些我可以学。"我答道。

我看着卷起的船帆,整齐地挂在桅杆上的索具,还有火炮甲板那里成排的黄铜炮管。我仿佛看见自己变得像面前坐在木桶上的这些人,因为长时间的航海,他们的面部皮肤粗糙黝黑,双眼闪烁着冒险和危险的光芒。他们是这条船的看守人。

"你还有好些别的事要习惯呢,"有个水手说,"刮掉船壳上的藤壶,用焦油堵住船底的裂缝。"

"孩子,你的平衡能力怎么样?"另一个水手问,他们那会儿是在嘲笑我,"等波涛和风暴把船甩来甩去的时候,你还管得住自个儿的胃吗?"

"我觉得可以,"我有些恼火,于是冲动地补充道,"不管怎么说,华莱士先生可不是因为这些才觉得我能成为好水手的。"

他们交换了一个眼神。气氛有点变了。

"噢,是吗?"其中一个晃了晃腿,他穿着脏兮兮的帆布裤子,"那招募官为啥觉得你能当个好水手?"

"他见过我打架的样子,觉得我在作战时能帮上忙。"

一个水手站起身。"这么说你擅长打架?"

"说得对。"

"噢,孩子,你有充足的机会能证明你在那方面的本事,就从明天开始。或许我会亲自跟你练练手,你看如何?"

"你说'明天'是什么意思?"我问他。

他坐了下来,将注意力转回赌局上。"我们明天就出海了。"

"可我听说是今晚出海。"

"是明天,伙计。船长本人还没到呢。这可是出发前的头等大事。"

我转身离开。但我明白,他恐怕就是我在船上要面对的第一个敌人。不过我还有时间——纠正错误的时间。我取回马匹,朝家的方向走去。

第十三章

我驾马朝哈瑟顿,朝着家的方向前进。我为什么要回去?也许是想告诉他们,我很抱歉。也许是要向他们解释我的想法。毕竟,我是他们的儿子。或许父亲能从我身上看出自己的影子,这么一来,他也许就会原谅我了。

在沿着大路回家的途中,我格外强烈地意识到,我希望得到父亲的原谅。希望得到父亲和母亲的原谅。

难怪我会心烦意乱,进而放松戒备了,不是吗?

在我家附近的树林间,有一条狭窄的林荫道,就是在那里,我察觉到灌木丛中有动静。我勒停马儿,侧耳聆听。住在乡间的人对变化非常敏感,而我能察觉周围有些异样。我的头顶传来刺耳的口哨声,那只可能是警告的讯号,与此同时,我看到前面有什么东西在动,可位置却是在我家农舍的院子里。

我的心砰砰直跳,连忙策马跑向院子。就在这时,我看到了明显来自火把的光。不是提灯，而是火把。而且是那种用来放火的火把。同一时间，我又看到了奔跑的人影，又借着火把的光发现他们都戴着兜帽。

"嘿！"我大喊道，试图在唤醒父亲和母亲的同时吓退袭击者。

"嘿！"我又大喊了一遍。

一根火把在空中划出弧线，回转了几圈，在夜空中留下一道橘黄色的轨迹，随后带着骤雨般的火花落在我家的茅草屋顶上。屋顶很干燥——非常易燃，简直就像干柴遇上烈火。正是因为有着火的危险，我们每到夏天都会尽量把屋顶弄湿，但平时总有比这更重要的事要做，恐怕这次已经有一周没洒水了，因为屋顶"轰"的一声就烧了起来。

我又看到了几个身影，三个，或许是四个。就在我进入院子，勒住马儿的同时，有个影子从侧面朝我扑来，一双手抓住了我的外衣，把我从马背上拖了下来。

我重重摔在地上，一时间难以呼吸。旁边有用来筑墙的石头。武器。紧接着有人站到我身前，挡住了月亮，他跟其他人一样戴着兜帽。还没等我反应过来，他便俯下身子，我注意到他嘴边的布料随着沉重的呼吸抖动不止——但他的拳头随即打中了我的脸。我扭转身子，他的第二拳打中了我的脖子。他的身边出现了另一个身影，我看到了金属的闪光，知道自己无力反抗，只能等死。但先前那人粗声粗气地说了个"不"字，就这么阻止了他。我死里逃生，但没能逃过他接下来的殴打，他接下来一脚踢中我的腹部，痛得我弯起了腰。

那只靴子——我认出了那只靴子。

他一次又一次地踢打，最后终于停了下来。他吐了口唾沫，然后转身跑开。我的双手捂着受伤的腹部，努力转过身，趴在地上，大声咳嗽起来，眼前一阵阵地发黑。也许真的晕过去比较好吧。这个想法突然显得格外诱人。只要失去意识，痛苦也会消失。让我和痛苦的现在说再见吧。

匆忙的脚步声传来，那是袭击者逃跑的声音。我听见几声模糊的呼喊。还有受惊母羊的叫声。

我不能晕过去，我还活着。就在我即将送命的时候，得到了第二次机会，我不该就这样放过。我得救出父亲和母亲，而且我要让那些人付出代价。那双靴子的主人会后悔没能当场杀了我。这一点我可以肯定。

我勉强爬起身。飘过院子的黑烟就像浓重的雾气。畜棚之一着了火。屋子也一样。我必须唤醒他们，必须唤醒我的父亲和母亲。

我脚边的泥土染上了橙红的火光。我忽然听到了马蹄声，连忙转身，看到几个骑手正在撤退——远离农舍，毕竟他们的活儿已经干完，周围已是一片火海。我捡起一块石头，打算朝其中之一丢过去，但又想到有更重要的事要担心，于是半是因为吃力，半是出于疼痛地哼了一声，将石头丢向了农舍最高处的窗户。

这一下正中目标，随后我开始祈祷父母能因此醒来。院子里的烟雾越来越浓，熊熊的烈火仿佛来自地狱一般。在畜棚里被活生生焚烧的母羊们尖叫不止。

他们出现在了门口：父亲扶着母亲，奋力脱离火海。他神情僵硬，双眼茫然。他所想的只有确保她的平安。等他把母亲带出屋子，小心地让她坐在我旁边的地上以后，他站直身子，像我一样目瞪口呆地看着燃烧的畜棚和农舍。我们匆忙赶到畜棚边，但母羊的嘶叫声已经渐渐消失，我们的畜群，父亲的谋生手段也化为乌有。他的面孔被火光映得通红，这时他做出了我从未见过的举动。他哭了。

"父亲……"我向他伸出手，可他愤怒地甩开了我。接着他转身看向我，面孔被烟熏得漆黑，一道道泪痕清晰可见，而他的身体不由自主地颤抖着，仿佛他用上了全部的自制力才能压下那种冲动——那种痛打我一顿的冲动。

"你就是个毒瘤。"他咬紧牙关说道，"毒瘤。你毁了我们的生活。"

"父亲……"

"滚出去，"他吼了一声，"给我滚出去。我再也不想见到你了。"

母亲动了动，似乎想要抗议，但我不想再面对他们的痛苦——不想再面对因我而起的痛苦——于是我上了马，离开了家。

第十四章

我带着满心的悲伤和愤怒策马在夜色中穿行,经由大路进了镇子,在一切的开始之处,"老橡木棍"酒馆停了下来。我蹒跚着走了进去,一只手捂着自己受伤的胸口,面孔也仍在隐隐作痛。

酒馆里的交谈声停止了。我吸引了他们的注意力。

"我在找汤姆·考博雷和他的鼬鼠儿子,"我气喘吁吁地说着,恶狠狠地盯着众人,"他们来过这儿吗?"

有些人转过身去。还有些人耸了耸肩。

"我们可不想惹麻烦,"酒馆老板杰克在吧台后面说道,"你给我们惹的麻烦已经够用一辈子了,真是多谢了,爱德华·肯威。"他说"真是多谢了"的时候语速很快,听起来就像是"真多谢"。

"你很清楚包庇考博雷一家会给你惹来什么麻烦。"我警告他说,然后大步走向吧台,这时他把手伸向了我早就知道的那样东西:一把挂在隐匿处的剑。我抢先一步赶到,猛地伸出手——同时牵动了伤口,令腹部一阵疼痛——抓住剑柄,飞快地拔剑出鞘。

一切都发生得太快,让杰克来不及反应。前一秒他还在考虑是否要去拿剑,下一秒同一把剑就抵在了他的喉咙上,真多谢。

酒馆里光线昏暗。壁炉里火光闪烁,黑色的影子在墙壁上跃动,酒客们纷纷警惕地眯起眼睛,看着我。

"好了,告诉我,"我说着,剑尖指着杰克的喉咙,让他瑟缩了一下,"考博雷父子今晚来过吗?"

"你不是今晚就要乘帝王号离开吗?"

发话的不是杰克,而是另一个人。某个坐在昏暗处,我看不清模样的人。我也没能认出那个声音。

"噢,幸好我的计划有变,否则我的父母就该在睡梦中活活烧死了,"我抬高了嗓门,"这就是你们的目的,是不是?因为这就是原本会发生的事。这些你们都知道,不是吗?"

酒馆里安静得连一根针落地的声音都能听见。他们在黑暗中注视着我:那些曾跟我喝酒打架的男人,那些跟我上过床的女人。他们守口如瓶。而且他们会继续保守下去。

屋外传来了马蹄声,然后是马车的叮当响声。其他人也都听见了。酒馆里的紧张气氛似乎变了。很可能就是考博雷父子。也许是来制造不在场证据的。我把杰克从吧台后面拖了出来,走到酒馆门口,那把剑始终抵在他的喉咙上。

"谁都别说话,"我警告他们,"如果有人说哪怕一个字,杰克的喉咙就要开个口子。今晚需要见血的,只有放火烧了我父亲牧场的那个人。"

这时外面传来了人声。我听见了汤姆·考博雷的声音。酒馆的门打开的同时,我也躲到了门后,让杰克挡在我身前,剑尖紧贴他的脖子。周围陷入了可怕的沉默,那三人也立刻察觉到了不对劲,但为时已晚。

他们走进门的同时,我听到考博雷嘶哑的笑声渐渐停止,然后我看到了先前认出的那双靴子,那双属于朱利安的靴子。于是我从门后走出,一剑刺穿了他。

你真该趁早杀掉我的。我会把这句话刻在我的墓碑上。

朱利安的身体凝固在了门框里,他张大嘴巴,瞪大眼睛,先是看向刺进胸口的那把剑,然后又看向我的眼睛。他最后看到的正是夺走他性命的我。他死前最后的咒骂化作一口喷到我脸上的鲜血。无论如何,他都不是我杀死的最后一个人。但却是头一个。

"汤姆!是肯威!"酒馆里传来大叫声,但即便对汤姆·考博雷这么愚蠢的人来说,这也是多此一举了。

朱利安双眼呆滞,光芒尽失,接着他软瘫下去,最后剑身滑出了他的胸口,而他就像个该死的醉鬼那样倒在门口。汤姆·考博雷和他儿子塞斯就站在他身后,瞠目结舌的样子像是看到了鬼。打算喝上几杯,再就今晚的娱乐好好吹嘘一番的想法烟消云散,他们转身就逃。

朱利安的尸体挡在我的前方,于是在我走出大门之前,他们也得到了宝贵的几秒钟之间,跑到了夜色笼罩的大路上。塞斯绊倒在地,正努力爬起身来,但汤姆并没有停步去搀扶自己的儿子,而是飞快地穿过大路,朝对面的农舍跑去。我转眼之间就追上了塞斯,手里仍旧攥着那把滴血的剑,有那么一瞬间,我很想让他成为第二个死在我手下的人。此时的我早已气昏了头,而且他们都说万事开头难。我干吗不干掉塞斯·考博雷,给这世界做点贡献呢?

还是不行。我下不了手。除了怜悯之外,我的心里还有疑虑。有可能——虽然几率很小,但的确有可能——塞斯根本不在场。

于是我用剑柄狠狠地砸中了他的后脑勺，随之而来的是愤怒而痛苦的叫声，还有他重重倒地的声音，多半已经人事不省，而我从他身边冲过，飞快地横穿道路，跟在汤姆后面。

我知道你们在想什么。我没法证明汤姆也在场。但我知道。我就是知道。

他穿过大路，冒险回头看了一眼，接着双手搭上石墙顶部，翻过墙去。看到我的同时，他发出了一声惊恐的呜咽，也让我有时间为他与年龄不符的灵巧身手而惊讶——不用说，是恐惧帮他加快了脚步。我跑到墙边，剑交左手，借力翻过墙去，在另一边稳稳落地，随后继续追赶。

我近得几乎都能嗅到他的臭味，但他已经跑到了农舍的外屋那边，消失在我的视野里。我听到附近传来靴底刮擦地板的响动，似乎院子里还有第三个人。我猜想那也许是塞斯，或者是这间农舍的主人。也许只是老橡木棍酒馆的酒客之一。但我一心只想找到汤姆·考博雷，因此没去在意。

我在外屋的墙边蹲了下来，仔细聆听。不管考博雷逃到了哪儿，显然都停下了脚步。我左右张望，看到的却只有夜色下黑漆漆的屋子，听到的只有不时的羊叫声和虫鸣声。在道路的另一边，酒馆的窗户透出灯光，但除此之外，那儿非常安静。

在近乎压抑的寂静中，我听到屋子另一边传来踩踏碎石的响声。他正在那儿等着我，满以为我会粗心大意地追到外屋后面去。

我思索着他的位置。他应该以为我会出现在那个转角。因此，我把步子放得尽可能缓慢而轻巧，朝着对面角落接近。在这个过程中，我的脚不小心踢到了几块石头，只能默默祈祷对方不会听到。我沿着屋子的边缘小心翼翼地前进，在转角处停下脚步，侧耳细听。如果我没弄错的话，汤姆·考博雷应该正埋伏在另一边。如果我弄错了，肚子上恐怕就要多一把匕首了。

我屏住呼吸，冒险探出头去，看了看外屋的另一边。

我的判断是正确的。考博雷就在远处的角落。他背对着我，手里举着一把刀子。他一心一意地等着我从另一边出现，身后毫不设防。我只需要迈出三步就能赶到他身边，用我的剑刺进他的脊梁骨，而他连放个屁的时间都不会有。

但这样不行。我要留他一命。我要知道他那些同伴去了哪儿。那个阻止朱利安对我下杀手，而且戴着戒指的高个子男人究竟是谁？

于是我废了他的一条手臂。名副其实地。我冲上前去，砍断了他的胳膊。

噢，至少我打算这么做。但很明显，我的剑术技巧远远不够纯熟，也可能是那把剑实在太钝的缘故？总之，当我双手握剑砍向汤姆·考博雷的前臂时，剑刃割开他的袖子，陷入血肉，但没能砍断他的胳膊。但至少他丢下了武器。

考博雷尖叫一声，连忙后退。他捂住受伤的胳膊，鲜血喷洒在农舍外屋的墙上，也落在泥地上。与此同时，我看到黑暗中有东西在动，于是想起了自己听到的响声，以及存在另一个人的可能。但已经太迟了。有个身影钻出黑暗，来到月光下，我看到了兜帽里漠然的双眼，他身上的工作服和靴子也整洁得过了头。

可怜的汤姆·考博雷。他毫无察觉，背脊径直撞上了那个陌生人的剑，对方用力一刺，剑尖便从他的前胸穿了出来，鲜血潺潺涌出。他低头看着剑尖，发出了自己在世界上的最后一声咕哝，接着那陌生人一甩剑身，他的尸体便滑落下来，重重地落在地上。

有句古话是这么说的："敌人的敌人就是我的朋友"，对吧？差不多是这样。不过这句话往往会有例外，而且我面前的这个人头戴兜帽，手里拿着一把染血的利剑。我的脖子上还有他的戒指留下的痕迹，我的脸也因为他的拳头隐隐作痛。至于他为什么杀死汤姆·考博雷，我不清楚，也不关心。我发出一声战吼，猛冲向前，我们双剑交击，发出的鸣响如同寂静夜晚的钟声。

他轻易地挡下了我的攻击。一次，两次。我从前冲变为后退，被迫慌乱地抵挡他的攻击。仅是不够纯熟？不，那时的我根本不懂剑术。我用剑的本事不比用木棍时更出色。他轻巧地剑锋一转，在我的胳膊上开了一道口子，我先是感到温热的血液自二头肌处泉涌而出，浸湿了我的袖子，随后感到持剑臂的力气似乎在缓缓流失。我们不是在打斗。根本不是。他是在耍弄我。等他玩够了，就会杀死我。

"让我看看你的脸。"我喘息着说，可他却默不作声。唯一能证明他听到了我的话的，只有他在兜帽下的双眼露出的一丝笑意。他的剑路骗过了我的双眼，而我的反应不够快——不光是不够快，而是太慢太慢了——没法阻止他在我的胳膊上留下第二道伤口。

他再次出剑。然后又是一次。这次我才意识到，他就像个医师那样，每一剑都极其精准，足以伤到我，又不会留下无法痊愈的伤势。足以让我失去还手之力。到了最后，我甚至没能察觉自己的武器脱了手。我只听到它坠落地面的响声，接着低下头，我受伤的手臂流出的鲜血滴落在剑刃上。

我以为他会除下兜帽。可他没有这么做。他反而抬起剑锋，贴着我的下巴，另一只手示意我跪下。

"如果你想要我跪下受死，那你可太不了解我了，陌生人，"面对着挫败和死亡，我却出奇地冷静，"如果你不反对的话，我希望继续站着。"

他用低沉单调的语气开了口,多半是故意捏着嗓子吧。"你不会在今晚面对你的末日,爱德华·肯威。真遗憾。但我要告诉你一件事。除非帝王号明天载着你离开,否则对所有背负肯威之名的人来说,今晚的事只是开始而已。只要你在明天一早离开,你的父母就不会再受伤害。但如果那条船出海的时候没带上你,他们就会受苦。你们都会受苦。我说得够清楚了吗?"

"能不能告诉我,你们究竟是什么来头?"我问他。

"不能。你只需要知道一点:在这个世界上,有些势力的强大超乎你的理解能力,爱德华·肯威。今晚你已经亲眼见到了。你在他们手上吃了苦头。就让这一切到此为止吧。别再回到这片海岸来了。现在,爱德华·肯威,给我跪下!"

他举起剑,剑柄狠狠砸中了我的鬓角。

等我醒来时,已经身在帝王号上了。

第十五章

  至少我以为自己是在帝王号上。我如此期望。我捂着隐隐作痛的脑袋,奋力把身体拖出吊床,但靴子才刚刚踩上甲板,身体就倒了下去。
  我的脸先着了地。我趴在木板上,呻吟了一会儿,思索着自己为何既像喝醉了,又不记得自己喝过酒。当然了,我确实没有醉。
  可如果我没醉,地板又为什么在晃动?它不断左摇右晃,我花了片刻时间去等待它停住,然后我才意识到这种持续的晃动究竟是什么。晃动丝毫没有停止的迹象。
  我拖着无力的双脚起身,在散落木屑的地板上摇晃了几下,接着站直身体,伸出双手,就像在走独木桥一样。先前的殴打留下的疼痛尚未消退,但已经有好转的迹象,伤口也像是一天以前的了。
  我接下来意识到的是空气里那种浓重的气味。不,不是气味。应该说臭味。
  老天啊,这可真臭。屎尿、汗水和海水的气味混合在一起。后来我才知道，那是船只的下层甲板特有的气味。就像每家肉店，每间酒馆都有它独特的气味，每一片下层甲板也一样。可怕之处在于，你很快就会习以为常。

那是男人的气味，而帝王号上有整整150个臭男人，当他们不在各自岗位上，也没去攀爬索具或是聚集在厨房的时候，就会睡在火炮甲板那一层的客舱里，或者睡在我这样的吊床上。

当船身前冲，带着我的身体撞上木头支架，接着又重重撞上对面的立柱时，我听到有个船员在暗处窃笑起来。平衡能力。跟他们说的一样。我得赶快习惯才行。

"这儿是帝王号吗？"我对着那片昏暗说。

船身的嘎吱声传来。就像那股气味和平衡能力一样，这也是我必须习惯的东西。

"没错，你是在帝王号上。"那人答道。

"我是新来的。"我抱着那根柱子，对黑暗喊道。

嘶哑的笑声传来。"这还用你说。"

"我们离开陆地多久了？"

"一天了。你被人带上来的时候睡着了，要不就是晕过去了。我看你是喝太多了。"

"差不多吧。"我答道，双手仍旧紧紧抱着柱子。我的思绪回到了最后一天的那些事上，但那种感觉就像撕扯自己的伤口。一切发生得太快，又太令人痛苦。我必须努力理清头绪。我必须面对自己的过失，而且我还有信要写。（我不无悔恨地提醒自己，要不是有卡罗琳的指导，我根本写不出什么信来。）但这些还是留待以后再说吧。

我的身后传来刺耳的绞动声。我连忙转身，在昏暗中眯起眼睛，等双眼适应之后，我看到了一只绞盘。我能听到头顶的脚步声，还有在上方甲板忙碌的人们的呼喊声。绞盘吱嘎作响，再次转动起来。

"拉啊！"上方有人喊道，"用力拉！"这声音让我瞪大眼睛，仿佛回到了单纯而好奇的童年时代。

我扫视周围。我的两边都是圆形的火炮。炮管在黑暗中反射着黯淡的光。在甲板的另一边，我看到有架绳梯悬垂在四方形的阳光之中。我朝那边爬去，爬到了后甲板所在的位置。

我很快发现了其他水手练出平衡感的方法。他们不仅打扮与陆地上的人不同——短夹克，方格衬衫，帆布长裤——走路的方式也很不一样。他们的整个身体似乎都在随着船的颠簸而移动，而且完全出自本能。在船上的最初几天，我就这样被船底起伏的海浪在立柱间抛来抛去，一次又一次摔倒在甲板上，也渐渐习惯了其他人的嘲笑。但没过多久，就在我开始习惯下层甲板的气味、船身从不间断的嘎吱声以及只靠几块木板在汪洋大海上飘荡的感受的时候，我也学会了随着海浪和帝王号的颠簸而行动的方法。很快我就像其他人那样，可以在船上自由行走了。

其他水手的皮肤都晒成了深棕色。他们的脸上满是皱纹，饱经风霜，有些老水手的皮肤就像融化的蜡烛。年长的水手大都寡言少语，头巾几乎盖住的眼睛里透出警惕。

大多数水手都在脖子上松垮垮地系着围巾或是手帕，身上有刺青，还留着胡须，戴着金耳环。有些水手外表苍老，但大多只比我年长十岁左右。我很快发现，他们的家乡天南地北：伦敦、苏格兰、威尔士、西南诸郡。船员中有不少黑人，大约占了总人数的三分之一，其中有些是逃亡的黑奴，他们在海上找到了自由，得到了船长和其他船员的平等对待——或者说，得到了和其他社会渣滓同等的对待。还有些人来自美洲殖民地，来自波士顿、查尔斯顿、纽波特、纽约和塞勒姆。

大多数人似乎永远带着武器：弯刀、匕首、燧发手枪。而且似乎从来都不止一把——后来我才知道，这是为了防备火药受潮无法开火的情况。

他们喜欢喝朗姆酒，谈起女人时的用语和方式粗俗到令人难以置信，而且最喜欢的事就是大声争吵。但船长的规定却能将他们维系在一起。

船长是个苏格兰人，名叫亚历山大·多尔齐尔。他是个大个子，不苟言笑。他重视船上的规定，最喜欢做的也莫过于提醒我们规定的内容。当我们聚集在后甲板、主甲板和前甲板上的时候，他会站到艉楼上，手按栏杆，然后警告我们说，所有在值勤时打瞌睡的人都要被处以涂焦油裹羽毛之刑（译注：一种主要目的在于羞辱的刑罚，将受罚者的身上涂以焦油，随后粘上羽毛并示众）。男男苟合者将处以阉割之刑。下层甲板禁烟。禁止向压舱物撒尿。（没错，就像我之前说过的那样，我自己当上船长以后也照搬了这条规定。）

我毕竟缺乏经验，而且刚上船不久。在那个时候，我根本没想过自己可能会违反规定。

我很快适应了海上生活的节奏。我练出了平衡感，学会了根据风向待在船的哪一边，以及吃饭时把手肘放在桌上，免得餐盘滑落。他们安排给我的都是瞭望或是守夜的工作。我学会了在浅水区域测探水深，也懂得了航海术方面的基础。这些都是我从其他水手那儿听来的。他们除了夸耀自己和西班牙人作战时的英勇之外，最喜欢的就是讲述关于航海的宝贵经验，像是："夜晚红云起，水手心欢喜。晨间红光现，水手须警戒。"

天气。还有风向。我们受制于它们。当这两者不理想的时候，平时的欢快就会被阴郁的气氛所取代，在狂风巨浪之中，那些日常的工作突然变得攸关存亡，我们只能在操纵船帆、修补船壳和排出积水的间隙草草进食。为了保住自己的性命，所有人都会全神贯注，没日没夜地默默拼命忙碌。

那些日子让人精疲力竭，身心交瘁。我始终保持着清醒，他们总是让我攀上横桅，或者去下层甲板操纵水泵，偶尔有机会休憩的时候，我就会靠着下层甲板的舱壁，蜷缩身子小睡。

等到天气好转，生活就会恢复正常。我会观察那些年长的水手，看着他们喝酒、赌博、聊女人，也渐渐意识到，我在布里斯托尔的事迹相比之下是多么乏味。我想起了那些在西南诸郡酒馆里遇见的人们，想到他们自以为是久经考验的酒徒和斗士，如果他们看到这些水手，肯定会自愧不如。在船上，人们会毫无理由地大打出手。他们会立刻拔出刀子，不见血不罢休。我在海上度过的头一个月里，听到的骨骼碎裂声比有生以来的这十七年还要多。而且别忘记，我可是在斯旺西和布里斯托尔长大的。

只不过，这些争斗开始和结束同样迅速。他们前一秒还拿刀抵着别人喉咙，下一秒就会拍拍肩膀表示友好，虽然动作就像出拳时那样用力，却能收获预想中的效果。船长规定，如果有人争吵不休，他们就必须去岸上，以剑或手枪进行决斗。当然了，没人希望走到那一步。吵架是一回事，可能死掉就完全不同了。所以争吵往往来得快去得也快。怒火燃起，旋即熄灭。

正因如此，船上很少能看到真正相互仇视的情况。所以我能碰上这种事算是撞了大运。

我最初有所察觉，是在上船的第二三天后。我觉得有人以锐利的目光盯着我的背脊，于是转身还以微笑。那是个友好的微笑，至少我是这么以为的。不过在我眼里的友好却是他眼里的自大，我的反应似乎更加激怒了他。他回以愤怒的目光。

到了第二天,我正在后甲板上走着,突然有人的手肘重重撞上了我,令我跪倒在地。我抬头看去,以为会看到有人咧嘴笑着说"被我抓到了!"可我却看到昨天那人转过头来,露出得意的笑容。他是个大块头。看起来就很不好惹的那种。不过看起来,我已经惹怒了他。

之后,我跟经常睡在旁边吊床的那个黑人水手——他名叫"星期五"——提起了这事。在描述那个撞倒我的人的时候,他立刻猜出了那人是谁。

"肯定是布莱尼。"

布莱尼。我对他的了解仅限于名字而已。但不幸的是——我是指对我来说,不幸的是——布莱尼恨我。他对我恨之入骨。

理由大概是有的。由于我们从来没说过话,那么他的理由应该也不太站得住脚。但重要的是,布莱尼觉得自己有理由恨我,这才是我需要在意的。此外,他身材魁梧,而且按照星期五的说法,还剑术娴熟。

你现在应该也猜到了:布莱尼就是我当初提前赶到时,帝王号上的那几个水手之一。好了,我知道你在想什么:他就是对我出言不逊,打算为我的自大给我点教训的那个人。

哦,不,如果你真这么想,那你就错了。布莱尼只是当时在船上玩牌的水手之一。他是个头脑单纯、四肢发达的家伙,额头突出,那对粗眉毛永远拧在一起,仿佛始终在为某些事而困惑。那天晚上,我几乎没注意到他,现在想来,也许这正是他恼火的原因,也许他的怨恨也是自此而来:他觉得我忽视了他,这让他生气,也因此对我怀恨在心。

"他为什么要跟我过不去?"我问星期五,而他只是耸耸肩,喃喃地说:"因为你忽视他。"然后他闭上眼睛,表示我们的交谈到此为止。

的确如此。我确实忽视了他。

显然，这让布莱尼更加生气。布莱尼不喜欢被人忽视，他希望自己受人关注。他希望自己被人畏惧。我对布莱尼缺乏畏惧——没错，这就是他憎恨我的原因。

第十六章

　　我还有其他的事要考虑。比方说，船员中开始流传谣言，说船长对收入状况很有意见。这艘船已经有两个月没有进行抢掠了：我们连半个子儿都没赚到，不满的声音越来越响，其中大部分就来自船长自己。所有人都知道，我们的船长觉得自己尽职尽责，却没得到多少回报。

　　你也许会问，他尽了些什么职责？噢，作为私掠船，我们代表的是女王陛下：我们就像她的编外士兵，参与和西班牙人的这场战争。作为回报，我们可以劫掠西班牙船只而不受惩罚，这正是我们想要的，也正是过去所发生的。

　　然而，海上的西班牙船只越来越少了。在港口里，我们开始听到关于战争即将结束的谣言：他们说和约很快就会签订。

　　不过面对困境，多尔齐尔船长——就高瞻远瞩、见风使舵的本领来说，他的确非常出色——却决定带领我们进行私掠证的允许范围之外的行动。

大副特拉福德站到了多尔齐尔船长身边。船长取下三角帽，拭去额头的汗水，又把帽子戴回头上，接着向我们所有人开了口。

"这次袭击会让我们发大财，伙计们，你们的钱袋会撑破的。但我得先提醒你们——要不我可就没资格当你们的船长了——这桩买卖真的很危险。"

危险。没错。被人俘虏、拷打和死在绞刑架上的危险。

我听说，被绞死的人会大小便失禁。他们会把海盗的裤脚管系在脚踝上，免得屎尿流出来。我最害怕的其实是那种羞辱。我可不希望卡罗琳记忆中的我悬挂在绳子上，浑身散发出恶臭。

我离开布里斯托尔，并不是为了成为逍遥法外的海盗。如果我留在船上，并且按照船长的打算去做，我的下场就会变成那样。东印度公司的海军和女王陛下的舰队会组成联军，前来追捕我们。

不，我加入私掠船并不是为了成为海盗，可关键在于，我不能一文不名地回家去。我本打算等富有后用钱洗清我的罪名，这么一来，我的敌人或许也会妥协。

但还是不行，我不能当海盗。我的钱必须通过合法途径赚来。

请别再偷笑了。我知道这话现在听起来有多可笑，但在当时，我的胸中还有热情，头脑里也还有梦想。当时，船长做出他的提议以后，说他知道并非所有船员都想要参与犯法的事，又说不想参与的人应当马上说出来，或是答应永远保守这个秘密，他会安排这些人下船。听到这话以后，我便向前走去。

星期五悄然伸出一只手，拦住了我。他没有看我，而是直视前方，同时阻止我走出队列。他压低声音说了句"等等"，我没等多久，就明白了他的用意。五个水手慢吞吞地走上甲板，他们是些不愿参与海盗行为的好人。船长一声令下，大副就把那五个人轮流丢下了船。

那时的我决定闭上嘴巴，跟随船长行动，但只到某个时刻为止。我会跟随他，拿到属于我的那份钱，然后就跳船离开。等我跳船以后，我会加入其他私掠船——毕竟那时的我已经是经验丰富的水手了——等到东窗事发的时候，就矢口否认自己曾在帝王号上待过。

我的计划算不上特别精细。它存在缺陷，这点我必须承认，但话说回来，我当时本就处在两难的境地，无论哪个选择都不怎么诱人。

等被丢下船的水手们的呼救声渐渐远去，船长便开始讲述他的海盗计划。他并不打算攻击王家海军，那样做无异于自杀；不过他知道西印度群岛那边有个合适的目标。于是在1713年1月，帝王号开始向西印度群岛驶去。

第十七章

1713年1月

在群岛间航行的时候，我们会在避风的港口或是河口抛锚，派船员上岸去寻找给养：食物、水、啤酒、葡萄酒、朗姆酒。靠岸的时间可能长达数日，我们消遣的方法包括捉海龟，打鸟儿，可能的话还会捕猎牛、羊和猪。

有一次，我们需要对帝王号进行修理，因此我们先让船搁浅，然后利用木块和索具让船身倾斜过来。我们用火把烧掉船壳上的海草和藤壶，堵住裂缝，并更换朽坏的木板，这一切都在船上的木匠的指挥下——他一直盼望有那么一天。这并不奇怪，因为我们还趁此机会修理了桅杆，而他欢快地对军需官和大副二副呼来喝去，他们几个也只能闭上嘴巴，乖乖干活。

那些日子过得很愉快，我们钓鱼、狩猎、欣赏着那些长官累死累活的样子。我简直都不想离开了。但启航的那一天还是来了。

我们追赶的那条船是东印度公司的一条商船。下层甲板这边，不少人对这次行动的明智程度颇有微词。我们都知道，攻击那样一艘享有名望的船舰，我们就会遭到通缉。但船长说整个加勒比海只有三条海军战舰和两条海军单桅帆船在巡逻，而东印度公司的那条船——亚马逊大帆船号——据说带着大量的财宝，只要我们把那条船带到看不到陆地的开阔水域，就能随心所欲地进行洗劫，然后逃之夭夭。

"可亚马逊号上的船员难道就不会指认我们吗？"我问道，"他们难道不会告诉海军，帝王号攻击了他们吗？"星期五只是看着我。我不喜欢那种眼神。

在狩猎的第三天，我们发现了目标。

"有船帆！"瞭望手大喊道。这样的信号我们已经听了很多遍，并没有因此燃起希望。我们只是看着船长和军需官商量。片刻之后，他们确认了那是亚马逊号，于是我们起了锚，朝它驶去。

等到接近之后，我们升起了红色的旗帜，英格兰的旗帜，当然了，亚马逊号还留在原处，满以为我们是英格兰的私掠船。

我们的确是。但只是理论上。

水手们装好子弹，又去确认刀剑没有变钝。他们搬出了登船钩，火炮也配备好了人手。等我们几乎接舷的时候，亚马逊号的船员才发现我们早已荷枪实弹，我们能看清他们阴沉的脸色，以及像受惊的母马般慌乱奔逃的样子。

我们强迫亚马逊号停了船。我们跑到舷侧，举起手枪，炮弹上膛，弯刀在手，龇牙咧嘴。我没有手枪，手里只有军需官从箱底翻出来的一把老旧生锈的剑，但这并不重要。我夹在两倍于我的年龄却十倍于我的勇猛的人们之间，尽我所能地摆出凶恶的神情。表现得既凶狠又残忍。

下层甲板的火炮都瞄准了对面的亚马逊号。只要一声令下,它们就会射出成排的炮弹,足以让那条船断成两截,沉入海底。对面船员的脸上都挂着懊丧而惊恐的神情。那是不小心踏入陷阱,被迫面对可怕后果时的表情。

"让你们的船长出来!"我们的大副对着亚马逊号大喊道。他拿出一只沙漏,放到舷侧的栏杆上。"在沙子漏完之前,让你们的船长站出来,否则我们就要开火了。"

一直等到时间快要耗尽,他才终于出现在甲板上,穿着他所有的华贵服饰,努力用轻蔑的目光打量我们——却掩盖不住他眼里的恐惧。

他按照要求放下了一艘小艇,然后乘着它来到我们的船上。我不由得对他心生同情。为了保护自己的船员,他把性命交到了我们手上,这点值得钦佩。他顺着绳梯爬上船的时候,始终高昂着头,引得下层甲板的炮手们好一番嘲笑,随后有两个人粗鲁地抓住他的双肩,拖着他越过舷侧的栏杆,放到后甲板上。

他的双脚踏上甲板的同时,便挣脱了他们的手,然后正了正外套和衣领,要求和我们的船长见面。

"噢,我在这儿。"多尔齐尔说着走下艉楼,大副特拉福德紧随其后。船长戴着他的三角帽,额头系着头巾,弯刀也出了鞘。

"船长,你的名字是?"他说。

"我是本杰明·普里查德船长,"商船船长不快地答道,"请告诉我,这究竟是什么意思。"

他努力挺直身子,但还是及不上多尔齐尔的身高。能在高度上跟他相提并论的人本就不多。

"这究竟是什么意思?"多尔齐尔重复道。船长露出微笑,这也许是我头一次看到他的笑容。他用戏谑的目光扫过甲板上的手下们,我们顿时发出残忍的嗤笑声。

"是的。"本杰明·普里查德船长一板一眼地说。他说话时带着上流社会的口音。不知为什么,我想起了卡罗琳。"我问的就是这个。你们应该明白,我的船从属于英国东印度公司,并且受到王家舰队的保护。"

"我们也一样。"多尔齐尔答道。这时候,他指了指在上桅帆处飘扬的那面红色旗帜。

"我倒是觉得,在你们用火炮威胁我们停下的那一刻,就丧失了这种特权。当然了,除非你们真有这么做的充分理由。"

"的确有。"

我转过目光,发现亚马逊号的船员虽然面对炮口不敢动弹,却和我们同样出神地观察着这边甲板上的进展。周围一片寂静,能听见的只有海浪拍打船身,以及微风吹动桅杆和索具的轻响。

普里查德船长很是惊讶。"你们真有充分的理由?"

"是的。"

"我明白了。你不妨说来听听。"

"好的,普里查德船长。我强迫你们停船,是为了让我的手下掠夺所有值钱的货物。你看,最近海上的猎物非常稀少。我的手下非常焦躁。他们担心自己这次出海会是空忙一场。"

"阁下,你是个私掠船长,"普里查德船长反驳道,"如果你继续这样的行动,你就会成为海盗,成为通缉犯,"他对着所有船员说道,"你们都会成为通缉犯。女王陛下的舰队会追赶你们,并将你们逮捕。你们会在泰晤士河畔的正法码头被吊死,你们的尸体会在伦敦的沃平区示众。这真是你们希望的吗?"

死的时候屎尿齐流,一身臭气。我心想。

"我听说女王陛下正打算跟西班牙人以及葡萄牙人签订和约。这么一来,也就没人需要作为私掠船长的我了。你觉得我在那时又会怎么做?"

普里查德船长吞了口口水,因为这个问题没有什么正确答案可言。接着,我头一次看到了多尔齐尔船长的大笑,他露出满口破烂发黑的牙齿,就像一片被人洗劫过的墓地。"好了,阁下,不如我们换个话题,来讨论一下你把财宝藏在船上的哪儿吧?"

普里查德船长正要抱怨,可特拉福德已经踏前一步,抓住了他,然后推着他爬上阶梯,走进航海室里。这时候,其他人纷纷将注意力转向了对面那条船的船员,令人不安的可怕沉默弥漫在空气里。

接下来,我们听到了尖叫声。

我吓了一跳,连忙看向叫声传来的航海室。我瞥了眼星期五,只见他也盯着航海室的门,脸色的表情令人费解。

"出什么事了?"我问他。

"嘘。小声点儿。你以为出什么事了?"

"他们在拷打他?"

他翻了翻白眼。"你以为呢?用朗姆酒和腌菜招待他吗?"

尖叫声连绵不绝。在另一条船上,那些人的表情也变了。片刻之前,他们还愤怒而恶毒地看着我们,就好像在静候时机,很快就会出其不意地发动反击。就好像我们只是一群流氓无赖,很快就会被他们打得哭爹叫娘。可此时他们的眼里只有恐惧:他们害怕自己会是下一个。

这可真奇怪。这件事既让我羞愧,又莫名其妙地壮起了胆。我自己也曾给其他人带去过痛苦和悲伤,但我从来都无法忍受为了暴力本身而使用暴力的行为。多尔齐尔肯定会说:"这可不是为了暴力本身,孩子，这是为了知道财宝藏在哪儿。"但他说的话半真半假。因为事实上，只要我们冲上那条船，很快就能找到财宝存放的位置。不，拷打那位船长的真正目的在于对面那些船员脸色的变化。为了将恐惧打入他们的内心。

不知道过了多久——也许有一刻钟左右吧——尖叫声达到了最高点。甲板水手们残忍的嘲笑声也无力继续下去，就连最冷酷的人也开始思索，或许这一天施加于他人的痛苦已经够多了——就在这时，航海室的门被人推开，多尔齐尔和特拉福德走了出来。

船长的脸上带着冷酷的满足，他俯视我们，再看看另一艘船上那些忧虑的面孔，然后才指了指，说道："你，孩子。"

他指着我。

"我、我在，长官。"我结结巴巴地说。

"到船舱里去，孩子，保护好船长，让我们去弄清他吐露的信息是否有价值。你跟他一起去。"他指了指另一个人。我没看到那人是谁，只顾匆忙走向后甲板，挤过正朝着舷侧涌去、准备登上另一条船的人流。

进入航海室，看到普里查德船长的时候，我吃了两惊。

航海室里有一张硕大的餐桌，放在房间的一侧。此外还有军需官的工作台，上面放着他的航海工具、地图和海图。

在房间的中央，普里查德船长坐在椅子上，双手被反绑在身后。空气里残留着一股不知从何而来的难闻气味。

普里查德船长耷拉着脑袋，下巴抵着胸口。听到开门声，他抬起头，用模糊不清的双眼打量着我。

"我的手，"他哑着嗓子说，"他们对我的手做了什么？"还没等我弄清楚，就吃了第二惊——我的看守同僚走进了房间，那人正是布莱尼。

噢，见鬼。他在身后关上了门。他的目光从我身上转向受伤的普里查德船长，又转回我身上。

航海室外传来我们的水手的叫喊声，他们正做着登上另一条船的准备，但我忽然感觉这一切都与我无关，仿佛发生在很远的地方，相关的那些也都是陌生人。我绕到船长背后，目光始终不离布莱尼的双眼，然后看向船长被反绑在椅背处的手。我终于明白那种气味的源头了。那是烧焦血肉的气味。

第十八章

多尔齐尔和特拉福德把点燃的引信夹在普里查德船长的手指之间，以此逼迫他开口。地上散落着几根烧过的引信，还有一只水壶，我把壶口举到鼻子下面，发现那是他们洒在他伤口上的盐水——为了加剧他的痛楚。

他的手上满是水泡，有些部位烧得焦黑，另一些部位则流血不止，就像一块拍打过的肉。

我寻找着水壶，同时提防着布莱尼，思索着他为什么毫无行动。为什么一言不发。

他结束了我的苦恼。

"哎呀，哎呀，哎呀，"他粗声粗气地说，"我们终于碰面了。"

"是啊，"我干巴巴地回答，"我们真走运，是吧伙计？"

我看到长桌上有一壶水。

他没理会我的讥讽。"你究竟打算做什么？"

"我要拿水来清洗这个人的伤口。"

"船长可没提过要照看囚犯的伤。"

"他很痛苦,伙计,你看不出来吗?"

"别他妈跟我这么说话,你这狗崽子。"布莱尼口气里的凶狠几乎令我的血液结了冰,但我不打算表现出来。虚张声势的要诀就是别露怯。

"听起来你想找架打,布莱尼。"

我真希望自己的语气能更自信些。

"说不定吧。"

他的枪带上别着好几把手枪,腰间还配着一把弯刀,但他的手里那道银光却仿佛是凭空出现的:那是一把弧形匕首。

我吞了口口水。

"你打算趁着其他人登船的时候做什么?我们可是受命要看守这位船长的。好了,我不知道你看我哪里不顺眼,又为什么对我怀恨在心,但我们最好还是换个时间去解决,除非你有更好的主意。"

这时布莱尼咧嘴笑了,嘴里的一颗金牙闪着光。"噢,孩子,我的确有别的主意。比如这位船长企图逃跑,还在过程中捅了你一刀。或者不如再换个主意?比如是你帮助这位船长逃跑的。比如你给这个囚犯解开了绳子,想要带他逃跑,是我阻止了你,在过程中把你们俩都捅了个对穿。我想后一个主意更好。你觉得如何?"

我看得出,他不是在说笑。布莱尼一直在等待时机。毫无疑问,他不想因为殴打我而受到责罚,但突然间,他就把我逼到了退无可退的死角。

然后别的事情吸引了我的注意力。我单膝跪在地上,看到了一样东西。我认出了船长戴着的那枚印章戒指上的印记。

在帝王号上醒来的那天，我在下层甲板找到了一面镜子，用它来察看我自己的伤口。我的身上有割伤、瘀伤和擦伤。我看起来就是个挨过一顿痛打的人。其中一处瘀伤是被那个戴兜帽的男人用拳头打出来的。他的戒指在我的皮肤上留下了印痕。那是十字架的符号。

我在普里查德船长的戒指上也看到了相同的符号。

尽管那个可怜人浑身难受，我却忍不住问他："这是什么？"

我的嗓音太尖了些，又太响了些，足以引起布莱尼的怀疑。于是他离开关上的门，走上前来察看。

"什么？"普里查德说，但这时布莱尼已经走了过来。他也看到了那枚戒指，只是他的兴趣大部分在于它本身的价值，而非符号的意义。他不顾普里查德的痛呼，毫不犹豫地伸出手，扯下了戒指，同时也剥下了手指上烧焦发黑的皮肤。

船长的尖叫声过了好一会儿才渐渐平息。他的头软绵绵地垂向胸口，长长的涎水从口角落向航海室的地板。

"给我。"我对布莱尼说。

"凭什么？"

"快点，布莱尼……"我开口道。紧接着我们听到了某个声音，那是从外面传来的喊声："有船帆！"

我们并没有把争执抛到脑后，只是暂时放到一边而已。布莱尼用他的匕首指了指我，然后说："在这儿等着。"说完，他就走出房间，察看外面的情况去了。

敞开的门为我展露了船上突如其来的恐慌景色，但随着船身突然前冲，门也被关上了。我的目光从门那边转到呻吟着的普里查德船长身上。我根本不想当什么海盗。从前的我是个布里斯托尔的牧羊人。的确，我渴望着冒险，但却是正大光明的冒险。我不是罪犯，也不是亡命徒。对于这些拷打无辜者的家伙，我半点也不想与他们为伍。

"给我松绑，"船长的嗓音沙哑，充满痛苦，"我可以帮你。我可以为你的赦免做担保。"

"如果你愿意把戒指的事告诉我，我就给你松绑。"

普里查德船长缓缓地摇晃着脑袋，仿佛要驱赶痛楚。"戒指，什么戒指……？"他困惑不解地说着，试图弄清这个年轻的甲板水手为何会询问他毫不相干的事。

"有个我认为是敌人的神秘男人戴着和你一样的戒指。我需要知道它的含意。"

他努力振作精神，嗓音沙哑，语气却相当慎重。"它的含意是庞大的力量，我的朋友，能够用来帮助你的庞大力量。"

"如果有人用这股庞大的力量对付我呢？"

"这也是有可能的。"

"我觉得已经有人在用它对付我了。"

"那就放我自由，我会用我的影响力去帮你查明。无论你蒙受了何种冤屈，我都能帮你洗清。"

"这件事关系到我爱的女人。还有几个有权有势的人。"

"有些人有权势，还有些人更有权势。我向圣经发誓，孩子，你的任何烦恼都能得到解决。你遭受的不公也会得到纠正。"

我的手指已经开始摆弄绳结，但就在绳索松脱、滑落到地板上的同时，门突然开了。多尔齐尔船长站在门口。他眼神疯狂，利剑在手。他的身后能看到骚乱的人群。那些不久前准备登上亚马逊大帆船号、作为作战部队集结起来的水手，突然陷入了一片混乱。

多尔齐尔船长只说了三个字，但这已经足够了。

"私掠船。"

第十九章

"长官?"我说。

谢天谢地,多尔齐尔的全副心思都放在意外的状况上,没空思索我在普里查德船长的椅子后面做着什么。"私掠船要来了。"他大喊道。

在恐惧中,我的目光从多尔齐尔转到了我刚刚给普里查德船长松绑的双手。

普里查德突然来了精神。尽管他镇定地将双手继续背在身后,却忍不住嘲笑起多尔齐尔来:"是爱德华·萨奇来救我们了。你还是逃吧,船长。爱德华·萨奇跟你不一样,他是个忠于王室的私掠船船长,如果我告诉他这儿发生的事……"

多尔齐尔骤然向前迈出两大步,将剑尖刺进了普里查德的腹部。普里查德坐在椅子里的身体绷紧了,利剑刺穿了他的身体。他的头骤然仰起,双眼盯着我看了一秒钟,随后身体失去了力气,软瘫在椅子里。

"你什么也别想告诉他了。"多尔齐尔咆哮着拔出了剑。

普里查德的手无力地垂到身侧。

"他手上的绳子解开了。"多尔齐尔谴责的目光看向了我。

"是您的剑,长官,它割断了绳子。"我说。他似乎接受了这个理由,随后转过身,跑了出去。与此同时,帝王号晃了晃——我后来才知道,那是萨奇的船撞上了我们的侧面。有些人说,船长当时正冲向敌人,两船的碰撞让他立足不稳,越过舷侧的栏杆,落进了水中。还有些人说,船长是想到了正法码头的情景,于是径直跳下了船,以此逃离被俘的命运。

我从航海室取走了一柄弯刀和一把手枪,别在腰带上,然后冲出了门,来到甲板上。

我看到的是混战的场面。私掠船员们从右舷登上了船,而左舷的亚马逊号也抓住机会进行了反击。我们寡不敌众,就在我挥舞着剑加入战斗的同时,我已经看出我们即将失败。甲板上血流成河。到处都是倒地死去,或是无力地靠着舷侧栏杆的人,他们的身体伤痕累累。其他人还在战斗。我能听到滑膛枪和手枪的咆哮声,此起彼伏的金铁交击声,还有濒死者的痛呼,以及双方发起攻击时的战吼。

即便如此,我发现自己却游离于战局之外。我向来都不是懦夫,但我担心自己跟敌人还过不到两招,这场战斗就会结束。我们这边已经阵亡了很多人。有些人开始跪倒在地,丢下武器,无疑是希望入侵者给予怜悯。还有些仍在战斗,其中包括大副特拉福德,他的身边是个我不太熟悉的人,我想他应该是叫米尔林。我看到两个敌人冲向了米尔林,同时用力挥出长剑,那力道就算再高超的剑术也无法阻止,于是他被迫退到了栏杆边,脸上多了几道伤口。随后那两人同时刺中了他,令他尖叫起来。

我看到布莱尼也在那儿。不远处就是那条私掠船的船长,我刚刚得知他名叫爱德华·萨奇,也就是后来举世闻名的黑胡子。他跟传说中描述的一样,只不过那时他的胡子还没有那么长;他高大苗条,一头浓密的黑发。他也正在战斗,他的衣服沾着血迹,刀尖也在滴落鲜血。他和一名手下已经攻了过来,而我发现自己身边站着两个人:特拉福德和布莱尼。

布莱尼。肯定是他。

战斗已经结束了。我看到布莱尼看看我,又看看特拉福德,接着看向萨奇。他做好了打算,于是在下一瞬间,他对萨奇船长大喊道:"长官,要我帮你解决他们吗?"随后他转过刀尖,指向我和特拉福德。他对我露出了格外恶毒的笑。

我们都难以置信地看着他。他怎么能这么做?

"嘿,你这喝舱底水的下流杂种!"面对他的背叛,特拉福德怒不可遏。他扑向了布莱尼,弯刀向前刺去,或者说他本想刺出弯刀,但没料到接下来的事:除非他料到自己会死,因为那正是随后发生的事。

布莱尼轻松地闪向旁边,同时阴险地朝特拉福德的胸口砍出一刀。大副的衬衣破开,鲜血浸湿了他的前襟。他痛苦而惊讶地咕哝一声,但这并没有阻止他再次扑向布莱尼——可惜的是,这次攻击更加破绽百出。布莱尼让他尝到了教训,用弯刀再次砍下,一刀接着一刀,一次又一次地砍中特拉福德的脸部和胸口,最后特拉福德丢下了自己的弯刀,跪倒在地。他含糊地呜咽了一声,口吐鲜血,向前扑倒在甲板上,不再动弹。

甲板上的其他人都陷入了沉默:其余的每个人都在看着我和布莱尼,看着站在入侵者和航海室入口之间的我们。就好像活下来的只有我们两个一样。

"长官,要我解决他吗?"布莱尼说。我冲向前去,举起了剑,但还没等我反应过来,他的刀尖就抵住了我的喉咙。他又一次咧嘴笑了。

人群分开,爱德华·萨奇走上前来。

"好了,"他对布莱尼晃了晃手里的弯刀,刀刃上沾满我的同伴们的鲜血,"伙计,你为什么要叫我'长官'?"

布莱尼的刀尖贴着我的喉咙。"我希望成为您的手下,长官,"他答道,"并且证明我对您的忠诚。"

萨奇转头看向我。"还有你,年轻人,除了死在你自己同伴的刀下以外,你还有什么打算?你是想作为私掠船员加入我们,还是作为海盗,死在你这位同伴的手里,或者吊死在英国老家?"

"我从没想过当海盗,阁下,"我立刻答道,"我只想为我的妻子赚些钱,阁下,用正经的法子赚些带回布里斯托尔的钱。"

虽然有人禁止我接近布里斯托尔,我也见不着自己妻子的面,但我决定还是别拿这些细节来让萨奇烦心了。

"是啊,"萨奇大笑起来,随后朝身后的众多俘虏一挥手臂,"我想你还活着的每个同伴都会这么说。每个人都会发誓说自己从没想过要当海盗。他们会说这是船长的命令。是他强迫下的违心举动。"

"他的手段非常严酷,阁下,"我说,"每个这样告诉您的人,说的都是真话。"

"那请你告诉我,你的船长是怎样说服你从事海盗这一行的?"萨奇质问道。

"阁下,他告诉我们,反正等签订和约之后,我们都得当海盗。"

"好吧,他很可能是对的,"萨奇想了想,然后叹了口气,"这我没法否认。不过这种事靠借口可没法开脱,"他咧嘴笑了笑,"因为我还在当私掠舰长,而且我发过誓保护和协助女王陛下的舰队,其中包括照看亚马逊大帆船号这样的船舰。好吧——你的剑术不怎么样,对吗孩子?"

我只能承认。

萨奇笑出了声。"是啊,这点太明显了。可你还是冲向了站在这儿的那个人,对吧?你知道你会死在他的刀下。这又是为什么?"

我怒气上涌。"布莱尼是个叛徒,阁下,我很生气。"

萨奇把弯刀插进甲板,双手按着刀柄,目光从我转向布莱尼,后者在平时的愤怒与茫然的表情之外,又多了一丝警惕。我明白他的感受。从萨奇的行为里,很难看出他会同情什么样的人。他的目光从我转向布莱尼,又转向我。然后又重复了一遍。

"我有个主意,"他最后大吼道,甲板上的所有人似乎都松了口气,"让我们用决斗来解决。你们说呢,伙计们?"

就像天平那样,其他人情绪高涨,而我的情绪却低落下去。我根本没用过几次刀剑。而另一方面,布莱尼却是个老练的剑客。对他来说,解决我根本不费吹灰之力。

萨奇笑出了声。"噢,但不是用剑,伙计们,因为我们已经见识过这一位的剑术了。不,我提议一对一的肉搏。不用武器,甚至不用刀子,孩子,你觉得如何?"

我点头同意,心里想的却是最好根本不打,但肉搏已经是我能期待的最好结果了。

"很好,"萨奇拍了拍手,他的弯刀在木板里颤动了几下,"那就开始吧。来吧,伙计们,围成一圈,让这两位绅士站在圈里。"

当时是1713年,我确信自己即将死去。

想想看吧——那是九年前的事儿了,不是吗?那应该就是你出生的那一年。

第二十章

"那我们就开始吧。"萨奇命令道。

人们开始攀爬索具和桅杆。绳梯、扶手和三艘船的上甲板都挤满了人——每个人都伸长脖子,想要看个清楚。布莱尼炫耀式地脱掉了衬衣,只穿长裤。虽然我知道自己身材瘦弱,但还是学着他脱掉了上衣。随后我们抬起拳头,手肘向下,盯着彼此的一举一动。

我的对手咧嘴笑了——他的拳头跟火腿一样粗,而且非常有力。他的指节就像雕像的鼻子。不,这也许不是布莱尼希望的剑术对决,但也相差不远。他有机会在那位船长的允许下把我打得粉碎。他可以把我殴打致死,而且不必受到鞭刑的惩罚。

甲板和索具上传来其他船员的叫喊声,他们等不及想看场好戏了。我是说,一场血腥的好戏。听着他们的嘘声,很难判断他们支持哪一方,但如果易地而处,如果我是他们,想看的会是什么呢?我想看的恐怕也只有打斗而已。

所以就满足他们吧。我抬起拳头，想到的却是自己从踏上船的那一刻起，就觉得布莱尼是个混蛋。没有别人。只有他。那个彻头彻尾的白痴。我把待在船上的所有时间都浪费在躲避布莱尼，以及思考他恨我的原因上了——因为我已经不像在家乡时那样狂妄自大了。在船上的生活驯化了那方面的我。我敢说自己成熟了不少。我想表达的是，他根本没有憎恨我的理由。

就在那时，我明白了原因。他恨我，就是因为他需要恨我。如果我不在这儿让他来恨，他就会找到别人填补我的位置。也许是哪个打杂小子，或者哪个黑人水手。他就是喜欢憎恨别人。

所以，我也反过来憎恨他，并且引导着那种感受，那种恨意。对他的敌意感到困惑？我把困惑转变成了怨恨。惶惶不可终日地躲藏？我把那种感受转变成了仇恨。日复一日被迫看着他那张愚蠢的脸？我把无奈转变成了痛恨。

正因如此，这次是我先发制人。我踏前一步，利用我的速度和相对矮小的身材，矮身避开他出于自卫挥出的拳头，无比迅疾地挥出一拳，正中他的心口。他"呜"了一声，踉跄后退，尽管让他忘记防守的与其说是痛楚，倒不如说是吃惊，但这点时间足够让我迅速转向左方，以全身的力道挥出左拳，击中了他的右眼上方。在那令人喜悦的一刻，我还以为这一拳足以打倒他了。

人群中传来喝彩声和兴奋的咆哮声。我那一拳打得很漂亮，在他脸上留下了一道潺潺流血的伤口。但这不足以彻底阻止他。他脸上那种愤怒而茫然的表情变得更加令人费解。也更加愤怒。我已经击中了他两次，而他一次都没有。他甚至来不及还击。

我迅速后退。我对打斗时的步法没什么研究，但和布莱尼相比，我非常灵活。而且我有优势。我的拳头下面先见了血，现在人们支持的是我。就像对抗歌利亚的大卫。

"来啊,你这臃肿的混球,"我讥讽着他,"来啊,从我上船的那一刻,你就打算教训我了。让我们看看你有什么能耐,布莱尼。"

其他船员听到了我的话,大声表示赞同,或许是在赞赏我的魄力。从眼角余光,我看到萨奇双手捂着肚子,仰天大笑。为了保住颜面,布莱尼只能出手。他行动了。

星期五曾对我说,布莱尼擅长刀剑,而且还是帝王号的登船队的重要成员。他没跟我提过布莱尼也是个用拳的好手,而我出于某些理由,认定他不懂什么拳击技巧。在海上,我学到过一个道理,那就是"不要随便认定任何事",但这一次我把这个真理抛到了脑后。我的自大再次给我惹来了麻烦。

布莱尼出拳之后,人们的支持迅速倒向了另一边。千万别摔倒,这是打架时的铁则。但他的拳头打中我的同时,我的脑袋里仿佛有钟声响起,不由自主地跪倒在甲板上,和着血和痰吐出几颗牙齿。我的视野摇晃模糊。我从前当然也挨过拳头,而且次数相当多,但我从来没有——从来没有——挨过这么重的拳头。

在我的痛楚和看客们的呼喊声中——他们叫嚷着希望看到鲜血,而布莱尼将会愉快地为他们呈现——他朝我弯下腰,凑过脸来,露出满口黑色的烂牙,我甚至能嗅到他令人作呕的呼吸。

"'臃肿的混球',是吗?"他说着,吐出一口发绿的痰来。我感到那团黏液贴在了我的脸上。当你做出那种讽刺的时候,千万记住一件事——他们肯定会暴跳如雷。

然后他站起身来,靴子贴近我的脸,我都能看清皮革上蛛网般的裂纹。我努力压下痛楚,同时抬起一只无力的手,仿佛要挡开那无可避免的一脚。

但他对准的并非我的脸,而是我的腹部,力道之猛烈让我飞到了空中,然后又落回甲板上。我用眼角余光看到了萨奇,起先我还以为他支持的是我,但他就像刚才嘲笑出丑的布莱尼那样,为我的不幸由衷地大笑。我虚弱地翻过身,只见布莱尼正向我逼近。甲板上的人们叫嚣着要让我见血。他抬起靴子,做出要踩踏的姿势,然后抬头看着萨奇。"长官?"他问他。

让他见鬼去吧。我可不会傻等着。我咕哝一声,抓住了他的脚,用力一拧,让他摔倒在甲板上。看客们的兴致再次被点燃。我听到了口哨声和叫喊声。还有欢呼声和嘘声。

他们不在乎谁赢谁输。他们只想看一场好戏。布莱尼倒在地上,而我带着不知从哪里涌出的力量扑向了他,双拳打向他的同时,我的膝盖也撞上了他的腹股沟和上腹部,就像怒不可遏的孩子那样胡乱攻击着,希望能凭借运气击败他。

但事与愿违。那一天我实在不走运。布莱尼抓住了我的拳头,把我扭向一边,随后一巴掌打在我的脸上,让我的身体向后飞去。我听到了自己鼻梁骨折断的声音,感到鲜血流到了我的嘴唇上。布莱尼迈着沉重的步子走上前来,这一次他没有等待萨奇的许可。这一次他打算下杀手。他的手里亮出了一把匕首……

枪声响起,他的额头突然多了个窟窿。他张大嘴巴,庞大的身躯跪了下来,然后倒地死去。

等我的视野恢复清晰后,看到萨奇朝我伸出了手。他的另一只手里拿着把燧发手枪,枪口散发出火药的气味。

"我少了个手下,伙计,"他说,"你想不想填补他的空缺?"

我站起身,低头看着布莱尼的尸体,点头同意。他额头那个血洞里飘出了一缕青烟。你真该趁早杀掉我的,我心想。

第二十一章

1713 年 3 月

在许多英里以外,那个我从没去过,也绝不会去的地方——虽说现在去也不算晚——英格兰、西班牙、法兰西、葡萄牙和荷兰的代表者齐聚一堂,开始起草一系列和约,这些和约将会强行改变我们的人生轨迹,并粉碎我们的梦想。

这是不可避免的。起先,我发现自己开始适应新生活——让我非常喜爱的生活。

我猜我很幸运,因为爱德华·萨奇待我不薄。他称我为"拳击手",我想他喜欢让我跟着他。他过去总说我是他最可靠的左右手,这点他没说错,因为正是爱德华·萨奇让我免于在多尔齐尔船长的麾下开始犯罪生涯——或是像其他可怜人那样被丢下船去。多亏了他的插手和庇护,我才能有机会取得成功,有机会作为优秀人物昂首挺胸地回到布里斯托尔，回到卡罗琳身边。

没错，虽然我们都知道结果并非如此，但这个事实不会因此改变。

在海上的生活大部分和从前一样，只是多了些有趣的改变。当然了，布莱尼也不在了。我亲眼看着我人生中的这条跗骨之蛆滑入海中，就像一条死掉的鲸鱼。亚历山大·多尔齐尔船长也不在了，1715年，他的死刑在英国执行。这两人离开后，船上的生活立刻有了改善。那才是作为私掠船员的生活。我们尽可能地和西班牙人以及葡萄牙人交火，胜利时就大肆抢掠。除了作为水手的技巧以外，我也开始磨炼搏斗的技艺。在萨奇的传授下，我的剑术和枪法都精进了不少。

也是在爱德华·萨奇那里，我学到了人生的哲学，而他则是从另一个老海盗那儿学来的——他是萨奇从前的上司，也是我后来的另一位导师。他名叫本杰明·霍尼戈。

我和本杰明见面的地方正是拿骚。

对我们来说，新普罗维登斯岛的拿骚港就像天堂。我不太确定那个巴哈马群岛的小小港口是否真的"属于我们"，因为这不是我们一贯的做法。拿骚的特色在于陡峭的山崖，与山崖相连的狭长而带有坡度的海滩，以及与海滩相接的浅海区域——那里的水实在太浅，女王陛下的战舰甚至无法接近到能够炮轰的距离。山上的要塞俯瞰着乱无章法的简陋棚屋、小木屋与破烂不堪的木头露台，还有我们卸下战利品与给养的码头。本杰明·霍尼戈就在那儿——他当然会在，那个地方就是他和汤姆·巴罗建起来的。拿骚作为港口非常优秀，我们的船在那里既不会受天气的影响，也不会遭到敌人的攻击。让攻击更加困难的是"船舰墓场"，许多盖伦帆船和战舰都会搁浅在那里——被浅水区域所环绕——然后遭到洗劫和焚烧。我们会将船的残骸留在那里，作为对粗心大意之人的警告。

当然了,我很欣赏本杰明。他是黑胡子的导师,正如黑胡子是我的导师,而且本杰明·霍尼戈可是有史以来最出色的水手。

虽然你也许会觉得,我这么说是因为后来发生的那些事,但我发誓这些都是真话,也请你相信我。我一直觉得他有些与众不同。霍尼戈的身上有种军人的风度,那只鹰钩鼻就像个英国上将,穿着打扮比起海盗也更像士兵。

我还是很欣赏他,也许比不上对萨奇的欣赏,但我对他的尊敬只多不少。毕竟,本杰明可是拿骚港的创始人之一。就算只为这件事,我也很欣赏他。

在1713年7月,我和萨奇出海的时候,船上的军需官在上岸时被杀了。两周之后,我们收到了一条消息,而我也被叫到了船长室。

"孩子,你识字吗?"

"认识的,长官。"我说着,一时间想起了家乡的妻子。

萨奇那时坐在航海桌边,而非桌子后面。他交叉双腿,穿着黑色的长筒靴,腰间系着一条红色的裤带,厚厚的皮革肩带上别着四把手枪。他身边的桌上铺着地图和海图,但不知为什么,我觉得他并不是要我把图上的字读给他听。

"我需要一位新军需官。"他说。

"呃,长官,我不认为……"

他拍着大腿,大笑起来。"噢,孩子,我也不这么认为。你太年轻了,而且你没有当过军需官。我说得对吧?"

我低头看着自己的靴子。

"过来,"他说,"读读这个。"

我听从吩咐,大声念出了那条关于英格兰、西班牙和葡萄牙等国家缔结新和约的消息。

"这意味着……"念完之后,我问他。

"的确如此,爱德华。"他说,(这是他第一次没用"孩子"或者"伙计"来称呼我,而是直呼我的名字——事实上,我记得他后来对我的称呼一直是"爱德华"。)"这意味着你的船长亚历山大·多尔齐尔是正确的,私掠船的好时光已经结束了。我等会要向全体船员宣布这件事。你愿意追随我吗?"

我愿意追随他到世界尽头,但我并没有这么说。我只是点点头,就好像我有很多选择一样。

他看着我。他的黑发和黑胡子让他眼里的精光格外显眼。"你会成为海盗,爱德华,你会成为通缉犯。你确定这是你想要的?"

说实话,我并不想,但我又能有什么选择呢?我不能回布里斯托尔去。我不敢就这么一文不名地回去,而对我来说,赚钱的唯一方法就是成为海盗。

"我们要把船开去拿骚,"萨奇说,"我们答应过,只要这件事发生,就会去见本杰明。我想我们会联手合作,因为只要这件事一公开,我们就都会损失人手。

"我希望你陪着我,爱德华。你有勇气,有坚定的心灵,也有战斗的技巧,而且识字的人对我总是有帮助的。"

我受宠若惊地点点头。

但等到我独自躺回到吊床上,我立刻闭上眼睛,生怕泪水夺眶而出。我出海不是为了当海盗的。噢,是啊,我知道自己别无选择,只能走上这条路。包括萨奇在内的其他人都是这么做的。但这并非我自己的期望。我想成为优秀的人物,不是亡命徒。

不过我也说过了,我不觉得自己有什么选择。从那时起,我放弃了所有作为优秀人物返回布里斯托尔的打算。我能期望的最好结果是作为有钱人返回布里斯托尔。我的目标变成了获取财富。从那时起，我成为了海盗。

第二部分

第二十二章

1715年6月

没有比火炮声更响的声音了。尤其是那声音在你耳边响起的时候。

那感觉就像是被虚无狠狠地捶了一拳。爆炸让你心惊胆战，头晕目眩，不知道世界是否真的在摇晃，又或者只是双眼在欺骗你。也许这根本不重要。也许两者都是真的。但问题在于，周围的确在摇晃。

炮弹打中了什么。船身破碎，木片飞溅。有的人断手断脚，还有人在死去的几秒前低头看着自己不复存在的下半身，开始尖叫。在炮弹命中之后，你能听到的只有船壳碎裂的声音，以及濒死者的尖叫。

你的反应大小取决于距离炮口有多近。我得说，没有人能习惯火炮发射的响声，那感觉就像在你的世界里撕开了一个口子，但诀窍在于，你必须迅速恢复过来，而且要比你的敌人更快。

我们当时乘着布拉马船长的船，在离开古巴的布埃纳维斯塔海角时，英格兰人发起了攻击。我们把那艘双桅帆船上的船员叫作"英格兰人"，虽然我们之中的大多数人都是英国人，我自己也在英国土生土长，并在心中视其为故乡。不过这些对海盗来说毫无意义。海盗是国王陛下的敌人（乔治国王已经继承了安妮女王的位置），是王室的敌人，因此也就是王家舰队的敌人。因此当我们在地平线上看到那面红色旗帜，察觉那艘乘风破浪朝我们驶来的护卫舰，还有甲板上跑来跑去的人影时，我们所说的只是："有船帆！英格兰人攻过来了！英格兰人攻过来了！"根本没去在意自身国籍之类的细节。

光是生存这件事已经够我们忙的了。

那艘船接近得很快。我们正想转向离开它的火炮射程，它却已直冲过来，与我们的船首擦身而过，我们甚至能看清对面船员的眼睛，他们嘴里闪闪发光的金牙，还有手里的利器反射的阳光。

那艘船的侧面喷出一团烈焰：排炮发射了。金属撕裂了空气。炮弹命中之时，船壳应声破碎。这个白天原本就细雨绵绵，但弥漫的硝烟让周围仿佛夜晚。硝烟钻进我们的肺里，让我们咳嗽连连，呼吸滞涩，也加剧了我们的混乱和恐慌。

然后那种天摇地动的感觉便会涌现，你会心惊肉跳，不时揣摩自己是否中了弹，是否已经死去，也许自己早就上了天堂。更可能的情况是——至少对我来说——下了地狱。这么说的话，我肯定是身在地狱之中，因为地狱里就是这样烟雾腾腾，到处都是火焰、痛苦和尖叫。所以无论死去与否，都没什么不同。无论如何，你都身在地狱。

听到第一发炮弹命中的声音，我抬起双臂护住自己。幸好如此。我能感觉到原本会刺进我的脸部和双眼的碎木片嵌进了手臂里，那力道足以让我踉跄后退，然后绊倒在地。

他们用的是棒状弹。只要距离够近，硕大的铁棒能在任何东西上撞出一个窟窿。这一炮造成了相当大的破坏。那些英格兰人不打算跟我们打接舷战。而作为海盗，我们会尽可能减少对目标船只的破坏。我们的目标是登船并抢掠，有必要的话，花上几天的时间都行。如果击沉了对方的船，再想拿走战利品可就难了。但那些英格兰人——至少是他们的指挥官——要么是知道我们的船上没有财宝，要么根本不在乎。他们只想消灭我们，以这个目的来说，他们的进展非常顺利。

我勉强站起身，发觉有某种温暖的东西顺着我的手臂流下。我低下头，看到了顺着碎木片滴落的鲜血。我龇牙咧嘴地拔出木片，丢到甲板上，在压抑痛楚的同时眯起眼睛，透过硝烟和雨幕看向对面。

那艘英国双桅帆船的船员发出一阵欢呼，船身从我们的右舷掠过。接下来便是滑膛枪和燧发手枪噼噼啪啪的枪声。恶臭弹和榴弹纷纷飞来，在甲板上炸开，造成了更多的混乱和破坏，令人窒息的烟雾悬停在我们头顶，就像一块裹尸布。尤其是恶臭弹释放出的浓郁的硫磺气体，让人双膝发软，令空气浓稠乌黑，难以视物，更别提判断距离了。

但即便如此，我也看到了他，那个戴着兜帽的身影就站在艉楼甲板上。他交叠双臂，身披长袍，举手投足都散发出对眼前一切的漠不关心。我能从他的姿势和兜帽下的那双眼睛看出来。有那么一会儿，那双眼睛定格在了我的身上。

紧接着敌船便被烟雾所掩盖。在弥漫的硝烟、炽热的雨幕和呛人的硫磺气体中，它就像一条幽灵船。

我能听见的只有木头粉碎和人们尖叫的声音。到处都是死者，散落的碎木板上洒满了他们的鲜血。透过主甲板上的一道裂缝，我看到了涌入下层甲板的海水，从我的头顶传来木头的呜咽和横桅索的断裂声。我抬起头，看到我们的主帆已被链弹毁掉了一半。瞭望手倒挂在瞭望台下，脑袋已被削去了大半，其他人开始攀爬横索处的绳梯，试图割断破损的桅杆,但为时已晚。船身已经开始倾侧,逐渐沉入水中,就像个正要泡澡的胖女人。

烟雾渐渐散去,我看到那艘英国双桅帆船正在转向,它在水中画出一个椭圆形,打算使用右舷的火炮。但它不太走运,还没等船身完全转过来,吹散烟雾的那阵风就停了,原本饱满的风帆垂落下来,船速也明显减缓。我们有了第二次机会。

"操纵火炮!"我大喊道。

我们的船员中仍能站立的那些匆忙赶到火炮旁。我自己操纵一门回转火炮,他们眼睁睁地看着这边进行舷侧齐射,我们的炮弹重创了敌船,造成的破坏几乎能跟他们刚才的攻击媲美。现在轮到我们欢呼了。我们扭转了败局,即使算不上胜利,但至少幸运地逃过了一劫。甚至有人开始觊觎那艘英国船上可能会有的财宝,最乐观的那几个拿上了登船抓钩和斧头,准备把敌船拖过来,来一场接舷战。

接下来的意外让他们的如意算盘落了空。

"弹药库!"有人大喊道。"弹药库就要爆炸了!"

这个消息引来了一阵尖叫,我站在回旋炮旁看向船首,透过船壳的裂缝看到了熊熊火焰。与此同时,船尾传来船长的呼喊声,而在敌船的艉楼上,那个身穿长袍的男人一跃而起。我没有夸张。他交叠双臂,轻巧地一跃便踏上了扶手,下一秒便跃到了这边船上。

有那么一瞬间,跃入空中的他就像一只雄鹰,他的长袍在身后铺展开来,伸出的双臂仿佛一对羽翼。

下一秒,我看到布拉马船长倒了下去。那个戴兜帽的男人蹲在他身边,抽回手臂,衣袖里伸出一柄袖剑。

那剑刃。一时间,我被那武器吓呆了。甲板上的火焰让它仿佛有了生命。紧接着,那个戴兜帽的男人将利刃深深刺进了布拉马船长的身体。

我站在那里，手持弯刀，目瞪口呆。我听到身后依稀传来船员们的呼喊，他们正徒劳地阻挠着朝弹药库蔓延的火势。

就要爆炸了，我心烦意乱地想象着那里成桶的火药。弹药库会爆炸的。那条英国船离得很近，这次爆炸肯定会在两条船的船壳上各自留下一个大洞。这些我心知肚明，但我感到的却只是心烦而已。兜帽男人的身手让我看入了迷。那位死神的代理人对周围的残酷景象视若无睹，他不慌不忙，静候着出手的时机。

杀戮已然结束，布拉马船长不再动弹。那位刺客从船长的尸体上抬起头，我们的目光再次交汇，只是这一次他的眼里闪烁着精光。下一刻，他站起身来，轻盈地跃过尸体，朝我冲来。

我举起弯刀，不打算就这么不明不白地死在他手下。就在这时，船尾——那是弹药库所在的位置，其他船员显然没能阻止烈火的魔爪伸向储存的火药——发生了惊人的爆炸。

冲力将我推离甲板，飞入空中，而在那一刻，我的心却无比安宁。我不知道自己是生是死，肢体是否完整，不过那一刻的我并不在乎。我不知道自己会落到哪儿：是重重摔落到甲板上，折断我的脊梁骨，还是被断裂的桅杆刺穿，或是被抛进已经形同炼狱的弹药库之中。

又或是我没能料到的那个去处：我径直掉进了海里。

我也许还活着，也许已经死去，也许神志清醒，也许人事不省。总之，我的身体似乎漂浮在接近海面的位置，我看着眼前那些不断变化的黑色、灰色和火红色的斑点——那是船只燃烧时的景色。一具具死尸从我身边经过，沉入海底，他们瞪大眼睛，仿佛死前最后的感觉是惊讶。他们拖曳的内脏和肌腱就像触须，血液染红了海水。我看到一根破碎的后桅杆在海水里打着转，拖着纠缠在索具上的尸体沉向海底。

我想起了卡罗琳。想起了我父亲。然后是我在帝王号上的冒险。我想起了拿骚,那里只有一条法律:海盗的法律。不用说,我还想起了自己是如何在"黑胡子"爱德华·萨奇的指导下,从私掠船员成为海盗的。

第二十三章

沉向海底的过程中,我始终睁着眼睛,对周围发生的一切了然于胸:尸体,还有船身的碎片……了然于胸,却毫不在意。回顾过去,那短暂的一刻——真的非常短暂——仍旧历历在目。在那一刻,我失去了生存下去的意志。

毕竟,对于这次远征,萨奇曾警告过我。他希望我不要去。"那个布拉马船长是个灾星,"他说,"记住我的话。"

他说得对。而现在,我得为我的贪婪和愚蠢付出生命的代价。

然后我又找到了它。我找回了求生的意志,并从那时起牢记在心,时刻不忘。我踢打双腿,伸展双臂,朝着海面飞快游去。我钻出海面,喘息不已——既是为了呼吸空气,也是为周围的惨状而震惊。我看着那艘英国双桅船的最后一部分带着未熄的火头没入水下。海面上到处是小小的火苗,很快便被海水浇熄,漂浮的残骸和水手随处可见,当然了,其中也有幸存者。

正如我所担心的,鲨鱼开始了袭击,尖叫声随之响起——起先是惊恐的叫声,而那些鲨鱼起先只是在周围绕圈,随后渐渐接近,这些凶恶的捕食者聚拢过来,开始进食,而痛苦的叫声也越来越响亮。我在战斗时也听过痛呼声,但根本无法和这些撕心裂肺的尖叫相比。

我很幸运,身上的伤口不足以吸引它们的注意力,于是我游向了岸边。在半途中,一头游过的鲨鱼撞上了我,谢天谢地,它一心只想加入那场饕餮盛宴,没理睬我。当时我的脚似乎勾到了水里的鱼鳍,我连忙祈祷自己流出的血不足以让它放弃那顿更加丰盛的大餐。那些受伤最重的人却是最先受到攻击的人,这真是个残酷的讽刺。

我说的是"攻击",但你应该明白我的意思。他们被吃掉了。活生生吞噬。从战斗中幸存下来的人有多少,我无从知晓。我只能说,绝大部分的幸存者都沦为了鲨鱼的美餐。而我游到了布埃纳维斯塔海角的沙滩上,释然而疲惫地瘫倒在地,要不是这片陆地完全是沙子,我恐怕已经吻上去了。

我的帽子丢了。我钟爱的、从小戴到大的那顶三角帽。不用说,我当时并不知道,那是我脱离过去,和我的旧生活说再见的第一步。重要的是,我的弯刀还在身边,如果让我在帽子和弯刀之间选择的话……

于是,在听着远处微弱的尖叫声,再三感谢了我的幸运星以后,我翻过身,仰面躺着。就在这时,我听到左边传来了什么声音。

那是呻吟声。我转头看去,发现声音的主人是那个身穿长袍的刺客。他就躺在离我不远处,而且他没被鲨鱼吃掉实在是很走运,因为等他翻过身来的时候,身下的沙子染成了深红色。他也仰面躺在地上,胸口不断起伏,呼吸短促而不均匀,双手捂着腹部。他的肚子显然受了伤。

"这下你可满意了吧?"我大笑着问他。眼前这一切不知为何让我忍俊不禁。在海上待了这么多年以后,我的内心仍然是那个喜欢热闹的布里斯托尔人,无论情况看起来多么令人沮丧,我都会满不在乎。他没理睬我。至少没理睬我那句嘲弄。

"哈瓦那,"他呻吟着说,"我必须赶去哈瓦那。"

这话引得我再次发笑。"噢,那我可得再造一条船才行,不是吗?"

"我可以付你钱,"他咬紧牙关说道,"你们海盗最喜欢的不就是这个吗? 一千里亚尔。"

他的话让我来了兴趣。"继续说。"

"你接不接受?"他追问我。

我们之中有人受了重伤,而那个人不是我。我站起身,仔细打量着他,看着他身上的长袍,他那把袖剑多半也藏在底下。我喜欢那把袖剑的样子。我有种感觉:那把袖剑的持有人会有一番大作为,尤其是在我这一行里。可别忘记,在我们那条船的弹药库爆炸之前,这个人正要用那把袖剑对付我。你也许会觉得我麻木不仁。你也许会认为我残酷无情。但请你明白,在这样的情况下,为了求生,你必须去做那些必要的事。现在我要给你上一课:如果你曾经站在着火的船上,正准备杀死对手,那么最好把活儿干完。

第二课:如果你没能成功干掉对方,最好也别指望他帮你的忙。

第三课:如果你向对手请求帮助,最好别从惹恼他开始。

出于所有这些理由,希望你不要对我妄下评断。请你理解我如此冷静地低头打量他的原因。

"你没把那些金币带在身上,是不是?"

他回头看着我,双眼短暂地燃起怒火。随后,他以快到出乎我的预料——甚至超出我的想象——的速度抽出一把小型手枪，枪管撞上了我的腹部。我连连后退，但大部分原因是吃惊。然后我坐倒在身后几英尺远的地上。他一手捂着伤口，另一只手举枪对着我，勉强站起身来。

"该死的海盗。"他透过齿缝吐出这句话。

我看到他搭在扳机上的指节开始发白。我听到了击锤的撞击声，于是闭上眼睛，等待子弹的到来。

它并没有到来。这是理所当然的。这个人的确有些超凡脱俗之处——无论是他的身手，他的速度，他的打扮，还有他选择的武器——但他仍然是个人，没有人能真正掌控大海。即使是他，也没法阻止自己的火药被海水打湿。

第四课：如果你打算跳过第一、第二和第三课，那就最好别拿出装满潮湿火药的手枪。

刺客失去了优势，他转过身，朝着森林的方向径直走去，一只手仍然捂着受伤的腹部，另一只手拨开灌木丛，很快便消失于我的视野。而我伫立了片刻，无法相信自己的幸运：如果我是只猫，那么在这一天里，我恐怕已经用掉了九条命里的至少三条。

接着我不假思索地——好吧，也许我还是思考了一秒钟，毕竟我见过他行动时的样子，无论有没有受伤，他都很危险——追了过去。他身上有我想要的东西。那把袖剑。

我听着他在前方穿过丛林的声响，不顾拍打脸颊的树枝，跨过脚下的树根，紧追在后。我伸出手，拨开面前的一片足有班卓琴那么大的厚实绿叶，看到上面有个血淋淋的手印。很好。我没走错路。更前方传来受惊的鸟儿穿过林冠的响动。其实我用不着担心会跟丢他：他沉重的脚步让整个丛林都在摇晃。他优雅的身手已经不复存在，在他为生存而进行的笨拙努力中消失殆尽。

"再跟着我，我就杀了你。"前方传来了他的声音。

我很怀疑。就我看来，他今天已经杀不了人了。

事实也是如此。我来到了一块林间空地，而他半弯着腰站在那儿，捂住自己的伤口。他正在决定该走哪条路，这时听到了我钻出灌木丛的声音，于是转身面对我。他转身的动作缓慢而痛苦，就像是个为腹痛困扰的老人家。

他似乎找回了从前的些许自负，双眼里也有了些斗志，他右手的袖子里弹出了那把袖剑，在昏暗的空地里闪着微光。

这时我意识到，那把剑会让他的敌人产生畏惧，而让敌人畏惧，你也就获胜了一半。它的用意就在于此。不幸的是，他失去的不仅是杀人的身手，还有令敌人畏惧的能力。他的长袍、兜帽，甚至是那把袖剑都一样。在筋疲力尽又受了重伤的他身上，那些东西完全失去了意义。杀死他并不令我欣喜，而且他恐怕也算不上什么罪人。我们的船长是个残忍无情的人，最喜欢的惩罚就是鞭刑，甚至经常亲自鞭笞手下。他喜欢的另一种惩罚，用他的话来说，就是让受罚者"管理他自己的小岛"，换而言之，就是把人流放到荒岛上。除了船长的母亲以外，没有人会为他的死去而悲伤。无论从哪方面来看，这个身穿长袍的男人都为我们做了件好事。

他还打算杀死我。记得我说的第一课吗？如果你想杀死别人，而且还动了手，那么最好做到最后。

我相信他也知道，因为他死了。

在那之后，我翻找着他的东西，没错，他的身体还有余温。不，我并不以此为荣，但请别忘记，我曾经是个海盗——现在也是。于是我翻找起他的东西来。从他的长袍里，我找到了一只小背包。

嗯，我心想，藏起来的财宝。

我把背包的东西一股脑儿倒在地上，看到了……好吧，不是什么财宝。有个奇怪的水晶方块，一侧是开口的，也许是个装饰品？（当然了，等我后来得知它的用途时，不禁为自己有过这样的想法而哈哈大笑。）另外还有几张地图，我把它们铺到一旁。还有一封已经拆开火漆的信。我读着那封信，意识到它正是揭示这位神秘杀手身份的关键……

邓肯·沃波尔先生，

  我接受您无比慷慨的提议，并急切地等待您的到来。

  如果您真的拥有我们期望的信息，我们就将给予您丰厚的奖赏。

  尽管我没见过您的长相，但我相信，我能从您所属的秘密组织那臭名昭著的装束上认出您来。

  因此，请尽快赶往哈瓦那，请相信我们会以兄弟之礼欢迎您。先生，能与您见面，叫出您的名字，与您像朋友那样握手，这是我莫大的荣幸。您对我们不为人知的高贵事业的支持令人欣喜。

您最谦卑的仆人，
劳利亚诺·托雷斯·伊·阿亚拉总督

我把信读了两遍。为了保险起见，又读了第三遍。

哈瓦那的托雷斯总督？我心想。

"给予您丰厚的奖赏"？

我的脑海里浮现出一个计划。

我埋葬了邓肯·沃波尔先生。至少这是我欠他的。他离开世界的样子就像出生时那样——全身赤裸——因为我需要他的衣物来开展骗

局。不过要我自己说的话，我穿着他的长袍看起来也很帅。尺码非常适合，看起来就像他本人。

但扮演那个角色可就是另一回事了。要我模仿他？噢，我告诉过你，他身上散发着一种独特的气势。当我把他的袖剑装在前臂上，试着像他那样弹出剑刃，但——我始终办不到。我回想着他当时的动作，试图模仿。手腕轻轻一抖。显然有某种特殊的机制让剑刃不会意外弹出。我抖动手腕。我转动手臂。我扭动手指。但这些全都是白费力气。剑刃纹丝不动。这柄袖剑看起来既漂亮又可怕，但如果我没法使用，它也就和废物无异了。

我该怎么做？戴着它不断尝试？希望最后能碰巧揭开它的秘密？不知为什么，我觉得自己办不到。我开始觉得，这把袖剑与某些晦涩难解的知识相关。如果有人发现我带着它，我的身份还会因此暴露。

我心情沉重地扔掉了袖剑，然后对着刺客的坟墓开了口。

"沃波尔先生……"我说，"我们去领你的奖赏吧。"

第二十四章

次日早晨,我在布埃纳维斯塔海角撞见了那一幕:一艘双桅纵帆船停泊在港口里,几艘小艇靠在岸边,卸下的板条箱被人拖到海滩上,或是堆在那些被绑住双手、神情沮丧地坐在沙地上的人们身边,或是堆在无聊地看守着他们的英国士兵身边。当我赶到之时,第三条小艇也靠了岸,又有士兵下了船,看向那些俘虏。

对于那些人被绑着的原因,我不太确定。他们看起来一点也不像海盗。外表倒像是商人。不过等又一艘小艇靠近之后,我便明白了缘由。

"舰队指挥官往金斯敦那边去了。"其中一名士兵喊道。他和其他士兵一样,戴着三角帽,身穿背心,手拿滑膛枪。"我们要征用那傻大个儿的船,然后跟上他。"

这就是理由。那些英国人想要他们的船。他们自己就跟海盗一样坏。

商人们对食物的喜爱程度几乎与饮料相同,因此他们大都偏胖。但其中一名俘虏比同伴们的脸色都要红润,身形也更加臃肿。他就是那些英国人口中的"傻大个儿",我听到了他的名字:斯泰德·邦尼特。听到"金斯敦"这个词的时候,他似乎来了精神,还抬起了头——虽然在这之前,他一直对着沙地,像是在思索自己为何会落到这般田地,如今又该如何脱身。

"不,不,"他说,"我们的目的地是哈瓦那。我只是个商人……"

"闭嘴,你这该死的海盗!"有个士兵恼火地用脚挑起沙子,甩在那可怜人的脸上。

"阁下——"他瑟缩了一下,"我的船只是停在那里进行补给而已。"

接着,出于某种只有他们知道的理由,斯泰特·邦尼特的同伴们选择在此时逃跑。或者说企图逃跑。尽管双手都被绑着,他们还是挣扎着站起身,突然朝我藏身的森林这边跑来。与此同时,那些士兵看到了他们的举动,举起了手里的滑膛枪。

子弹呼啸着嵌进我周围的树木里,我看到其中一个商人倒在血泊和脑浆之中。另一个尖叫着重重倒下。与此同时,有个士兵将枪口对准了邦尼特的脑袋。

"给我个不把你的脑袋打开花的理由!"他咆哮道。

可怜的老邦尼特,他被指控是海盗,即将失去他的船,而且脑袋眼看就要挨上一发金属弹丸。他做了相同处境的人所能做的唯一一件事。他结结巴巴,语无伦次。说不定还吓尿了裤子。

"呃……呃……"

我抽出弯刀,背对着太阳走出树林。那士兵目瞪口呆地看着我。至于长袍飘飞、刀光闪耀的我在他眼里是个什么样子,我不得而知,但他的的确确愣了片刻。而这片刻的代价就是他的性命。

我刀尖上挑,割开了他的背心,令他的内脏撒在黄沙上,随后顺势一转,刀刃划过站在附近的另一名士兵的咽喉。一眨眼的工夫,两个人便倒地而亡，紧接着我便用弯刀刺穿了第三个。他的身体从刀刃滑下，在沙滩上抽搐了几下，随即死去。我用另一只手拔出腰带上的匕首，重重刺进第四个士兵的眼睛里，而他惊叫一声连连后退，鲜血从匕首刺入的位置泉涌而出，染红了他嘶喊时露出的牙齿。

这些士兵把子弹都打向了那些逃亡的商人，尽管他们上弹的速度不算慢，却仍然比不上真正的剑客。这是正规士兵最大的弱点。他们太依赖滑膛枪，最擅长的是吓唬天真的女人，不擅长近距离应对我这种在布里斯托尔的酒馆里久经磨炼的打架好手。

下一个士兵被我干脆利落地两刀砍下脑袋时，手里仍旧握着他的滑膛枪。最后那个士兵终于等到了朝我开枪的机会。我听到子弹呼啸着破空而来，掠过我的鼻子，于是在震惊中做出了反击，疯狂地劈砍着他的手臂，直到他的滑膛枪脱手落地，而他也跪倒下来，抬起手向我求饶，最后我用刀尖刺穿了他的喉咙，让他彻底闭了嘴。他含糊不清地叫着倒了下来，鲜血在他周围的沙地上开始蔓延。我站在他身前，双肩起伏，大口喘息，汗流浃背，但我对自己的表现非常满意。邦尼特感激地对我说："感谢上帝，先生，您救了我。真是感激不尽！"但他感谢的并不是来自布里斯托尔的农家小伙爱德华·肯威。我又重新开始了。我成为了邓肯·沃波尔。

后来我才发现，斯泰德·邦尼特不仅失去了船员，而且他丝毫不懂航海的技艺。我让他的船免于遭受被英国人征用的命运，但无论从哪方面来看，我都是自己征用了他的船。至少我们有一个共同点：我们要去的都是哈瓦那。他的船速度很快，而他虽然饶舌，却是个不错的旅伴，于是我们便作为互惠的伙伴一同踏上了旅途——至少暂时是这样。

在掌舵的时候,我跟他聊了些关于他的事。我发现他虽然有钱,但十分浮躁,显然对那些——这么说吧——可疑的赚钱方式很感兴趣。比方说,他一直在打听海盗的事。

"大部分海盗都在古巴和伊斯帕尼奥拉岛之间的向风海峡游荡。"我一边驾船,一边忍着笑说。

他补充道:"说实话,我倒是不怕被海盗伏击。我的船很小,我又没什么特别值钱的东西。只有甘蔗和甘蔗的副产品——糖浆,还有朗姆酒之类的东西。"

我想起了和自己同船过的那些水手,不禁大笑起来。"没有哪个海盗会放过朗姆酒的。"

哈瓦那港的地势很低,周围是森林和高大的棕榈树,青翠的叶子在微风中轻轻摇摆,仿佛在朝入港的我们挥手。在繁忙的城镇上,那些红色屋顶的白色砖石房屋多年来历经日晒风吹,显得破旧不堪。

我们把船停好以后,邦尼特便开始和我们的旧敌西班牙人进行友好的交流。换句话说,他要利用巧妙的交际手腕,把货物卖给他们。

他似乎很了解这座城市,于是我没有独自出发,而是等待他做完交易,然后答应陪同他到酒馆去。在前去那里的路上,我忽然想到,我——或者说从前的那个我,也就是爱德华·肯威——本该对此行很是期待。他肯定很口渴了。

但现在的那个我并不想喝酒——思索着这些的时候,我们正穿行于哈瓦那城,与那些在阳光曝晒的街道上匆忙赶路的行人擦身而过,还有些坐在门口、形迹可疑的老人打量着我们。我所做的只是换了名字和装束,可我却像是……噢……像是迎来了第二次人生。就好像爱德华·肯威只是人生的预演,为的是让我反省自己犯下的错误。邓肯·沃波尔才是我一直以来想成为的人。

我们到达了目的地。爱德华从前去过的那些酒馆都光线昏暗，天花板很低，墙壁上不时有光影舞动，人们端着酒杯，一边喝酒一边聊天。而在古巴的炎炎烈日下，这间露天酒馆里挤满了水手，数月的航行让他们皮肤粗糙，肌肉发达。还有好些肥胖的商人——当然，其中有些是邦尼特的朋友，以及不少当地人，捧着水果叫卖的男人和小孩，还有试图出卖自己的女人。

邦尼特跟他的联络人碰头去了，而我找了个座位坐下，这时有个脏兮兮、醉醺醺的水手不怀好意地看了我一眼。也许那家伙不喜欢我的长相——自从被布莱尼莫名其妙地痛恨以后，我已经对这种事习以为常了——又也许他只是为人正直，看不惯我顺走那个睡着的醉汉的麦酒。

"朋友，有什么事吗？"我端着酒杯对他说。

那水手咂了咂嘴。"没想到在这么远的外国还能撞见老乡，"他含糊不清地说，"我也是个英国人，正在这儿消磨时间，等着下一次开战。"

我撇了撇嘴。"老乔治可真走运，是吧？有你这样的尿壶给他卖命。"

这话让他吐了口口水。"噢，见鬼。"他说。他身子前倾，朝我喷出酸臭的酒气，我都能看清他嘴唇上的唾液。"我见过你的脸，是不是？你是跟拿骚那些海盗一伙儿的，对吧？"

我的身体凝固住了，目光看向背对我站着的邦尼特，随后又扫视酒馆。看起来其他人都没听到。至于旁边那个醉汉，我根本没放在心上。

他继续前倾身子，更加贴近我的脸。"就是你，没错吧？你是……"

他开始抬高嗓门。附近的几个水手看了过来。

"就是你,没错吧?"他几乎已经在大喊了。

我站起身,把他拽出座位,重重按在墙上。

"闭上你的臭嘴,要不我就用子弹让你闭嘴。听到了没?"

那水手目光迷离地看着我。就算他听到了我说的话,也没有表现出任何迹象。

他反而眯起眼睛,对我说:"你是爱德华,没错吧?"

该死。

在哈瓦那的酒馆里,想让一个多嘴多舌的水手闭嘴,最有效的法子就是用刀割开他的喉咙。其他方法包括用膝盖撞他的下体,或者我选择的那个方法——我狠狠地用额头撞向他的脸,于是他把接下来的话连同折断的牙齿一起吞下了肚,然后倒在地板上,不再动弹。

"你这杂种。"听到这话,我转过身去,看到了又一个面红耳赤的水手。我摊开双手。嘿,我不想惹麻烦。

这没能阻止他的右拳打中我的脸,下一秒我只能头晕眼花地看着另外两个水手赶来。我挥出一拳,命中了目标,也为自己赢得了宝贵的几秒钟时间。这时的我又变回了那个爱德华·肯威,因为无论在世界上的什么地方,无论在布里斯托尔还是哈瓦那,酒吧殴斗都一样。他们说熟能生巧,我虽然不敢说自己多出色,但我在虚度的青年时代所磨炼的打斗技巧此时派上了用场,很快那三个水手就都呻吟着倒在地上,身边是碎得只能当柴火的桌椅。

我还在拍着身上的尘土时,有人叫了起来。"士兵!"紧接着,我发现自己面对着两个难题:首先,要在哈瓦那的街道上拼命奔跑,逃离那些手持滑膛枪的红脸士兵;其次,努力不让自己迷路。

我成功解决了这两个难题,回去跟邦尼特在酒馆会合的时候,却发现那些士兵不仅没收了他的蔗糖货物,还拿走了我从邓肯·沃波尔手里得到的那只小背包。也是我要带给托雷斯的那个背包。见鬼。

邦尼特的货物丢就丢了。但那个背包关系重大。

第二十五章

哈瓦那是那种可以让你随意闲晃,又不会引起太多人注意的地方。这一天也和平常一样。在这一天,他们要绞死海盗,所以不但没有人阻止你去行刑地点的广场闲逛,甚至还会加以鼓励。英格兰和西班牙的联盟关系也许并不稳定,但在某几件事上,这两个国家是有共识的。其中之一就是,他们都痛恨海盗。另外,他们也都喜欢绞死海盗。

因此在我们面前的绞刑架上,站着三个双手被绑着的海盗,正以惊恐的双眼瞪着面前的绳圈。

不远处是被他们叫作"鲨鱼"的西班牙人,他是个留着胡须的大块头,长着一双死鱼眼。他从不说话,但不是不想,而是不能:他是个哑巴。我看看他,又看看那几个犯人,不由得暗自庆幸。感谢上帝……

我们并不是为他们而来的。邦尼特和我站在那里,背靠着一堵被风雨侵蚀成白色的石墙,东张西望,就好像我们只是在无聊地打发时间，等候绞刑开始，而且对附近那些西班牙士兵的窃窃私语毫无兴趣。噢，是的，毫无兴趣。

"你有没有好好看守我们昨晚没收的货物？我听说那是几箱英格兰蔗糖。"

"没错，是从个巴巴多斯商人那儿查没来的。"

"邓肯，"邦尼特从嘴角吐出这几个字来，"他们在说我的蔗糖。"

我低头看着他，点点头，对他的翻译表示感谢。

那些士兵继续讨论起了昨晚在酒馆的殴斗。与此同时，在绞刑台上，有位西班牙官员开始宣读那三个人的死刑命令。他公布了他们的罪行，最后以一句话作为结束："你们将在这里被处以绞死之刑。"

他一声令下，鲨鱼便拉下拉杆，活板门打开，罪犯们的身体落下，人们发出一阵惊叹声。

我强迫自己看着那三具随风晃动的尸体，发现自己屏住了呼吸，以免先前听到的那个"吊死的人会屎尿齐流"的传言是真的。整个城市的绞刑架上都有尸体。邦尼特和我在来时的路上已经看到过了。这儿的人对海盗毫不留情，也希望整个世界都知道这一点。

长袍让我汗流浃背，但我却对它提供的伪装很是感激。

我们转身离开，这趟绞刑现场之行给了我们足够的信息。货物在城堡里。那儿才是我们该去的地方。

第二十六章

我们的头顶耸立着高大的灰色石墙。它是真的遮住了太阳,还是说这只是幻觉?不管怎么说,我们站在它的影子里,感觉又冷又迷惘,就像两个被人遗弃的孩子。我得为古巴人说句公道话——也可能是西班牙人,总之是建造这座庞大的"丘陵三王城堡"的那些人——他们知道怎样把城堡建造得令人生畏。它建成于大约150年前,迄今没有破败的迹象,而且看起来至少还能屹立150年。我将目光从城堡的高墙转向海洋,在脑中想象战舰用舷侧排炮轰炸它的样子。那些火炮的铁制炮弹能造成多大的破坏?我思索着。恐怕不会太多。

不过话说回来,我并没有战舰。我身边只有个贩卖蔗糖的商人。我需要以更加隐秘的方式进去。我的优势在于,没有哪个头脑正常的人真的想要进到这堵黑暗阴郁的高墙之后,因为西班牙士兵会在那里拷打囚犯,甚至进行就地处决。只有傻瓜才想进到里面去,那里看不到阳光,也没有人能听到你的叫喊。但即便如此,我也没法就这么走进去。"嘿,伙计,你能不能告诉我,你们放战利品的房间在哪儿?我弄丢了一个背包,里面装满了重要文件和一块模样古怪的水晶。"

感谢上帝,这儿还有妓女。这倒不是因为我起了色心——我只是找到了进入城堡的方法。那些在夜晚工作的女士有充分的理由到高墙的另一边去,因此还有谁比她们更适合帮我们的忙呢?

"外国佬,需要人陪伴吗?需要女人吗?"有个乳房高耸、双唇艳红、眼神迷离而诱人的妓女凑了过来。

我领着她远离城堡的高墙。

"你叫什么名字?"我问她。

"先生,名字?"

"你会说英语吗?"

"不,英语不会。"

我笑了。"不过金子是我们共通的语言,对吧?"

没错,露丝的确懂得金子这门语言。她在这方面简直一点就通,她的朋友杰奎琳也一样。

邦尼特在旁边转悠,鬼鬼祟祟地四下打量。做完自我介绍的几分钟后,我们便厚着脸皮朝城堡正门走去。

快到门口的时候,我回头看去,发现那拥挤、喧嚣而又炎热的哈瓦那似乎正在远去,被城堡骇人的石墙和高大的瞭望塔逼退,而城堡本身散发着某种恶意,仿佛水手们口口相传,居住在未知海域的深邃海底的神话怪物——庞大而又致命的怪物。够了,我告诉自己。我们计划周全,现在正是实施的时候。

我扮演着粗鲁的保镖的形象,拳头朝边门狠狠地擂了几下,然后等着它打开。两个西班牙士兵——手里拿着上了刺刀的滑膛枪——走出门来,上下打量了一番:先是看了看我和邦尼特,然后把格外猥亵的目光留给了露丝和杰奎琳。

我尽职尽责地扮演。我表现出凶狠的样子。露丝和杰奎琳也尽了本分。她们看起来很是迷人。邦尼特负责用外语交流,有些我也能听懂,其余的他随后为我做了解释。

"两位好,"他说,"恐怕这两位女士都不会说西班牙语,因此我会为她们代言,至于我的这位同事——"他指了指我,"他是来保护两位女士的安全的。"

撒谎!我屏住呼吸,觉得头顶仿佛顶着一块牌子,正将我们的欺骗行为宣之于众。撒谎!

士兵们看着那两个姑娘。她们不但有黄金作为动力,还喝了好几杯朗姆酒,这会儿打扮得花枝招展,又风情万种地噘着嘴,任谁也会觉得她们就是干这一行的。但这并不足以让那两个卫兵信服。就在他们要把我们赶出门,让那头蹲坐在地的灰色巨兽将自己再次吞没的时候,邦尼特说出了那个带有魔力的名字:鲨鱼。他解释说,这些姑娘是鲨鱼——那个刽子手——本人叫来的,于是卫兵们脸色发白,紧张地对视了一眼。

没错,我们早先见过他。拉下人性弱点的拉杆不用什么本事,但你的性格里得有相当程度的——这么说吧——恶毒,才能若无其事地一手促成三个人的死。所以鲨鱼光是名字就足以让人恐惧了。

邦尼特眨眨眼,又补充说鲨鱼喜欢葡萄牙姑娘。露丝和杰奎琳漂亮地扮演着自己的角色,她们咻咻地笑了起来,朝卫兵们连连飞吻,又挑逗地挺起胸脯。

"鲨鱼是总督的左右手,是他的行刑官,"其中一个士兵怀疑地说,"你们为什么觉得他会在城堡里?"

我吞了口口水。我的心脏在胸腔里狂跳起来,然后我瞥了邦尼特一眼。我太相信他的情报了。

"亲爱的先生们——"他笑了笑,"你们真觉得这次幽会得到了托雷斯总督的许可?如果总督发现他找过妓女,还是在总督自己的城堡里,鲨鱼就得再找份新活儿了……"

邦尼特左右张望,那两个士兵伸长了脖子,等着听他讲述更多的秘密。

邦尼特续道:"不用我说,先生们,知道这样的信息会让你们陷入非常——该怎么说呢?——微妙的处境。一方面,你们知道了鲨鱼的秘密——别忘记,他可是哈瓦那最危险的男人——而他愿意付出重金,甚至不惜杀人——"说到这里,他顿了顿,给那两个卫兵理解言外之意的时间,"只为保守这个秘密。你们对待这个秘密的方式,无疑会决定鲨鱼对你们的感激程度。先生们,我说得够清楚了吗?"

在我听来,他这一通完全是废话,却似乎对那两个卫兵产生了预想中的效果,他们终于让到一旁,请我们进门。

于是我们走了进去。

"去食堂那边,"卫兵之一指了指庭院另一边的走道,"跟他们说要找鲨鱼,他们就会给你们指路。还有,告诉这些女士,举止注意点儿,免得不小心泄露了你们来这儿的真正目的。"

邦尼特点头哈腰,露出尽可能谄媚的笑,同时对我使了个眼色。我们快步走开,留下那两个懵然不知自己上了当的卫兵。

对我来说,首要的目的地就是战利品存放室,于是我独自爬上楼梯,希望在其他人看来,我就像是这座城堡里的一员。至少这儿很安静:除了卫兵以外,周围的士兵很少。看起来,他们中的大部分都去了食堂那边。

我径直朝战利品存放室走去。当我找到那个小背包,发现里面的文件和水晶一样不少的时候，差点欢呼起来。我把它塞进口袋，扫视周围。活见鬼。这儿简直没几件像样的战利品。总共只有一个装着几枚金币的钱袋——我顺手装进了口袋里，以及装着邦尼特那些蔗糖的箱子。这时我才想到，我根本没法把这些箱子搬出去。抱歉了，邦尼特，只能等下一次了。

几分钟以后，我跟他们碰了头：他们决定不去食堂冒险，而是选择在走道里闲逛，紧张地等待我的返回。邦尼特看到我的时候长出了一口气，甚至忘了问他那些糖的事，而我也只能等会再欣赏他的反应了。他紧张地拭去额头的汗水，领着我们穿过走道，走下楼梯，来到庭院里。看到我们走来，我们的"朋友"——那两个卫兵对视了一眼。

"你们回来得这么快，看来是……"

邦尼特耸耸肩。"我们去食堂打听过了，但鲨鱼好像不在这儿。也许是有什么人弄错了。也许他已经在别处找到乐子了……"

"我们会告诉鲨鱼，说你们来过。"其中一名卫兵说。

邦尼特赞许地点点头。"噢，那就拜托了。不过请记住言行谨慎。"

两个卫兵点点头，其中一个甚至拍了拍自己的鼻子。他们会保守我们的秘密的。

之后，我们回到码头，站在邦尼特的船边上。

我把在战利品存放室里顺来的钱袋递给他。在我看来，这才是最公平的做法——算是对他失去的糖货的补偿。你知道的，我可不是那种坏到骨子里的人。

"噢，其实我没损失多少。"他说。但他还是接过了那个钱袋。

"你会在这儿待很久吗？"我问他。

"哦，大概还会待几个礼拜。然后我会回巴巴多斯，回去过沉闷的家庭生活。"

"那就不要甘于沉闷,"我告诉他,"去拿骚吧。过你想过的生活。"

这时他已经在踏板上走到了一半,他新招募的船员也做好了扬帆启航的准备。

"听说拿骚那边到处都是海盗,没错吧?"他大笑起来,"听起来是个很花哨的地方。"

我思索片刻。

"不,不是花哨,"我告诉他,"是自由。"

他笑了。"噢,上帝啊,听起来会很刺激。但不,不行。我家里还有妻儿。我肩上还有责任。人生不可能只有乐子,邓肯。"

有那么一刻,我忘记了自己伪装的身份,心中涌起了一阵内疚。邦尼特全心全意地帮助了我。我不知道自己是着了什么魔。也许正是名为内疚的魔鬼。我告诉了他。

"嘿,邦尼特。我真正的名字是爱德华。邓肯只是个化名。"

"噢⋯⋯"他笑了,"是为了和总督私下碰面而取的吧。"

"正是如此,"我说,"我想我让他等得够久了。"

第二十七章

我径直去了托雷斯总督的住处:那是一栋巨大的宅邸,周围的高墙和铁门将哈瓦那的喧嚣阻挡在外。我对那里的卫兵说:"早上好。英格兰的邓肯·沃波尔先生要见总督。我想他应该在等着我。"

"是的,沃波尔先生,请进吧。"

真简单。

铁门在嘎吱声中打开,在这炎热的夏日显得格外刺耳。进门之后,我首先看到的是另一种人生。棕榈树和配有底座的小型雕像随处可见,还有流水声不知从何处传来。这儿与那座城堡真是天壤之别,就像以奢华替代了肮脏,又用花哨替代了险恶。

一路上,那两个卫兵恭敬却谨慎地和我保持着距离,我对西班牙语了解不多,只能听懂他们的只言片语:我似乎迟到了几天,而且我似乎是个"asesino",也就是刺客,而且他们提起那个词的时候,那种刻意重读的方式也很奇怪。

我昂首挺胸地走着，心里却想着自己很快就用不着继续伪装了。我很享受扮演邓肯·沃波尔的日子——抛开爱德华·肯威这个身份，感觉就像挣脱了束缚，我有好几次甚至想彻底和它说再见了。当然了，我会留下邓肯的一些东西，作为纪念：比如他的长袍，他的搏斗风格，以及他的那种气质。

在眼下，我最想要的还是他的奖赏。

我们走进一片庭院，和城堡里的有几分相似，只不过城堡那边的庭院中央是石板铺成的训练场，周围是阴暗的石头走道；这儿却像是一片绿洲：雕塑和绿叶植物随处可见，装饰华丽的长廊之间是湛蓝的天空，还有在远处闷燃的太阳。

庭院里站着两个男人。他们都穿着考究，看起来地位显要。也就是说，更难欺骗。他们身边是个武器架。其中一个正拿着手枪瞄准靶子，另一个则在擦拭手枪。

听到我和卫兵们走进庭院的声音，举枪瞄准的那人转过头来，显然不满我们的打扰。他略微耸耸肩，镇定下来，接着瞄准靶子，扣动了扳机。

枪声在庭院里回响。受惊的鸟儿们聒噪起来。三角支架上的靶子轻轻摇晃着，靶心飘出一缕轻烟。开枪的那人朝同伴露出苦笑，后者扬起眉毛作为回应。然后他们把注意力转向了我。

你是邓肯·沃波尔，我告诉自己，同时努力不被他们的目光吓退。你是邓肯·沃波尔。你是个危险人物。你可以跟他们平起平坐。你是应总督的邀请而来。

"早上好，先生！"先前在擦拭手枪的那人露出开朗的微笑。他将一头灰色长发扎在脑后，一张脸看起来在海上漂泊过很久。"我没猜错的话，你应该就是邓肯·沃波尔吧？"

我回想着沃波尔说话的方式。那种彬彬有礼的语气。

"正是本人。"我回答说。但这话在我听来都显得格外虚假,我几乎觉得他会立刻拿枪指着我,命令卫兵当场将我逮捕。

可他却说:"我想也是。"随后笑着穿过庭院朝我走来,伸出一只硬得就像橡木枝的手。"伍兹·罗杰斯。很高兴认识你。"

伍兹·罗杰斯。我听说过他,身为海盗的那个我不由得大惊失色,因为伍兹·罗杰斯是我这种人的天敌。他当过私掠船员,对那些成为海盗的前同行十分痛恨,发誓要率领部队将他们消灭干净。他会很乐意吊死爱德华·肯威这样的海盗。

但你是邓肯·沃波尔,我告诉自己,然后对上他的目光,坚定地握住他的手。我可不是海盗。别再这么想了。我跟他地位同等。我是应总督邀请而来的。

这个想法虽然令人安心,但我发现他以好奇的目光打量我的时候,连忙回过神来。与此同时,他换上了疑惑的微笑,就好像他心里有个想法,但不确定是否该宣之于口。

"我得说,我妻子在描述他人样貌方面真的很差劲。"他说。显然他没能克制住自己的好奇心。

"抱歉,您说什么?"

"我妻子。你几年前在珀西的化装舞会上见过她。"

"啊,那是……"

"她说你'英俊得惊人'。显然是为了让我嫉妒而撒的谎。"

我大笑起来,仿佛这是个笑话。他不认为我"英俊得惊人",我是不是该觉得自己受了冒犯?还是该为谈话能够继续而高兴?

我看看他的枪,选择了后者。

然后他把我引荐给了另一个人,那是个皮肤黝黑的法国人,脸上带着警惕的神情，名叫朱利安·杜卡斯。他把我称作"贵客"，然后谈到了"我"打算加入的某个组织。他也用了"刺客"来称呼我。提到那两个字的时候，他也不知为何加重了语气。

刺客。

他询问我"转投"那个组织的诚意，我不禁想起了沃波尔那封信的内容："您对我们不为人知的高贵事业的支持令人欣喜。"

那个"不为人知的高贵事业"又是什么呢？我不禁思索起来。

"我此次前来不打算让你们失望。"我含糊地说。说实话，他的话让我一头雾水。我只想一只手递出那个小包，另一只手收下一袋鼓鼓囊囊的金币，仅此而已。

既然事与愿违，我只好把话题继续下去，因为我觉得自己的伪装随时都可能崩溃。最后我松了口气，因为伍兹·罗杰斯露出了笑容——毫无疑问，当他在想象中绞死海盗的情景时，露出的也是这种笑——然后拍拍我的背脊，坚持要我也拿靶子练练手。

这我倒是很乐意。为了让他们不再关注我，我连忙换了个话题："罗杰斯船长，您的妻子近来如何？她也在哈瓦那吗？"

我屏住呼吸，准备承受最糟糕的那个回答——"没错！她就在这儿！亲爱的，你还记得邓肯·沃波尔吧？"

可他说的却是："哦，她不在。我们已经有两年没见过面了。"

"真是遗憾。"我这么说着，心里却觉得这消息再好不过了。

"我想她应该也很遗憾，"他说着，语气中的一丝依恋让我短暂地回想起了自己深爱的妻子，"但……谁又说得清呢。我去了马达加斯加那儿狩猎海盗，花了差不多十四个月的时间。"

这事我听说过。"您是说海盗城镇自由城？"

我说的那个城镇就在马达加斯加。根据传闻，威廉·基德船长在

1697年曾在那里待过一段时间，离开时只带上了半数船员，其余的人都被那个海盗乌托邦的生活方式所吸引，留了下来。那里的格言是"为上帝与自由"，"自由"两个字要重读。那里的海盗会放过俘虏的性命，尽可能减少杀戮，并且平分所有战利品，无论身份和地位高低。

这一切听起来美好得过了头，还有很多人认为那个地方是虚构出来的，但也有人向我信誓旦旦地保证，说它是真实存在的。

罗杰斯大笑起来。"那儿最多只能算是狂欢以后的烂摊子。倒是盘踞着一群无赖，只是他们穷得就连野狗都会嫌弃。至于住在那儿的二三十个人，我可没法说他们衣衫褴褛，因为他们连衣服都不穿。"

我想起了拿骚，那儿可不会容忍如此粗俗的举动——至少在夜晚到来前不会。

"您又是怎么对付他们的？"我一副事不关己的口气。

"很简单。大部分海盗都跟猿猴一样无知。我给了他们选择的机会……要么接受赦免，回到英格兰做个身无分文的自由人，要么当场被绞死。驱逐那儿的罪犯花了不少工夫，不过我们最后办到了。我希望这套方法将来能用在整个西印度群岛的海盗上。"

"噢，"我说，"我想您接下来的目标该是拿骚吧。"

"你可真是思维敏捷，邓肯。的确如此。事实上……等我回英格兰的时候，打算向乔治国王提出请愿，要求作为他的特使前去巴哈马群岛，去当那儿的总督。"

果然如此。拿骚就是下一个目标。我视作精神归宿的地方正在面临威胁——或许是火炮，或许是滑膛枪的子弹，又或许只是用羽毛笔轻轻写下的几个字。但无论如何，它都在面临威胁。

我开了几枪，秀了一下自己的枪法，也对自己迄今为止的表现相当满意。我的思绪再一次回到了奖赏上。拿到钱以后，我就可以立即返回拿骚，到了那里以后，我会马上警告爱德华和本杰明，那个臭名昭著的伍兹·罗杰斯打起了我们的海盗共和国的主意。他要来找我们麻烦了。

这时他打开了一只盒子。我听到罗杰斯说："精彩。邓肯，你可真是个神枪手。我想您使用袖剑的技巧应该跟枪法一样出色。"

袖剑，我茫然地想着，什么袖剑？

"如果他带着的话。"杜卡斯说。我看到那个盒子里放着好几柄袖剑——和我在布埃纳维斯塔海角忍痛丢弃的那柄一模一样。"邓肯，你的袖剑去哪儿了？我从没见过哪位刺客的装备这么不齐全。"

又来了：他又强调了"刺客"这两个字。

"很不幸，我的袖剑严重损坏，已经修不好了。"我答道。

杜卡斯指了指盒子里的收藏品。"那就请你挑选吧。"他瓮声瓮气地说。那究竟是因为他的法语口音，还是他真的想用威胁的语气？

我思索着那些袖剑从何而来。不用说，肯定是从其他刺客那里。（是刺客，还是刺客？）沃波尔就是个刺客，但他又打算转投别处。他是个叛徒吗？但他想要加入的那个组织又是什么？

"这些都是纪念品。"朱利安说。

死者的遗物。我把手伸进盒子里，拿起其中一柄。剑刃闪闪发光，固定装置贴着我的手臂。这时我明白过来。他们希望我用这把袖剑，看看我行动起来的样子。至于是要考验我还是单纯想欣赏我的身手，这并不重要。总而言之，他们希望我熟练地使用一把我从没用过的武器。

我立刻从丢掉了这鬼东西的庆幸（它会暴露我的身份）转变为没能留下它的后悔（要是我从那时开始练习，这会儿早就得心应手了）。

我在邓肯·沃波尔的长袍里耸了耸肩。我是个冒牌货。但突然间，我必须成为他。我必须真正成为他。

他们看着我把袖剑系在手腕上。我半开玩笑地说自己久不训练，有些手生，引来了他们礼貌但毫无喜悦意味的笑声。系好以后，我放下袖子，盖住了自己的手，然后在走动时开始活动手指，扭动手腕，摸索着那个能够弹出剑刃的秘密开关。

我们对决的那天，沃波尔的袖剑在海水里泡过。谁知道呢——也许它真的坏了。而这一把上过了油，还擦拭得闪闪发光，肯定要比那把更听话些，不是吗？

我祈祷起来。我在心里想象着自己失败时，他们脸上的表情。

"你真的是你自称的那个人吗？"

"卫兵！"

我发现自己本能地寻找着最近的逃跑路线，不仅如此，我还后悔自己没把那个该死的小包留在原地，后悔自己当时不该跟着沃波尔。不管怎么说，我作为爱德华·肯威的人生又有什么问题？我是很穷，但至少我还活着。我本可能留在拿骚，跟爱德华筹划下一次袭击，还能在老艾弗里酒馆看到漂亮的安妮·伯尼。

爱德华警告过我，要我别去布拉马船长的手下干活。我跟他提起这件事的时候，他就告诉我说，布拉马是个灾星。见鬼，我为什么没听他的话？

朱利安·杜卡斯的话声打断了我的思绪。

"邓肯，"他把我的名字念成了德恩－克恩，"能向我们展示一下你的技艺吗？"

他们是在考验我。他们抛出的每一个问题，给出的每一个挑战——都是在迫使我证明自己的能力。目前为止，我顺利过关。算不上成绩优秀，但毕竟合格了。

我们已经离开了相对狭小的庭院，我的面前是一片看起来新建不久的练习场,林荫道的两边排列着高大的棕榈树,道路的尽头是几只靶子,靶子后面似乎是一片人工湖,闪烁着湛蓝的色彩。

在棕榈树粗糙的树干之间,能看到几个人影在走动。看来为了防止我逃跑,他们还安排了卫兵。

"听说你要来这儿,我们安排了一次小小的训练课程。"罗杰斯说。

我吞了口口水。

两位东道主站在一旁,期待地看着我。罗杰斯还拿着那把手枪,随意地握在一只手里,但他的手指始终搭在扳机上,而朱利安的右手也按着剑柄。在树的后面,那些卫兵一动不动地等待着。就连昆虫和鸟儿的叫声似乎也消失不见。

"如果不能见识你的身手就离开,那就太可惜了。"

伍兹·罗杰斯露出微笑,但眼神却是冰冷的。

最倒霉的是,我还没法使用身边仅有的这把武器。

没关系。我可以解决他们。

对我内心里那个布里斯托尔无赖而言,他们只不过是酒馆外面的两个衣着华丽的娘娘腔。我想起了沃波尔搏斗时的样子,他对周围发生的一切都心知肚明。我思索着该如何放倒他们两个,然后在卫兵们举起滑膛枪之前,冲到离我最近的那个身边。没错,我能做到,只要出其不意……

现在就是时候,我心想,就是现在。

我绷紧身体,抬起手臂,准备挥出第一拳。

就在这时,袖剑弹了出来。

第二十八章

"噢,做得很好,邓肯。"罗杰斯鼓起掌来。我将目光转向自己在草地上的影子。我摆出出拳的架势,袖剑也已弹出。更重要的是,我想我知道诀窍了。只要将上臂和前臂的肌肉同时绷紧……

"真了不起。"杜卡斯说。他走向前来,一只手按住我的胳膊,松开了某个搭扣,然后小心地用另一只手的掌根将剑刃推回护套里。

"好了,请你再来一次吧。"

我的视线定格在他身上,同时后退一步,又做出了相同的姿势。这一次跟运气无关,虽然我还是不太清楚原理,但我有十足的信心觉得自己会成功。别问我为什么。我就是知道。事实也是如此。"嗒"的一声,剑刃从支架上弹了出来,在午后的阳光下闪烁着险恶的光。

"有点吵,"我有些沾沾自喜地笑了,"理论上应该无声无息才对。其他方面都还好。"

他们的要求简直无穷无尽,不过到了最后,我觉得他们的目标不再是考验我,只是单纯的取乐而已。考验的部分已经结束了。卫兵们各自散去,就连始终抱着戒心——就好像一件从不离身的旧外套——的杜卡斯似乎也放松下来。等到我们离开临时训练场的时候,他跟我说话的口气已经像是老朋友了。

"刺客兄弟会把你训练得很好,邓肯。"他说。

刺客兄弟会,我心想,看来这是个组织的名字。沃波尔曾是其中的一员,却打算背叛他的弟兄们。他显然是个卑鄙无耻的家伙。

背叛的原因呢?这才是问题所在。

"你选择离开他们的时机真是绝妙。"

"他担的风险也不小,"罗杰斯热情地替我圆场,"背叛刺客兄弟会可对健康没什么好处。"

"是啊,"我有些得意地说,"不过喝酒也一样,而且我向来抵抗不了它的诱惑。"

他咯咯地笑了起来。我把注意力转向杜卡斯。

"阁下,您来这儿又是为了什么?您是总督的朋友吗?还是像我这样与他素未谋面?"

"啊,我是……你们是怎么说的来着?武器商人。我贩卖偷来的枪支和军备品。"

"他就是个走私的。"罗杰斯大声说道。

"枪炮、刀剑、榴弹。想要能杀人的东西,请尽管来找我。"法国佬解释道。

等到了游廊那边,我终于见到了托雷斯总督本人。

他大约七十岁,但不像一般的有钱人那样身材发福。除了修剪过的胡须以外,他的面孔晒成棕色,稀疏的白发梳向脑后,一手拿着长柄烟斗,正透过另一只手里的眼镜看着一封信。

他没有抬头，至少刚开始没有。只有耐心地站在他右手边的那个高大蓄须的男人看向我们，他双臂交叠，就像庭院里的雕像一样平静，更比雕像冷漠十倍。

当然了，我立刻认出了他。前一天我亲眼见过他处死三个海盗，就在今天早上，我又假借给他介绍妓女的名义混进了城堡。是那个西班牙人，鲨鱼，尽管那时的我已经习惯了他们频繁的考验，他的目光还是像能穿透我似的。面对他尖锐的目光，我一时间确信他不但跟城堡那边的卫兵说过了话，他们还详细地描述了我，因此他随时可能用颤抖的手指指着我，质问我去城堡的原因。

"托雷斯大团长。"

首先打破沉默的是罗杰斯。

"邓肯·沃波尔先生来了。"

托雷斯抬起头，越过镜片打量着我。他点点头，把那封信交给了鲨鱼，谢天谢地，因为这意味着鲨鱼不会再盯着我了。

"你一周前就该到了。"托雷斯说道，但他的语气里听不出什么恼火。

"抱歉，总督大人，"我答道，"我在海上遭到了海盗的攻击，船沉了。我昨天才刚刚赶到。"

他思忖着点点头。"真不幸。可你答应给我的东西应该没被海盗抢走吧？"

我点点头，心里想着一手交钱，一手交货，然后从长袍里取出那个小巧的狩猎背包，弯下腰，放在托雷斯膝盖边的一张矮桌上。他吸了一口烟斗，然后打开小包，取出里面的地图。当然了，那些地图我也看过，只是我看不出任何意义。那块水晶也是。但这些对托雷斯来说很有意义。这点毫无疑问。

"真了不起，"他用惊叹的语气说，"刺客兄弟会的势力比我想象的还要大……"

他伸手拿起那颗水晶,透过镜片翻来覆去地打量。这件装饰品……好吧,对他来说,这可不是装饰品。

他把地图和水晶放回背包里,朝鲨鱼招了招手,后者走上前来,拿起那个背包。接着,托雷斯精神振奋地跟我握了握手。

"能见到你可真好,邓肯,"他说,"这里非常欢迎你。来吧,先生们。"他朝其他人打了个手势。"我们还有很多事要谈。来吧……"

我们气氛友好地离开了游廊。

可他却对奖赏只字未提。见鬼。我已经彻底陷了进去——陷进了这片我从未打算涉足的泥潭里。

第二十九章

我们来到宅邸内的某个私人房间里，站到一张宽大的桌子周围：我、托雷斯、鲨鱼、杜卡斯，还有罗杰斯。

鲨鱼仍然站在他主人的右手边，捧着一只又长又细的盒子，看起来像是个雪茄盒。他是真的一直盯着我，还是说这只是我的想象？他是不是用某种方法看穿了我，还是说有人提醒了他？"阁下，先前有个穿长袍的奇怪男人来城堡找过你。"

我不认为是这样。除了他以外，房间里的每个人都放松了下来，从托雷斯手里接过酒杯，在他给自己倒酒时亲切地聊着天。他和所有周到的主人一样，首先把斟满的杯子送到每个宾客的手里，可我不禁好奇，他为什么没让手下人来端酒。接着我明白了原因：我们选择在这个房间会面，正是为了不让旁人打扰。房间里的气氛也许很轻松——至少目前来说是这样——但托雷斯肯定安排了卫兵，而他关上门以后做的那个手势似乎在说："在这儿说的每句话都不会有外人听见,但时间每过一秒,他的表态就会让我更加不安。我不由得后悔没能牢记那封信里的内容:我究竟是如何支持他们那"不为人知的高贵事业"的呢?

下次再想冒名顶替的时候,千万记住,我心想,千万要和那些"高贵事业"保持距离。尤其是不为人知的那些。

这时所有人手里都有了酒,托雷斯也念起了祝酒词,他说:"四海之人终聚此地……英格兰,法兰西,西班牙……这些腐败的可悲帝国的公民。"

托雷斯挥了挥手,鲨鱼便走了过去,打开了手里那只盒子,放到桌上。我看到了衬里的红色丝绒,以及从内部传来的金属反光。不管那东西是什么,它看起来就意义重大。事实也是如此,因为托雷斯脸上的笑容退去,眼神也显得格外严肃,显然开始了某种重要的仪式。

"现在你是圣殿骑士了,"他说道,"你成为了这个世界不为人知的真正立法者。请伸出你的双手。"

房间里的欢快瞬间转为肃穆。他们纷纷放下了酒杯。我连忙站到一边,看着其他人以均匀的间距在桌子周围站好。接下来,我按照吩咐伸出了手,心里想的却是:圣殿骑士——原来这就是他们的身份。

这么说也许很奇怪,但我的确松了口气——我以为他们最多只是个秘密结社而已。就跟其他的秘密结社一样,满是被人蒙骗的自大傻瓜,他们那些宏大的目标("这个世界不为人知的真正立法者",跟他们简直不相上下!)完全是夸夸其谈,只是为那些毫无意义的主题和密谋而争论的借口而已。

他们的目的究竟是什么?我思索起来。但我发现自己并不在乎。说到底,我没理由去在乎,不是吗?作为海盗,我否认海盗法以外的任何法律;我拥有绝对的自由。当然了,我自身还是被法则约束着,但那些是大海的法则，遵从那些法则是出于需要和生存，而非为了获取地位和满足虚荣心。他们跟刺客组织之间有什么不和？我思索片刻，却发现自己对此也并不关心。

所以没错，我松了口气。我没把这些话当回事。

托雷斯把第一枚戒指戴在了杜卡斯的手指上。"请牢记我们的目标：指引每一个任性的灵魂，直到他们踏上平静之路。"

第二枚戒指戴在了罗杰斯的手指上。"指引每一种任性的欲望，直到激情的心最终冷却。"

夸夸其谈，我心想，空洞又毫无意义的陈述。唯一的目的就是让发言者得到与自己并不相称的权威。这些蠢人满以为自己多么重要，却不明白那些地位局限在这座宅邸的墙壁之内。

没有人在乎的，我的朋友们。没有人会在乎你们的秘密结社的。

接着托雷斯转向了我，将第三枚戒指戴上了我的手指，开口道："指引每一颗任性的头脑，直到理智与清醒充斥其间。"

清醒，我心想，太可笑了。

我低头看着他给我戴上的戒指，忽然笑不出来了。突然间，我不再认为这些圣殿骑士只是个愚蠢的秘密结社，其影响力极限于自己的住处。因为我手指上的那枚戒指，跟东印度公司的船长本杰明·普里查德，以及那个头戴兜帽、带头焚烧我父亲农庄的家伙戴着的戒指一模一样，而且他们都曾警告过我，世界上存在着某种庞大而可怕的力量。突然间，我觉得无论这些人跟刺客组织有什么不和，我都会站在刺客组织那一边。

至于眼下，我会静候时机。

托雷斯挺直背脊。"借着认知之父的光辉，让我们开始工作吧，"他说，"几十年以前，议会交给了我一个任务：在西印度群岛寻找某个失落已久的场所,我们的先行者称之为'观象台'的所在。看看这个……"

他在面前的桌子上铺开了背包里的那些文献——是鲨鱼事先放在那儿的。

"看看这些图画,好好记在心里,"托雷斯补充道,"这些讲述了一个非常古老而又重要的故事。为了找到观象台,我花费了二十年的努力。在传言中,那个地方存放着一件拥有惊人力量与功用的工具。这么说吧,那是一座浑天仪。那个装置能让我们得到定位并监视世界上的每一个人的能力,无论他们身在何处。

"想象一下拥有那样的力量意味着什么吧。有了它,人与人之间再无秘密。没有谎言,没有欺骗。只有正义,纯粹的正义。这就是观象台的宝藏,我们必须将它据为己有。"

那也是我第一次听说观象台的事。

"我们知道它的位置吗?"罗杰斯问。

"很快就会了,"托雷斯答道,"因为唯一知道的那个人在我们手里。他名叫罗伯茨。曾被称为'圣贤'。"

杜卡斯嘲弄地轻笑起来。"上次有人见到真正的圣贤,已经是四十五年前的事了。您确定这一个是真的?"

"我们相信他是。"托雷斯答道。

"刺客组织会来找他的。"罗杰斯说。

我看着铺在我们面前的那些文件。上面似乎画着某个古代民族建造房屋时的情景——大概就是在建造观象台吧。奴隶们敲碎岩石,搬运着巨大的石板。他们的外观像是人类,但又不尽相同。

有件事我可以确定——我的心里有了计划。观象台对这些圣殿骑士意义重大。它有多大的价值?更确切地说,它对于我向他们复仇——

为我毁在他们手中的童年家园而复仇——的计划，有多大的价值？

那个小小的水晶方块还放在桌上。我像在布埃纳维斯塔海角时那样仔细打量着它。这时我看到托雷斯伸出手，拿起了它，同时对罗杰斯的问题做了答复。

"刺客组织的确会来找我们麻烦，不过多亏了邓肯和他带来的这些消息，那些刺客大势已去了。等到明天，你们自己见到那些圣贤的时候，一切都会揭晓。不过在那之前，我们还是喝酒吧。"

托雷斯指了指一张酒桌，趁着他们转过身的时候，我把手伸向了那些文件，把其中一张手稿装进口袋里——画着观象台的那一张。

我才刚刚藏好手稿，托雷斯就转过身来，将酒杯依次递给我们。

"让我们一同寻找观象台，因为有了它的力量，国王将会垮台，僧侣将俯首帖耳，这个世界所有的头脑和心灵都将属于我们。"

我们一饮而尽。

有件事我很清楚：对我们来说，这杯酒的意义是完全不同的。

第三十章

到了第二天,他们要我去城市的北部港口和其他"圣殿骑士同袍"见面,据说珍宝船队即将带着我的奖赏抵达那里,然后我们会再讨论下一步的计划。

我点点头,努力装出热切的样子,准备跟我的新朋友去筹备圣殿骑士团的计划——影响"世界上的每一个人"的小小计划。悄悄告诉你,我真正的目的是拿走赏金,找个借口——无论什么样的借口——然后开溜。我期待在拿骚挥霍这笔奖赏,并将我刚刚得知的消息跟海盗同伴们分享,然后找到观象台,大赚一笔,破坏圣殿骑士团的计划,让他们好好吃点苦头。

不过首先,我得先拿到我的赏金。

"早上好,邓肯。"我听到伍兹·罗杰斯的招呼声从码头那边传来。时间虽然才是清晨,哈瓦那的阳光却已经酷热难当,只有一阵微风从墨西哥湾那边吹来。

我跟在罗杰斯身后,突然听到有人大喊:"爱德华!喂,爱德华!"

有那么一瞬间,我还以为是有谁认错了人,甚至还回头去找那个"爱德华"。然后我才想起来。爱德华就是我。我就是爱德华。愚蠢的爱德华。出于不合时宜的内疚感,我向全哈瓦那最口无遮拦的斯泰德·邦尼特承认了自己的秘密。

"我找到了一个买家,他打算买下我剩下的全部糖货。这可真是个惊喜。"他在码头的另一边喊道。

我朝他挥了挥手——真是个好消息,这时意识到罗杰斯正在看我。

"他刚才叫你爱德华。"我的同伴说。我昨天见到的那种怪异的微笑再次出现在他的嘴角。

"噢,他是载我来这儿的那个商人,"我故作神秘地眨了眨眼,解释道,"出于谨慎考虑,我告诉他的是假名。"

"噢……做得好。"罗杰斯说。

他并不相信。

等到离开主码头区域的时候,我松了口气。我和罗杰斯跟昨天在托雷斯府邸见过的那几位圣殿骑士碰了头。我们握了手,代表兄弟情谊的戒指在手指上闪闪发光,又向彼此短促地点头致意。兄弟。秘密结社的兄弟。

托雷斯带着我们走向一排渔夫小屋,一条条划艇系在附近的岸边。这儿暂时还看不到人影。码头的这一小片地方只有我们几个,不用说,这是他们刻意安排的。托雷斯领着我们走到了尽头,那是一栋有卫兵把守的小屋。小屋里有个坐在翻转过来的板条箱上,衣衫破烂,眼神气馁却轻蔑的蓄须男子,他就是那位圣贤。

我看到同伴们的脸色变了。正如圣贤的脸上存在着沮丧与好斗这两种相互矛盾的情感，圣殿骑士们的目光也混合了怜悯与敬畏。

"就是他，"托雷斯轻声说道，语气几乎带着恭敬（虽然他自己也许没察觉到），"他就是圣殿骑士和刺客们搜寻了十多年的人。"

他指了指那位圣贤。

"我听说你的姓氏是罗伯茨。是这样吗？"

罗伯茨——或者说圣贤——一言不发。他只是恶狠狠地瞪着托雷斯。

托雷斯的目光不离圣贤，随后把手抬到了肩膀高度。鲨鱼把那个水晶方块放在了他的手掌上。我一直想知道它是什么。我很快就会知道了。

托雷斯又对圣贤开了口："我想你应该认得这个吧？"

圣贤沉默不语。也许他知道接下来会发生什么，因为托雷斯又做了个手势，便有人为他翻过另一只板条箱，而他坐在箱子上，跟圣贤面对着面，只不过他们一个是哈瓦那的总督，另一个则穿着破布，隐士特有的双眼透出疯狂，双手还被绑着。

托雷斯拿起那个水晶方块，伸向圣贤被绑着的手，将方块按在他的大拇指上。

两人就这么对视了一会儿。托雷斯不知用什么东西刺破了圣贤的拇指，指尖渗出一滴血，落进了水晶方块里。

我看着这一幕，却不知自己看的是什么。圣贤似乎感觉不到痛楚，可他的目光却依次从我们身上掠过，把所有人都骂了个遍，我也包括在内——他的目光如此凶狠，让我几乎有转身逃跑的冲动。

他们究竟为什么需要这个可怜人的血？这又跟观象台有什么关系？

"根据古代传说，圣贤之血是进入观象台所必要的。"杜卡斯就像看透了我的想法似的小声说道。

取完血液之后，托雷斯站了起来，身子有些摇晃，但还是一手拿起了那只容器,让我们所有人都能看到。在阳光下,装满血液的水晶体让他的手掌透出红光。

"我们有了钥匙,"他大声宣布道,"现在我们只需要知道它的位置就好。也许罗伯茨先生愿意告诉我们。"

他挥挥手,示意卫兵们上前。

"把他送到我的住处去。"

就是这样。可怕的部分结束了,我愉快地把那怪异的一幕抛到脑后,跟着他们朝主码头区域走去——那儿有条船刚刚抵达。希望它就是运送财宝的那条船。我由衷地希望。

"为一个人就费了这么大功夫,"在路上,我尽量以不经意的口气问托雷斯,"那个观象台真这么有价值?"

"是真的,"托雷斯答道,"观象台是先民所建的工具。它的价值无法衡量。"

我想起了自己在那张插图上看到的古人。他们就是托雷斯所说的先民?

"真希望我能留下来一同完成这桩壮举,"罗杰斯说,"但我得乘着这阵风到英格兰去了。"

托雷斯点点头。他的眼睛又亮了起来。"务必小心,船长。愿你一路顺风。"

两人握了握手。罗杰斯和我也握手道别,然后这位传奇般的海盗猎人转身离开,作为海盗们的克星重回海上。我知道,我们还会再次见面。但我希望那一天能迟些到来。

这时候,那条船上的水手走了过来,递给了托雷斯一个袋子,看起来像是装着我的奖赏。只是那袋子看起来没有我希望的那么沉重。

"我把这当作长期投资里的第一笔款项——"托雷斯说着,递给我那个袋子——轻得可疑的袋子,"感谢你。"

我小心翼翼地接过了袋子,明白将来还会得到更多——只不过得到的除了赏金以外,还会有更多的考验。

"我希望你出席明天的审问。中午左右过来吧。"托雷斯说。

果真如此。为了得到剩下的赏金,我必须继续帮忙恐吓那位圣贤。

托雷斯走了,留下我伫立在码头上,陷入深思。片刻后,我也离开去做准备了。我做出了决定。我要营救圣贤。

我为自己的决定而惊讶。我是说,为什么我不带着这些钱溜之大吉,乘船去东北方的拿骚港?我可以回到爱德华和本杰明身边,回到老艾弗里酒馆的愉快气氛中去。

我很想说,营救那位圣贤是出于我自身的高尚愿望,但事实不止如此。毕竟他可以帮忙找到观象台,找到那个窥探他人的装置。那样的东西该值多少钱啊?只要找到合适的买主,我就会成为富人,成为西印度群岛最富有的海盗。我可以腰缠万贯地回到卡罗琳身边。所以我营救他也许只是单纯地出于贪心。回想当初,或许两者兼有。

无论如何,我很快就会追悔莫及。

第三十一章

夜幕降临，在不见星辰的灰色夜空下，托雷斯府邸的墙壁仿佛黑色的边界。昆虫的鸣叫声格外响亮，几乎盖过了潺潺的水声和棕榈树随风摇曳的沙沙声。

我迅速地左右张望——我计算过接近的时机，确保附近不会有卫兵——然后活动了一下手指，用力一跃，奋力把身体拖上墙头，接着平躺片刻，在平复呼吸的同时留意周围的动静：比如飞奔的脚步声，警告的叫喊声，以及利剑出鞘的响声。

除了虫鸣、流水和枝叶摩挲的声音以外，我什么都没听到。于是我爬下墙头，踏上了哈瓦那总督府邸的地面。

我就像鬼魂那样穿过花园，进入主建筑部分，而我紧贴着庭院周围的墙壁前进。右臂上的袖剑和系在胸口的手枪令我安心。我外袍里的皮带上佩着一把短剑，头上戴着兜帽。没人能看到我。我能瞬间取人性命。我觉得自己正要给予那些圣殿骑士一次打击，即使救出圣贤不足以抵消他们对我做过的事，但这是个开始。这是我的第一击。

更重要的是，我将会得知观象台的所在位置，并在他们之前赶到那儿。这对他们的打击将会沉重得多。他们会大伤元气。不过这些还是等我有空数钱的时候再去细想吧。

至于总督府里监狱的位置，我只能凭借现有的信息进行猜测——不过幸好我没有猜错。宅邸以外有个小小的院落，那里的墙壁很高，而且……

真怪。为什么门是开着的？

我溜进门里。墙壁支架上点燃的火把照亮了血腥的场面。四五个士兵倒在泥地上，已然死去，他们的喉咙上都有个窟窿，胸口血肉模糊。

我不清楚他们把圣贤关在哪里，但有件事是毫无疑问的：他已经不在这儿了。

我听到身后传来响动，但已经来不及挡下那一击。我连忙向前跃去，蹲伏在泥地上，不过好歹保住了脑袋。一把长枪就插在我刚才脚下的泥土里。握着枪柄的是个吃惊的士兵。我迅速爬起，抓住他的双肩。与此同时，我踢向枪柄，将其折成两半，随后将他的身体重重撞了上去。

他像上了岸的鱼儿那样翻过身来，身体被他自己的枪杆刺穿，但我并没有留在原地去欣赏他的死状。第二个士兵已经扑了过来，他很愤怒，就像每个看到自己朋友死去的人那样。

现在，我心想，来看看那法子是不是每次都管用吧。

嗒。

袖剑弹出，我用剑刃格开他的长剑，随后反手一挥，划开了他的喉咙。我及时拔出腰间的短剑，对上了第三个敌人。他的身后是另外两个手持滑膛枪的士兵。鲨鱼就在旁边，他拔出了剑，却在一旁观战。我看到其中一个士兵开始龇牙咧嘴，而我很熟悉那个表情：那些在甲板上朝我扑来的敌人就是这样的表情。

我将短剑和袖剑刺进面前那个士兵，然后将他的身体转了半圈，就在这时，他开了枪。死去士兵的身体因为滑膛枪的子弹痉挛起来。

我放开这块人肉盾牌，同时从他的腰带上拔出一把匕首，接着开始祈祷自己的准头和平时一样好——毕竟在家乡时，我曾花费无数个钟头用树干练习飞刀的技巧。

我的祈祷应验了。我瞄准的不是最先开枪的那人——他正慌忙地装着子弹——而是另一个。他带着嵌进胸口的匕首倒了下去。

我立刻扑向剩下的那个士兵，用我绑着袖剑的那只拳头打中了他的腹部，让他咳嗽几声，然后不再动弹。我抽出袖剑，血滴在夜空中划出一道弧线，然后我转过身，准备应对鲨鱼的攻击。

他并没有攻来。

不仅如此，他还减缓了搏斗的节奏，不但没有立即朝我攻来，反而站在那里，漫不经心地把剑交左手，再交回右手，最后才抬起剑刃，对准了我。

很好。至少这场较量里听不到什么废话。

我大吼一声，冲向前去，短剑在空中挽出几个剑花，希望能让他眼花或是失去方向感。他的表情几乎毫无变化，只是迅速移动手肘和前臂，轻而易举地挡住了我的攻击。他盯着我的左手，握着剑的那只手，还没等我反应过来，我的短剑就旋转着从我染血的手指中落到了地上。

这下我的武器只剩袖剑了。他看着我的动作，显然已经知道我对它并不熟悉。在他身后，更多的卫兵聚集在庭院里，尽管我听不懂他们在说什么，但含意显而易见：我不是鲨鱼的对手；我很快就要完蛋了。

事实也是如此。他的最后一轮攻击以砸在我下巴上的重拳作为收尾。我牙齿打战，头晕目眩，先是跪倒在地，随后又弯下了腰。在我的长袍底下，鲜血仿佛汗水从身侧泉涌而出，我仅剩的斗志也在痛苦中消失不见。

鲨鱼走上前来。他一只脚踩住我的袖剑，将我的胳膊固定在原位，我昏昏沉沉地思索着袖剑上是否有迅速解开搭扣的机关——虽然就算有也没有意义，因为他的剑尖抵在我的脖子上，正准备刺出致命的一击……

"够了。"院落的门口传来一声大喊。我透过鲜血的纬纱，看到士兵们让到两边，托雷斯走了过来，杜卡斯紧跟在他身后。两个圣殿骑士挤开了鲨鱼，鲨鱼的眼里闪过一丝不易察觉的恼火——到手的猎物没了——随后乖乖地站到一边。我倒是一点都不同情他。

我费力地呼吸着。我的嘴里满是鲜血，不时吐出血水，这时托雷斯和杜卡斯蹲了下来，就像两个医生在给病人做诊断。那个法国佬把手伸向我的胳膊的时候，我差点以为他是要探我的脉搏，但他却将袖剑的剑刃收了回去，老练地解开搭扣，然后丢到一旁。托雷斯看着我，我不禁好奇他脸上的失望究竟是不是伪装出来的。他拿起我的另一只手，取下了我的圣殿骑士戒指，装进口袋里。

"你的真名是什么，你这无赖？"托雷斯说。

拿走我的武器以后，他们拉着我坐了起来。"我是，噢……生气的船长！"

我又一次吐在了杜卡斯的脚边，他冷笑着看着那摊血水。"不过是个肮脏的乡下人。"他想动手揍我，可托雷斯阻止了他。托雷斯扫视庭院里的那些尸体，仿佛在评估状况。

"圣贤去哪儿了?"他问我,"是你放走了他吗?"

"这事与我无关,虽然我确实想放走他。"我勉强开口道。

依我看,那位圣贤要么是被刺客朋友们救走了,要么就是自己策划了逃亡。总而言之,他已经脱离了危险地带,还带着我们都想知道的那个秘密:观象台的位置。我这一趟完全是徒劳无功。

托雷斯看着我,显然看出我说的是实话。他的立场导致他与我敌对,但这个老人身上有某种让我喜欢——至少也是值得尊敬——的特质。也许他也觉得我们之间或许没么不同。有件事我可以肯定,那就是如果换作杜卡斯来做决定,我早就被开膛破肚了。但托雷斯却站起身,对他的部下做了个手势。

"带他到港口去。让珍宝船队把他送去塞维利亚。"

"去塞维利亚?"杜卡斯问道。

"没错。"托雷斯回答。

"但我们自己也可以审讯他。"杜卡斯说。我能听出他语气里的残忍。"没错……那将是一桩乐事。"

"这正是我打算把审讯任务交给我们的西班牙同袍的原因,"托雷斯斩钉截铁地说,"我想你应该没什么异议吧,朱利安?"

尽管浑身疼痛,我还是能听出法国佬语气里的恼火。

"没有,先生。"他答道。

然后他万分愉快地把我打晕了过去。

第三十二章

等到再次醒来时,我发现自己躺着的地方像是一艘盖伦帆船的下层甲板。这艘船很大,看起来是那种用来运送……人员的。我的双腿箍着铁制脚镣——整个甲板上固定着许多这种大型镣铐,有些是空的,有些则不是。

借着昏暗的光线,我看到了不远处的其他身影。船上还有人,照我的推测,恐怕还有十几个,都像我一样戴着脚镣,但我很难从那些低沉的呻吟和喃喃自语判断出他们的状况。甲板的另一头堆着很多东西,看起来像是俘虏们的所有物——包括衣物、靴子、帽子、皮带、背包和箱子。我想我看到了自己的长袍,上面仍留有在监狱的搏斗中沾上的污渍和血迹。

还记得我说过的话吗?每个下层甲板都有它独特的气味。噢,这里的确有种截然不同的气味。那是痛苦的气味。是恐惧的气味。

有个声音说道:"快吃。"接着有只木碗扑通一声落在我的光脚边上，然后是守卫穿着皮靴的双脚渐渐远去。我看到了照进舱口的阳光，也听到了攀登阶梯的脚步声。

碗里是一块干面饼，还有一团燕麦粥。不远处坐着个黑人，而且像我一样，他正怀疑地打量着那只碗里的东西。

"你饿吗？"我问他。

他没有答话，也没有去拿食物。他只是把手伸向脚上的镣铐，摆弄起来，脸上露出无比专注的神情。

起先我觉得他只是在浪费时间，但他的手指在双脚和镣铐间活动的同时，目光转向了我。虽然他还是一言不发，我却从他眼里看出了一丝痛苦。他把手伸向嘴边，就像猫儿梳理毛发那样舔了舔。接下来，他把同一只手伸进燕麦粥里，将唾液与稀粥混合，用来润滑自己锁在镣铐里的脚。

这下子我明白了他的用意，不禁带着羡慕和期待看着他，而他一次又一次地涂抹那只脚，直到它滑到足以……

尝试。他看着我，让我把即将吐出的鼓励咽回肚里，随后扭动脚踝，同时用力一抽。

要不是他一直在努力压低声音，恐怕早就痛得叫出了声，而他脱离镣铐的那只脚沾满了鲜血、口水和燕麦粥的恶心混合物。但他的确摆脱了镣铐，而且我们本来也没打算吃那燕麦粥。

他回过头，看向阶梯那边，这时我们两个都做好了守卫出现的准备。然后他开始润滑另一只脚，而它也很快挣脱。他蹲坐在那儿，侧耳聆听着上方朝舱口接近的脚步声——谢天谢地，那脚步声又渐渐远去。

有那么一会儿，我以为他会抛下我自己离开。毕竟他跟我素不相识，也不欠我什么。他为什么要浪费时间和逃跑的机会来帮助我？

我把燕麦粥让给了他，他似乎觉得自己欠了我人情，因为在犹豫片刻之后——也许他在思考帮助我是否明智——他便朝我爬了过来,确认了我脚上的镣铐,然后匆忙爬向我身后的某个昏暗的角落,回来时手里拿着钥匙。

为我打开镣铐的时候,他说自己名叫阿德瓦勒。我轻声感谢了他,一边揉着自己的脚踝,一边小声说道:"好了,伙计,你打算怎么做?"

"偷一条船。"他简短地回答。

我喜欢他的口气。不过首先,我取回了我的长袍和袖剑,又多拿了一副皮护腕和一件皮夹克。

在此期间,我的新朋友阿德瓦勒正用钥匙释放其他俘虏。我从墙壁的钉子上取下另一副钥匙,开始帮他的忙。

"我的帮助有个条件,"我走到第一个人身边,把钥匙插进他的脚镣里,同时说道,"你要跟我一起驾驶这条船。"

"要我跟你下地狱都行,伙计……"

此时在下层甲板上,脱离脚镣的人已经多过了仍然被困的人,还有不少人站起身来,或许上面的人听到了什么动静,因为舱口突然打开,有个卫兵握着他的剑,怒气冲冲地走下阶梯。

"嘿!"他说,但这一声"嘿"却成为了他的遗言。我早已佩上了袖剑——虽然我使用这把袖剑的时间很短,那一刻却感到莫名的熟悉,仿佛已经佩戴了它很多年——随后轻摆前臂,弹出剑刃,紧接着踏前一步,朝那守卫刺去,利刃深深埋进他的胸骨之间。

这一下算不上隐匿,也算不上精妙。我狠狠地刺中了他,以至于剑刃从他背后刺出,将他钉在台阶上,让我费了好一番力气才拔出剑来。这时我看到了第二个士兵的靴子,还有他刺来的剑尖。我反手一挥,剑刃划开了他的膝盖下方,让他尖叫着跌倒在地,同时失去了长剑和平衡,其中一条小腿的伤口深可见骨,鲜血喷洒在甲板上。很快他便像先前那个守卫那样一命呜呼。

这时事态演变成了彻底的暴动,获得自由的俘虏们跑向那堆没收的物品,取回了自己的衣服,用弯刀和手枪武装自己,脚上也穿好了靴子。我看到他们就物品的归属问题发生了争吵——没想到这么快!——但眼下不是充当仲裁人的时候。我捏住他们的耳朵,让这支新组建的部队做好行动的准备。我听到头顶传来奔跑的脚步声和以西班牙语发出的慌乱呼喊,那些卫兵也做好了应对这次起义的准备。

就在这时,突然有一股狂风刮来,令船身开始剧烈摇晃。我看向甲板另一边的阿德瓦勒,他用口型向我无声地说出了两个字:"飓风。"

第二股狂风吹来,船身再次剧烈震颤。如今时间也在跟我们作对,这场仗必须迅速取胜才行。我们必须夺下这条船,因为眼下的风尽管猛烈,但根本不能——完全不能——和真正的飓风相比。

你可以从最初几阵狂风的间隙判断出飓风将会在何时到来。你能看出飓风正从哪个方向袭来。如果你是经验丰富的海员——就像现在的我,那么你就能利用飓风,将它转变为你的优势。只要我们能尽快扬帆,就能逃离任何追兵。

没错,就是这样。想到我们能反过来利用飓风,我便将恐惧抛到了脑后。利用飓风,甩掉那些西班牙人。我在阿德瓦勒耳边说了几句话,我的新朋友点点头,开始把新计划的内容传达给其他人。

他们肯定以为,我们会从后甲板的主舱口发起一次缺乏协调、杂乱无章的攻击。

那就让他们为低估我们而付出代价吧。

我指挥一些人留在阶梯底部,制造出像在准备袭击的噪音,然后带领其他人来到船尾,闯进医务室,接着再悄悄从楼梯来到厨房。

下一瞬间，我们涌上了主甲板，不用说，那些西班牙士兵还懵然不知地背对着我们，滑膛枪瞄准着后甲板的舱口。

他们真是一群粗心大意的蠢货，不但背对着我们，还打算用滑膛枪跟刀剑搏斗，于是他们的下场就是被刀剑割开腹部和喉咙。有那么一会儿，后甲板成为了战场，我们无情地维持着奇袭带来的优势，垂死或死去的西班牙人纷纷倒在我们的脚边，直到最后几个在恐慌中跳下了船，而我们站在那里，喘息不止。

尽管船帆都已收起，另一阵狂风却让船身再次剧烈摇晃。飓风很快就会袭来。在港口里属于珍宝船队的其他船上，我们看到士兵们拿起了长矛和滑膛枪，准备应对我们的攻击。

我们需要换一艘更快的船，而阿德瓦勒看中了一艘，此时已率领一群人踏上了码头。港口的士兵们纷纷死在他们的刀下。我听到了滑膛枪的枪声，我们有几个人倒下了，但其他人已经冲上了旁边的那条盖伦帆船。这艘船的外观很漂亮——很快它就会成为我的船。

我们才刚刚登船，天就暗了下来，为这场战斗配上了合适的背景，也为即将到来的飓风做着预警。

狂风一次又一次地拍打船身，风势越来越强。我能看到那些西班牙士兵陷入了混乱，既害怕逼近的风暴，又畏惧脱逃的俘虏们，两者都是他们无力抗衡的。

战斗血腥而残忍，但结束得也很快，这艘盖伦帆船属于我们了。有那么一会儿，我还以为阿德瓦勒打算指挥这条船：他的确有权这么做——他不但释放了我，还在夺取这条船的战斗中一马当先。如果他想自己当船长，我会尊重他的决定，再去找一条属于我自己的船。

他没有。阿德瓦勒更希望当我的军需官。

我简直感激不尽。他不仅愿意为我效命，而且还没有任何异心。

只要我是个公正的船长,阿德瓦勒就会做我忠诚的军需官,而且永远不会掀起叛乱。

从我们友谊开始的那一刻,我就知道这一点,而经过这些年以后,我的看法也得到了足够的证明。

噢,还有观象台。观象台影响了我们的友谊。

就在我们扬起风帆的同时,第一缕飓风也吹了过来。强风带着我们离开港口,我转头看向船尾,只见珍宝船队其余的船只正在遭受狂风骤雨的侵袭。起先,他们的船帆疯狂地左摇右晃,就像失去控制的钟摆,风暴袭来时,船和船开始了碰撞。他们没有扬帆,而是坐以待毙,看到飓风将他们砸成碎片的时候,我的心情不由得一阵畅快。

我们周围的空气似乎越来越冷了。我看到头顶有云团正在聚集,它们飞快地掠过天空,遮蔽了太阳。下一秒,狂风、暴雨和海浪便朝我们拍打过来。我们周围的海浪仿佛在不断生长,化作高耸的海水之山,每一道海浪都像要淹没我们,将我们不断抛向浪头之间的低谷。

海浪冲刷着甲板。人们紧紧抓住舱门。我听到了尖叫声,几个倒霉的水手被海浪卷下了船。他们熄灭了厨房的炉火,堵住了每一个舱口和每一扇舱门。只有最勇敢也最老练的水手敢于在这时攀爬绳梯,试图操纵船帆。

前桅杆折断了,我担心主桅杆和后桅杆也会步它的后尘,但感谢上帝,它们挺住了。我为命运赋予我们的这艘快速又勇敢的船无声地祈祷起来。

天空飘着斑驳的乌云,但时不时会露出一缕阳光,仿佛太阳被它们当作囚徒关押在后;仿佛天气也在嘲笑我们。但我们仍在前进,三个人守在舵柄那里,还有好些人爬在索具上,仿佛在放飞一只大得可怕的风筝——他们在努力让我们摆脱风暴。减缓船速就意味着缴械投降，而投降就意味着死亡。

但我们没有死，至少在那天没有。在我们身后，珍宝船队的其余船只纷纷在港口里撞得粉碎，只有装载着我们解救的俘虏的那艘船成功逃了出来，为数不多的船员向我和阿德瓦勒宣誓效忠，并且接受了我立刻驶向拿骚港的提议。我终于要回拿骚去了。我会见到爱德华和本杰明，并且再次加入我无比想念的海盗共和国。

我期待着向他们展示我的船。我的新船。我将它命名为寒鸦号。

第三十三章

1715年9月

"你给自己的新船取了鸟儿的名字?"

如果换作别人,我早就拔出手枪或者弹出袖剑,强迫他收回那句话了。但说话的人是爱德华·萨奇。虽然他现在还不是黑胡子——还没开始留那副大胡子,也尚未得到那个著名的外号,不过他夸夸其谈的本事就跟他编成辫子的胡须,以及胡须里藏着的引信同样出名。

本杰明也在场。他跟爱德华一起,坐在老艾弗里酒馆的帆布雨蓬下。这座酒馆坐落于俯瞰港口的小山上,是我在这个世界上最喜爱的场所之一,也是我在拿骚最常去的地方。我愉快地发现,拿骚几乎毫无改变:港口外深蓝色的海洋;夺来的船只散布在岸边,桅杆上飘扬着英国国旗;棕榈树和简陋的棚屋。庞大的拿骚要塞高耸在我们头顶,骷髅头旗帜在吹向东方的微风中轻轻摆动。但其实我说了谎。拿骚的确变了。它比从前更繁忙了。我发现,如今已有将近九百名男女将拿骚作为根据地,其中有七百个是海盗。

爱德华和本杰明和以往一样,又在一边喝酒一边策划袭击——也可能是在一边策划袭击一边喝酒。

我认出了独坐在不远处的那个海盗,他是詹姆斯·基德。有人说他是威廉·基德的儿子。不过眼下我更在意的是我的老伙伴们,他们俩都站起身来招呼我。在拿骚,没有什么死板的形式,也没有其他地方那些束手束脚的礼貌和礼仪。不,我得到的是海盗式的欢迎,本杰明和爱德华分别给了我一次熊抱——这两位海盗在巴哈马群岛令人闻风丧胆,但其实只是两头和蔼的老熊,看到老友的时候,他们甚至流出了愉快的泪水。

"上帝啊,能看到你回来可真好,"本杰明说,"过来喝一杯吧。"

爱德华看了阿德瓦勒一眼。"嘿,肯威,这位是?"

"阿德瓦勒,寒鸦号的军需官。"

爱德华就是在这时嘲笑寒鸦号的名字的。他们俩都没提到我身上的长袍,不过这事可以留待以后再说。打过招呼以后,他们的确仔细审视了我一番,而我不禁好奇:他们观察的究竟是我的衣着,还是我自身的改变?和他们相识的时候,我还只是个孩子,但我从鲁莽自大的青年、误入歧途的儿子、深爱妻子却不值得信赖的丈夫成长为了另一个人——一个在战斗中得到了累累伤疤与坚定心灵的男人,他不会再毫不顾忌地表达自己的感受,情感也不像从前那样外露,在许多方面都表现得十分冷淡,却将真正的激情埋藏在心底。

也许我的两位老友也发现了这一点。也许他们察觉了我从男孩成为男人的变化。

我告诉他们,我正在为我的船招募船员。

"噢，"爱德华说，"这儿有不少有能力的人，不过务必谨慎。两星期以前，来了一条王家海军的船，他们到处惹事，把自己当成了这儿的主人。"

听起来不太妙。这会是伍兹·罗杰斯的杰作吗？他是不是派出了先头部队？还是说有另一种解释？——圣殿骑士。也许是来找我的？或者来找别的什么东西？那么一来，麻烦可就大了。我早该知道的。而且其中很大一部分还是我惹出来的。

在先前招募人手的过程中，我也听说了来到巴哈马群岛的英国佬。在跟我和阿德瓦勒谈过话的那些人里，有不少提到了打着国王旗号的士兵在周围转悠的消息。英国人希望我们滚蛋，这也是理所当然的。我们简直是国王陛下的肉中之刺，是红色国旗上的一块硕大的污渍，可这反而增添了英国人对我们的兴趣。所以当我和爱德华、本杰明以及詹姆斯·基德在老艾弗里酒馆碰头的时候，我尽量压低了声音，也格外留意那些陌生的面孔。

"你们有没有听说过一个叫作'观象台'的地方？"我问他们。

我一直在思考这件事。听到那几个字，詹姆斯·基德的双眼突然亮了起来。我看了他一眼。他很年轻——要我说的话，大概才十九、二十岁，要比我年轻不少，而且和那时的我一样，他也有些莽撞。因此看到萨奇和霍尼戈摇头的时候，他忍不住开了口。

"噢，"他说，"我听说过观象台。那是个古老的传说，就像那个传说中的黄金国或者青春之泉。"

我领着他们来到桌边，左顾右盼了一番，确认附近没有国王的探子，然后才拿出从托雷斯的府邸里偷出的那张图画，放到桌上。纸页折了角，但上面画着的毕竟是那个观象台。他们三个看着它，有人表现得兴趣盎然，还有人装作没什么兴趣的样子。

"你都听说了些什么?"我问詹姆斯。

"它好像是个神庙或者墓穴什么的。里面藏着某种财宝。"

"噢,该死的,"爱德华不快地说,"比起金子,你更喜欢童话故事,是不是?"

萨奇不可能帮我去找观象台。我从最开始就知道。见鬼,我在开口说这件事之前就知道。他想要的是实实在在的财宝:比如装满八里亚尔银币的箱子,上面还沾着前任主人的血。

"它比金子更值钱,萨奇。比我们从西班牙人的船上抢来的东西值钱一万倍。"

本杰明也露出怀疑的神色——事实上,把我的话听进去的似乎只有詹姆斯·基德一个。

"小伙子,抢劫国王救济穷人才是我们谋生的方法。"本杰明用训诫的口气说。他用一根苍老污秽的手指戳了戳我偷来的那张纸。"这东西不是财富,只是空想。"

"但这份宝藏能让我们一辈子吃穿不愁啊。"

我这两位老伙伴,他们都非常出色,是曾和我一起航海的人里最优秀的两个人,但我不禁在心里责怪他们的缺乏远见。他们所说的是几个月的花销,但我考虑的却是够用一辈子的财富!更不用说我将会拥有的地位和前途了。

"你还在想布里斯托尔的那个妓女呢?"我提到卡罗琳的时候,本杰明嘲笑我说,"耶稣啊,早点放下吧,小伙子。这儿是拿骚,不是英格兰。"

有那么一段时间,我努力让自己相信他说得对,他们说得也都没错,我应该着眼于那些更加有形的财富。在喝酒,策划袭击,进行袭击,为成功而喝酒庆祝,随后进行下一次袭击的日子里,我有大把的时间去思索这其中的讽刺。和我的圣殿骑士"朋友"们站在桌边时，我曾觉得他们愚蠢又轻信，因而想念我那些直言不讳、思想自由的海盗伙伴。但到了拿骚以后，我才发现他们的思想有多么闭塞，无论他们表面上多么自由，无论他们如何吹嘘自由。就连黑旗的意义——我在那个阳光明媚的下午挂上的那面黑旗——都显得那么讽刺。

"我们这儿不挂任何人的旗号，并且以此为荣，"爱德华·萨奇看着寒鸦号——阿德瓦勒就站在船上的旗杆旁——对我说，"所以这面黑旗上不用画任何图案，你只需要忠实于自由的天性就好。这面旗是你的。自豪地挂上它吧。"

旗帜在风中轻轻摆动，我很自豪——我真的很自豪。我为这面旗帜的意义，为我做出的努力而自豪。我终于有所建树，为了自由——真正的自由——给予了敌人沉重的打击。但每当我想起卡罗琳，还有自己蒙受的那些不公，心里的旧伤就会浮现。你看，我亲爱的，我回到拿骚时已经变了个人。对于那些深埋在心里的激情，我等待着将它们挖掘出来的那一天。

在那之前，我还有别的事要考虑，尤其是对于我们生存方式的威胁。有天晚上，我们围坐在海滩上的营火旁，我们的船——本杰明号和寒鸦号——就停泊在离岸边不远的地方。

"伙计们，让我们为海盗共和国干杯，"萨奇说，"我们繁荣又自由，而且不受国王、僧侣和收税官的打扰。"

"已经有将近七百人宣誓和他们在拿骚海岸的同胞共同进退。这个数字可不坏。"詹姆斯·基德说。他瞥了我一眼，可我装作没看见。

"的确，"萨奇打着嗝儿说，"不过我们缺少稳固的防线。如果国王攻击镇子，我们根本没有还手之力。"

我接过他递给我的那瓶朗姆酒，举到月光下，察看里面漂浮的沉淀物，然后满意地喝了一大口。

"那就让我们去找观象台吧，"我提议道，"如果那儿真有那些圣殿骑士提到的东西，我们就无可匹敌了。"

萨奇叹了口气，伸手去拿瓶子。他们已经听我说过很多次了。"别再说这些废话了，肯威。这是小孩子才会信的故事。我说的是真正的防线。比如抢一艘盖伦帆船来，把所有火炮配置在一侧。它会成为我们港口上的一道风景线。"

这时阿德瓦勒开口了。"要抢到完好的西班牙盖伦帆船可不容易，"他的嗓音低沉而清晰，"你有哪艘看中的吗？"

"有的，先生，"萨奇醉醺醺地反驳道，"我来指给你看。那是一艘大船。又大又慢。"

这就是我们对那条西班牙盖伦帆船发起攻击的原因。但那时的我并不知道，我很快就会再次见到我那些圣殿骑士朋友了。

第三十四章

1716年3月

我们开始朝西南方航行。爱德华说他看到过那艘盖伦帆船在巴哈马群岛的南部流域出现。我们乘上了寒鸦号,在航行的途中,我们跟詹姆斯·基德聊着天,还提起了他的出身。

"你是已故的威廉·基德的私生子,是吧?"对这个话题最感兴趣的要数爱德华·萨奇了,"不如你讲讲这事的来龙去脉?"

我们三个正站在艉楼甲板上,就像分享朗姆酒那样分享着一只单筒望远镜,试着用它看透这个清晨牛奶般浓稠的雾气。

"我母亲是这么告诉我的,"基德一本正经地说,"我是威廉离开伦敦之前一夜激情的结果……"

只听他的口气,你很难判断他是否在恼火。他跟爱德华·萨奇不一样。萨奇是个直肠子,上一秒还在发火,下一秒就能跟你称兄道弟。

至于他究竟在对你拳打脚踢，还是给你醉醺醺的熊抱，这些并不重要。和爱德华相处是件很简单的事。

基德不一样。他的想法全都藏在心里，从不示人。我想起了我们不久前的一次对话。"你这身衣服是从哈瓦那的哪个花花公子那儿抢来的吗？"他问我。

"不，先生，"我回答，"是从一具尸体上……而且那家伙死前还在对我大放厥词。"

"噢……"他说着，脸上掠过一丝令人费解的神情……

不过等我们终于找到那艘船的时候，他并没有掩饰自己的兴奋。

"那条船简直是个怪物，瞧瞧它的个头。"基德说这话的时候，爱德华露出得意的表情，就好像在说"我早就告诉你了"。

"是啊，"他用警告的语气说，"跟它正面对抗的话，我们可撑不了多久。肯威，你听到了没？保持距离，我们等时机合适再进攻。"

"最好能趁着夜色进攻。"我举着望远镜说。萨奇说得对。那艘船很漂亮。的确会是我们港口里的一道风景线，同时也能作为一道壮观的防线。

我们任由那艘帆船驶向地平线上的一个断点——我猜那应该是个岛屿。如果我对海图的记忆没错的话，那儿应该是伊纳瓜岛，那里有个小海湾，可以为我们的船舰提供完美的停泊处，岛上丰富的植物和动物也让它成为了补充给养的理想地点。

萨奇确认了我的推测。"我认得那地方。岛上地势险要，还有个名叫杜卡斯的法国船长驻扎在那儿。"

"朱利安·杜卡斯？"我说着，难以压抑口气里的惊讶，"那个圣殿骑士？"

"是叫这名字，"爱德华心烦意乱地说，"我都不知道他还有头衔。"

我沉下脸来。"我认识那个人,他那时也在哈瓦那,如果他看到我的船,肯定能认出来。也就是说,他会思索现在驾驶这条船的人会是谁。我不能冒这个险。"

"我也不想放弃那条船,"爱德华说,"我们好好计划一下,或许等到天黑再登船吧。"

于是我借此机会爬上帆索,准备发表一场演讲。我俯视着聚集在主甲板上的众人,爱德华·萨奇和詹姆斯·基德也在其中。我抓住索具,等待着他们安静下来,同时思考着:萨奇会不会为他年轻的徒弟而骄傲呢?毕竟,正是他领着我走上海盗之路的。我希望他会。

"先生们!作为我们这一行的惯例,我们不会在某个疯子的命令下轻率地做出蠢事,而是按照我们共同的疯狂行动!"

他们轰然大笑。

"我们的目标是一艘横帆盖伦船,我们需要它为拿骚提供火力优势。所以我要在此发起投票……所有希望在这片海湾掀起风暴,夺下那条船的人,跺跺脚,吼一声'好啊!'"

人们大声表示了赞同,没有任何反对的声音夹杂其中,这让我满心喜悦。

"那些反对的人,请你们吼一声'不好!'"

没有半个人出声。

"就连国王的议会都没这么团结!"我大吼一声,水手们欢呼起来。我低头看着詹姆斯·基德,又特意看向爱德华·萨奇,他们则回以赞赏的微笑。

不久后,当我们的船驶向那片小海湾的时候,我有了个想法:我必须解决掉朱利安·杜卡斯。如果他看到寒鸦号——更重要的是,如果他看到我之后成功逃走，他就会把我的行踪透露给他那些圣殿骑士同伙，而这是我不希望看到的。毕竟我还指望找到观象台，虽然我的伙伴们不屑一顾，但我仍未放弃。我思考了一会儿，衡量着几种可能性，最后决定做那件必须去做的事：我跳下了船。

好吧，但不是直接跳下去。首先我把计划告诉了萨奇和詹姆斯，让我的朋友们知道，我打算在攻击正式开始前打杜卡斯一个出其不意，然后我才跳下船去。

我游到岸上，像夜晚的鬼魅那样悄然前进，想的却是邓肯·沃波尔。我的思绪回到了闯入托雷斯宅邸的那个晚上，不禁由衷地希望今晚不会演变成那样。

我在路上看到了好几组杜卡斯的卫兵，我对西班牙语有限的了解帮我明白了零星的内容：他们在说必须去寻找补给的事。等我来到营地、藏身在灌木丛里的时候，夜幕已经落下。我听着一间披屋里的对话。我认出了其中一个声音：朱利安·杜卡斯。

我知道杜卡斯在岛上有栋宅邸，而从试图掌控世界的远征归来之后，他想必会回到那里休息。他此时此刻没有返回宅邸的事实，也就意味着他是回这座岛补给的。

现在，只剩下一个问题了。在那间披屋里，我那位前同僚的身边满是卫兵。他们是群好斗的家伙，正因收集给养的事而恼火，更别提感受朱利安·杜卡斯的唇枪舌剑了。但他们毕竟还是卫兵。我扫视营地。营地的另一边有堆营火，几乎已经只剩余烬。我的身边是板条箱和木桶，我看看这些，又看看营火，意识到他们是特意这么摆放的。因为当我仔细察看之后，发现那些桶里都是火药。我把手伸到脖颈后面——我先前把手枪放在那里，免得海水被打湿。我身上带的火药还是弄湿了，但这边有的是火药供我取用。

士兵们伫立在营地的中央。他们本该去站岗的，但事实上，他们却在窃窃私语，而我听不见交谈的内容。多半是在咒骂杜卡斯。其他士兵则来来去去，搬运着补给品：大部分是柴火，还有引火物，以及在附近的泉水处装满的水桶。我敢打赌，这和杜卡斯期待的野味大餐相去甚远。

我用阴影隐匿行迹，一面留意那些士兵的动向，一面接近那些火药桶。我在最下面的桶子上凿了个洞，弄到了满满一捧火药，随后悄悄绕过营地边缘，在身后留下了一条火药的路径，并尽可能地接近营火。这条路径是个半圆形，半边通向那些火药桶，另外半边则通向朱利安·杜卡斯所在的那间披屋。那家伙正在里面喝着酒，做着圣殿骑士统治世界的千秋大梦——同时大声斥责那些违反命令的手下。

没错。我有点火的工具。我留下了一条从营火穿过灌木丛、通向那些桶子的火药痕迹。有一群人等着被我炸上天，也有朱利安·杜卡斯等着我的复仇。现在我只需要算好时机，免得那些粗鲁的士兵在火药引爆之前就发现那条简陋的引信。

我匍匐着接近营火，随后将一块炽热的余烬丢到火药的路径上。我硬着头皮面对它制造的噪音——在那个夜晚，它显得如此响亮——同时对那些制造出巨大噪音的士兵心怀感激。就在火药点燃的时候，我不禁担心会有什么纰漏，担心自己不小心把火药撒在了潮湿的地面上，也担心会有哪个士兵在最后的瞬间及时赶回……

的确有个士兵回来了。他手里拿着一碗东西。大概是水果。但无论是火药的气味和咝咝的燃烧声都没能让他警醒，他只是在空地边缘停了下来，低头看向自己的靴子，就在那时，火药的引信也从他脚边烧了过去。

他抬起头，嘴巴张成一个O型，想要大喊求救，而我从腰带上抽出一把匕首，用力掷了出去。感谢上帝，我在布里斯托尔摧残树木的那些下午没有白费。感谢上帝，那把匕首命中了他锁骨上方的某处——算不上正中目标，但效果相同——于是他没能喊出那句警告，而是发出微弱的、窒息般的呼声，然后无力地跪倒在地，双手拼命地抓向脖子。

空地上的那些人听到了他的身体倒下和那只碗撞上地面的响动，还有水果在地上滚动的声音，于是转身察看。突然之间，他们全都警觉起来，但这并不重要，因为就在他们从肩头取下滑膛枪、高声示警的时候，完全不知道自己将会遭受怎样的攻击。

我转过身去，双手掩耳，蜷缩在地，就在这时，空地上发生了大爆炸。有什么东西砸中了我的背脊。那是个柔软潮湿的东西，我不怎么想去细看。我听到了远处的叫喊声，知道随时都会有更多士兵赶来，于是我跑进空地，经过那些死得奇形怪状、肢体残缺的士兵身边。绝大部分的士兵已经死去，其中一个也在恳求上帝把他带走，在空地上浓浓的黑烟里，飘扬着无数余烬。

杜卡斯钻出帐篷，用法语咒骂着，高声叫手下去扑灭火势。他咳嗽着连连摆手，想要挥去面前的黑烟，同时打量着空地上的情况。

然后他看到我站在他面前。

我知道他认出了我，因为在我的袖剑刺进他身体之前，他只说了"你"这么一个字。

我的袖剑没有发出任何声响。

"记得你送我的那份大礼吗？"我抽出剑来，剑刃发出微弱的、类似吮吸的响声。"我的回答是，还不错。"

"你这婊子养的。"他咳嗽起来，鲜血洒到了他的脸上。燃烧的灰烬在我们身边洒下，就像恶魔的雪花。

"你胆大包天，可还是不够厉害。"就在生命渐渐流失之际，他勉强吐出这句话来。

"真抱歉，伙计。但我不能冒险让你去告诉那些圣殿骑士，我还活得好好的。"

"我怜悯你，海盗。在你见过那一切以后，在我们将骑士团的秘密展示给你以后，你却仍然选择当一个盲目而又自大的无赖。"

在他的脖子上，我看到了先前没见过的一样东西。一枚挂在项链上的钥匙。我将它扯下，它轻而易举地落入我的掌中。

"看来偷窃就是你野心的极限，"他讥讽道，"莫非你根本无法理解我们的事业有多么宏大？世界上的所有帝国都将不复存在！那会是个自由而开放的世界，不会有像你这样的害虫。"

他闭目等死。他的遗言是："愿你承受自己酿成的苦果。"

我听到身后传来士兵冲进空地的声音，知道自己该走了。在远处，我听到了又一阵的呼喊声，还有搏斗的声音，知道我的船员已经赶到，那片海湾和那艘盖伦帆船很快就将属于我们，这一晚的工作也将圆满结束。我藏进灌木丛以后，不禁想起了杜卡斯的遗言：愿你承受自己酿成的苦果。

我们等着瞧吧，我心想，等着瞧。

第三部分

第三十五章

1716 年 5 月

两个月以后,我到了尤卡坦半岛东海岸的图卢姆。你问我去那儿的理由?是那个充满神秘的詹姆斯·基德,以及他在伊纳瓜岛上给我看的东西。

我现在才明白,他一直在耐心等待。等待我独自一人的时刻。在杜卡斯死后,我们夺下了他的船,并且……噢,这么说吧,我们"摆脱"了他其余的手下,其过程可以归结为"加入我们成为海盗"或是"下海去游个痛快"。萨奇带着那艘西班牙盖伦帆船去了拿骚,大部分船员跟他一起离开了。

而我、阿德瓦勒以及基德留了下来,打算好好利用一下这片海湾。我的想法自然是在这里的海滩上放松身心,开怀畅饮,等喝光朗姆酒就回拿骚去。噢,你们自己把港口的防御工事盖好了啊。真可惜,我错过了帮忙的机会。说些类似这样的话。

至于基德的想法——噢,谁又知道呢?至少直到他那天来找我,说有东西要给我看,然后领着我去了玛雅人的石制遗迹那里。

"这些东西真怪,不是吗?"他说。

从远处看,遗迹就像一大堆碎石,但近看之下,你会发现它们是用雕刻成古怪形状的石块仔细堆砌而成的。

"这就是他们说的玛雅人的遗迹?"我仔细打量那些石头,一边问他,"还是阿兹特克人?"

他看着我,眼神就像往常跟我说话时那样锐利而怪异。说实话,这让我很不舒服。为什么他想跟我说些事,却总是欲言又止?他把手里的底牌贴在胸口,有那么几次,我真想撬开他的手,自己看看上面是什么。

我本能地觉得,我很快就会知道答案。我没有猜错。

"爱德华,你擅长解谜吗?"他问我,"我是说谜语和难题之类的东西?"

"至少不比一般人差,"我小心翼翼地说,"为什么问这个?"

"我觉得你有这方面的天赋。我是从你做事和思考的方式、从你理解世界的方式看出来的。"

看来他是打算亮出底牌了。"我可不太确定。你现在就在说谜语,因为我一个字也听不懂。"

他点点头。无论他打算告诉我什么,看起来他都不会直接说出来。"你能不能爬到这东西的顶上去?我有个难题要你帮忙。"

我们一起爬到那堆石头顶上,然后蹲下身子。詹姆斯突然抓住了我的腿,我低头看去,发现那是只和所有海盗同样黝黑、同样饱经沧桑的手,同样布满了海上生活留下的细小伤口和伤疤。只是更小些,手指也更加纤细，我不禁思索，这只手到底想要做什么。也许……不。肯定不是的。

这时他开了口，语气比先前更加严肃，就像个冥想中的圣人。

"集中精神，动用全部的感官。透过阴影和杂音，深入本质，直到你能看到和听到某种微光。"

他究竟在说些什么？他的手在我的腿上抓得更紧了。他催促我集中精神。事实上，他的手，他的举止都在迫使我相信，让我抛开不情愿，放下抗拒……

然后我看到了。不，我并不是看到的。该怎么说呢？我是感受到的——用我的双眼感受到的。

"微光。"我轻声说道。微光围绕着我——包围了我——让我的记忆变得更加清晰：我坐在哈瑟顿的农庄小屋里，或是在我的梦中任思绪徜徉。就好像整个世界突然变得更加明亮，更加清晰。我的听力更加敏锐，也能看到先前看不到的东西。我的身体里仿佛蕴藏着巨大的财富，有一座知识的宝库等待我的取用，而我只需要用钥匙开启库门就行。

这就是了，我蹲坐在地，基德的手仍然抓着我的腿。

可我似乎已经找到了钥匙。

我知道那么多年前，我为何觉得自己与众不同了。

"你明白了吗？"基德低声说道。

"我想是的。我已经见过类似的情景。就像海上的月光。就像同时动用五感，去看到声音、听到形状。把这些感觉都结合起来。"

"世界上的每个人都拥有一种潜藏的直觉，只是他们自己并不知道。"基德说话的时候，我凝视着自己，就像突然来到另一个世界的人。就像瞎子重见光明。

"这种感觉几乎从我出生就伴随着我，"我告诉他，"但我以为它跟我的幻想之类的东西有关。"

"大部分人永远不会察觉，"基德说，"其他人要花费多年才能窥见真相。但对极少数人来说，这种直觉就像呼吸一样自然。你感觉到的是生命之光。来自过去与现在的活物。残留的生命气息来了又去。实践。直觉。任何人的感官能力都能提升到惊人的程度。只要他去努力。"

之后，我们道了别，约定在图卢姆碰头，所以我才会站在灼人的日头下，努力跟一个站在鸽子笼旁边的土著女人打听——我来到这里时，就看到她眯起眼睛打量我。

"你养这些东西是做宠物的吗？"我问她。

"送信，"她用磕磕绊绊的英语答道，"我们岛和岛之间就是这么通信的。我们分享信息……与契约。"

"契约？"我说着，不由得心想，刺客，刺杀契约？

她告诉我，基德正在一座神庙那儿等我，于是我朝那边走去。她是怎么知道的？为什么我觉得这里的人都在等着我的到来？当我穿过那座大部分都是低矮茅屋的村庄时，为什么我觉得那些村民都在谈论我，又面无表情地对上我的目光？有些人穿着色彩鲜艳、随风飘舞的长袍，戴着珠宝，手持长矛和棍棒。有些人袒露上身，穿着破破烂烂的裤子，身上用油彩画着各种图案，戴着古怪的装饰和金银手镯，还有用骨头串成的项链。

我不禁心想，或许他们跟我们也都一样，有阶级和社会等级之分。就像在英格兰，你从衣服的做工、从手杖的品质就能认出谁是上流社会的绅士，就像在这儿，地位最高的人穿的袍子更好，珠宝装饰更华丽，身上的图案也更复杂。

或许真的只有拿骚是真正自由的地方。又或许我只是在自欺欺人。

突然间，丛林分开，一座像是金字塔的庞大玛雅神庙高耸在我面前，一层层石头平台的中央，有一条长长的阶梯。

我气喘吁吁地站在这片树丛里，注意到周围有不少新近砍断的树枝。有人不久前才清出了一条路来，我沿着这条路，最后来到了神庙底部的入口。

在这儿？对，就在这儿？

我摸索着石门的边缘，费力地将它推开一条缝来，让我能够挤进去。里面的房间看起来像是门厅，但并没有我想象的那么昏暗。就好像有人提前点亮了灯……

"肯威船长。"阴影里有个声音说。我不认得那个声音，于是下一瞬间，我拔出了手枪，旋身凝视着这片黑暗。但对方有出其不意的优势，我的枪被打落在地，又有人从背后制住了我。闪烁的火光照亮了我身后那个戴着兜帽的身影，而在前方，两个人从阴影里走了出来。其中之一是詹姆斯·基德。另一个是个土著，像其他人一样戴着兜帽，面孔在昏暗中模糊不清。有那么一会儿，他只是站在那里，直到我停止挣扎和咒骂基德，情绪也平静下来。然后他开了口："刺客邓肯·沃波尔在哪儿？"

我瞥了一眼基德。他在用眼神向我保证，一切正常，我不会有危险。至于我为什么相信他，我自己也说不清。毕竟当初就是他骗我来的。但我还是松了口气。

"死了，然后埋了。"我说完这句话，却没从面前那个土著男子身上感觉到怒意。我迅速补充道："是他先动手想杀我的。"

那土著思忖着点点头。"得知他死去，我们并不遗憾。但却是你让他最终的背叛得以实现。为什么?"

"我的目的只有钱而已。"我厚着脸皮说。

他走过来,而我也看清了他的长相。作为土著,他有黑色的皮肤,双眼锐利而严肃,满是皱纹的棕色面孔上涂着油彩。而且他非常愤怒。

"钱?"他严厉地说,"我应该为此感到欣慰吗?"

"我的导师,他有那种感官能力。"詹姆斯插嘴道。

感官能力。这部分我理解。但他又说了"导师"。这个土著酋长怎么会是詹姆斯的导师?

提到我的感官能力,似乎让那人平静了下来——后来我才知道,他名叫安·塔拜。

"詹姆斯说你见过哈瓦那的圣殿骑士,"他说,"你见过他们叫作圣贤的那个人吗?"

我点点头。

"如果你再见到他,能认出他来吗?"安·塔拜问我。

"应该可以。"我说。

他思索了一会儿,随后似乎做出了决定。

"我必须确认。"他说完这句话,便带着手下融入阴影里,留下我和詹姆斯两人。詹姆斯用锐利的目光扫了我一眼,没等我开口责备,他就竖起一根手指,示意我噤声。

他拿起一根火把,苦着脸看着它发出的暗淡光明,然后弯下腰,走进一条通向神庙更深处的狭小通道,同时挥手示意我跟上。那里的天花板很低,我们只能弯着腰前进,心里提放着这座几千年历史的建筑里可能潜藏的危险。在先前那个房间里,我们说话时都能听到回声,此时的声音却像是被吸收了——那些潮湿的岩石仿佛还越靠越近。

"你让我在一无所知之下卷进了这种麻烦事,基德!刚才那个小丑究竟是什么人?"

他转头答道:"安·塔拜,是个刺客,也是我的导师。"

"这么说你们都是某个奇怪宗教的信徒?"

"我们是刺客,我们遵守着信条。但这信条并不会强迫我们行动或是服从,只要求我们理智。"

他钻出那条低矮的通道,进入另一条走廊,但至少在这儿,我们可以站直身体了。

"你说信条,"我对他说,"噢,告诉我吧。我很想听听看。"

"'万事皆虚,万事皆允。'这就是这个世界唯一确定的事。"

"'万事皆允'?我喜欢——听起来不错。想我愿意想的,做我乐意做的……"

"你只是在鹦鹉学舌,爱德华,你并不明白话里的含意。"

我短促地笑了笑。"别一副轻蔑的样子,基德。我把你当作朋友,可你却骗了我。"

"我把你带来这儿是为了救你,伙计。因为你跟圣殿骑士结交,他们打算要你的命。是我阻止了他们。"

"那还真是谢天谢地。"

"是啊,谢天谢地。"

"这么说,那些圣殿骑士追杀的就是你们喽?"

詹姆斯·基德咯咯笑了起来。"直到你的出现让事态恶化之前,是我们追杀他们才对。我们打得他们抱头鼠窜。可现在是他们占了上风。"

噢……

就在我们穿过这些通道的时候,我听到了石头敲打木头的响声。

"这儿还有别人在吗?"

"也许吧。我们才是闯入者。"

"有人在看着我们?"

"有这种可能。"

他吐出的这些字眼就像石头,敲打在神庙的墙壁上。难道基德从前也来过这儿?他没这么说过,但他似乎知道如何开启我们遇见的每一扇门,然后带着我攀上楼梯,越过桥梁,越爬越高,直到站在最后的那扇门前。

"在路的尽头等待着我的,最好对得起我用掉的这些时间。"我恼火地说。

"这取决于你。"他神秘兮兮地回答。

接下来,脚下的石板突然分开,而我们笔直落入下方的水中。

第三十六章

返回的路被碎石堵塞,我们只能游向水下。就在我开始觉得自己再也撑不下去的时候,我们钻出了水面,发现自己身在另一个大房间内的水池里。

我们向前走去,而下一个房间里放着一尊半身像。我认出了雕像的脸。

"老天!"我惊叫起来,"是他。是圣贤。可这东西肯定有好几百年的历史了吧。"

"比那更久。"基德说。他的目光从我身上转向那尊雕像。"你确定就是他?"

"嗯,那双眼睛很有特点。"

"那些圣殿骑士有没有说过,他们为什么要找这位圣贤?"

我嫌恶地回忆起来。"他们抽了他的一些血,放进一个小小的玻璃方块里。"

放进我给他们的玻璃方块里,我回忆着,但并不感到内疚。我干吗要内疚?

"就像这个?"基德说。他的手里拿着又一个玻璃方块。

"对。他们应该还想问他观象台的位置,不过他逃走了。"

方块消失在基德的口袋里。他似乎思索了一会儿,然后才转过身去。

"我们可以走了。"

我们转身返回,找到了另一段穿过神庙内部的阶梯,最后朝某个看起来像是门的东西走去。石门滑开的同时,我再次看到了阳光——上一次仿佛是几个小时之前的事了。接下来,我大口呼吸着新鲜空气,也不再像之前那样咒骂太阳的炽热:在体验过神庙内部的寒冷潮湿以后,我对阳光充满感激。

前方的基德停下脚步,侧耳聆听。他回头看了一眼,示意我压低声音,藏到暗处。我不清楚发生了什么,但我照他的指示做了,并且跟在他身后。我们缓缓地、无声地前进,最后发现安·塔拜正躲在一块大石头后面——因为在这个距离,我们已经能听到英格兰士兵干活时用伦敦腔抱怨的声音了。

在那块巨石后面,我们沉默地等待着。安·塔拜锐利的目光看向了我。"神庙里的那尊雕像,"他轻声问道,"是你在哈瓦那看到的那个人吗?"

"简直一模一样。"我低声回答。

安·塔拜转过头,看向那些士兵。

"看起来,又有一位圣贤现身世间,"他自言自语着,"观象台的种族重新出现了。"

我为此感到兴奋应该没有错吧?毕竟我已经参与进来了。

"所以我们才压低声音吗？"我说。

"这是你的过错，"安·塔拜轻声说道，"你卖给那些圣殿骑士的地图让他们径直找了过来，现在两个帝国的密探都对我们的根据地一清二楚了。"

基德正要上前去对付那些士兵。毫无疑问，他比土著更想砍杀这些英国兵，但安·塔拜却阻止了他。他用一只手挡住基德，双眼看向了我。

"他们也带走了爱德华的船员。"他说。我吃了一惊。我的船员。阿德瓦勒，还有我的水手们。可安·塔拜朝我抛来最后一个责备的眼神，然后便转身离去。他留下了一支看起来显然是吹管的东西，基德俯身捡了起来。

"拿上这个，"他说着，把吹管递给了我，"它不会引起太大的动静，也不用让你夺走太多性命。"就在他教给我使用的诀窍时，我思索起来：这是什么新的考验吗？或者是另一回事？这是在训练我？还是评估我？

随便他们吧，我不快地想着。我不会成为任何人的手下。我只对自己和自己的良心负责。规则和教条？多谢，还是免了。

就我而言，他们大可以去我看不见的地方兜售他们的信条。还有，他们究竟为什么想要我加入？也许是因为那种感官能力？我的战斗技巧？

你们来得容易，想走可就难了，先生们，我心想。我的船员都被反绑双手，背靠着背坐在前方的那片空地里。我这些好伙计，他们可没让那些英国兵好受。我听到他们在说："让我起来，你这混球，像个士兵那样面对我！"还有："要是你知道自己会有什么下场……我想你早该溜之大吉了。"

我把第一支吹箭装进吹管里。我明白自己该做什么：一个一个地解决那些英格兰士兵，尽量减小人数的差距。有个不幸的土著帮我吸引了他们的注意力。他愤怒地咆哮了一声，摇摇晃晃地站起身，企图逃跑。士兵们立刻盯上了他，他们愉快地举起滑膛枪，开了火。"啪"。"啪"。就像几根树枝折断的声音。在大笑声中，那个土著的身体喷出血花，倒在地上，但士兵们没有发现，他们中的一员也悄无声息地倒进了灌木丛，一边将手伸向戳在自己脖颈上的吹箭。

就像守卫们返回空地之时，我穿过他们身后的林间小径，朝殿后的那个士兵吹出了第二支吹箭。我踏前几步，接住了倒下的他。我把他的尸体拖进灌木丛，心里不禁为我那些吵闹的船员感谢上帝。他们并不知道我的到来，但他们的表现就像我事先安排过那样好。

有个士兵转过身来。"嘿，"他发现自己的朋友不见了，"汤普森去哪儿了？"

我藏身在灌木丛里，装上又一支吹箭，然后将吹管举到嘴边。我短促地吸了口气，然后像基德教我的那样鼓起腮帮，吹了出去。吹箭刺进了他的颚骨下方，他大概还以为自己被蚊子叮了——等到第二支吹箭命中，他便失去了知觉。

现在好多了。我在灌木丛里计算着。死了三个，还活着六个，如果我能在剩下的卫兵察觉异样之前再解决几个，那么剩下的那些凭我自己应该也对付得了。靠我和我的袖剑。

只要这么做，我就会成为刺客吗？因为我的行为方式和想法都像刺客？我不是发誓要为了哈瑟顿和圣殿骑士对抗吗？

敌人的敌人就是朋友。

不。我是我自己的主人。我不会听命于其他任何人。我不需要什么信条。这么多年来，我一直想摆脱条条框框的约束，我不打算让这些努力付诸东流。

在这时，那些士兵开始东张西望。他们开始好奇自己的同袍去了哪儿。我意识到，我并没有一个个解决敌人的闲暇了。我必须靠自己解决他们所有人。

六对一。但我有出其不意的优势，而且我跳出灌木后所做的第一件事，就是将剑刃划过绑住阿德瓦勒的绳索。他在我身后匆忙去寻找可用的武器。我的袖剑系在右手上，左手握着手枪。我站到两人之间，伸直双臂，同时扣下扳机和挥动右手，随后手臂在身前交叉成十字。一个士兵死于铅弹穿心，另一个死于喉咙上的伤口。

我丢下没了子弹的手枪，转过身，从腰带上抽出另一把枪，交叉在身前的手臂同时分开。又有两个士兵冲了上来，这回我用剑刃割开了其中一个的胸口，又给另一个的嘴里赏了颗子弹。我用袖剑挡开了挥来的剑，那个龇牙咧嘴冲上前来的士兵没给我抽出第三把手枪的机会。我们你来我往了几回合，而他的剑术比我预料中要好。就在我把宝贵的时间浪费在和他过招的时候，他的同袍也用滑膛枪瞄准了我，正准备扣下扳机。我单膝跪倒，随后袖剑向上一捅，剑刃刺进了拿剑那个士兵的身侧。

肮脏的把戏。下流的把戏。

他发出痛苦的尖叫，同时愤怒地咒骂着我，而他的双腿渐渐无力，身体也砰然倒地，手里的剑徒劳地挥舞着，却不足以阻止我的袖剑刺穿他的下巴，再刺进他的上颚。

的确是肮脏又下流的把戏。而且很愚蠢。这下子我跪在地上（打架的时候千万别倒地），我的剑也卡在对手的身体里。简直就是个活靶子。我的左手慌忙去取我的第三把手枪，但除非那士兵的枪因为火药潮湿而哑火，否则我就死定了。

我转头看向他，看到他做出就要开枪的那种表情。

然后一把剑从他的胸口刺穿了出来，那是阿德瓦勒拿着的剑。

他扶我起身的时候，我长出了一口气，知道自己差一点——就差那么一点儿——就要见到死神了。

"谢谢你，阿德。"

他笑着摆摆手，表示我不需要道谢，我们的目光一起转向了那个士兵。他的胸口随着最后的几口气起起伏伏，一只手抽搐了几下，随后不再动弹，留下庆幸不已的我们。

第三十七章

不久之后,我的手下们重获自由,詹姆斯和我站到图卢姆的海滩上——这座小镇再次摆脱了士兵和奴隶商人,回到了土著们的手中——眺望着海面。他咒骂一声,把他的望远镜递给了我。

"那船上的是什么人?"我问他。有艘大帆船在海平线处游弋,每过一秒都离我们更远。我勉强能看见甲板上的人,其中有个人正在发号施令。

"看到那个浑身疥癣的老家伙了没?"他说,"他是个荷兰奴隶商人,名叫劳伦斯·普林斯。他在牙买加过得像个国王。这浑球多年来一直是我们的目标。活见鬼,我们差点就能抓住他了!"

基德说得对。这个奴隶商人曾经踏上过图卢姆的土地,如今却已逃向安全之处。毫无疑问,他知道自己的任务失败了。但至少他来得及逃走。

另一个闷闷不乐的刺客正是安·塔拜,他走过来的时候,脸上那副严肃得过头的样子让我忍不住大笑起来。

"上帝啊,你们这些刺客可真有意思。每一个都喜欢皱眉头,苦着脸。"

他怒视着我。"肯威船长。你的技艺相当出色。"

"噢,谢啦,伙计。这是天生的。"

他撇了撇嘴。"但你无礼又傲慢,还穿着不属于自己的装束招摇撞骗。"

"万事皆允,"我大笑起来,"这不是你们的格言吗?"

那个土著男人也许年纪不小了,可他却肌肉发达,身手也和年轻人同样矫健。他的脸简直像是用木头雕刻而成的,漆黑的双眸看起来既苍老又年轻。我面对他的目光,突然开始心神不宁。有那么一会儿,我以为他打算就这样一言不发,让我忍受他的轻蔑的煎熬。

终于,他打破了这片可怕的沉默。"我赦免你在哈瓦那和其他地方犯下的过错,"他说,"但这儿不欢迎你。"

说完他便转身离开,这时詹姆斯看了我一眼。

"抱歉,伙计,我本不希望会是这种结果。"他说完就走了,留下独自沉思的我。

该死的刺客,我心想,他们跟其他人一样差劲。那种自命不凡、道貌岸然的态度。满口我们这样,我们那样。就像家乡那边的牧师,他们总会等在酒馆外头,骂你是个罪人,大声要你忏悔。他们根本是希望你过得不痛快。

这些刺客可没有烧掉你父亲的农庄,不是吗?我心想。是那些圣殿骑士干的。

而且是刺客教会了你如何使用那种感官能力。

我叹了口气,决定去找基德打圆场。我并不是对他希望我走的这条路感兴趣。但毕竟他问起过我的意见,又认为我是合适的人选,我总该有所表示。

我在早先那个土著女人打理的鸽子笼旁找到了他。他站在那儿,调试着自己的袖剑。

"你这些同伴还真有意思。"我开口道。

虽然他皱起了眉头,但他突然亮起的眼睛却暴露了事实:看到我,他很高兴。

但他却说:"你活该被蔑视,爱德华。你像我们中的一员那样招摇撞骗,却为我们的事业蒙羞。"

"你们的事业又是什么?"

他试了试他的袖剑——弹出又收回,弹出又收回——然后转头看向我。

"简而言之……我们杀人。圣殿骑士和他们的同党。那些人想要掌控世界上所有的帝国……还宣称自己的所作所为是为了和平和秩序。"

没错,我以前听过类似的话。那些家伙想要控制世界上的每一个人——而我还和他们分享过食物。

"听起来就像杜卡斯的遗言。"我说。

"你明白了吧?事实上,他们为的就是权力;为的是统治别人,夺走我们的自由。"

自由——那可是我非常、非常珍视的东西。

"你加入这些刺客有多久了?"我问他。

"有好几年了。我是在牙买加的西班牙镇遇见安·塔拜的,他的才智让我信赖。"

"这些都是他的主意吗?我是说,你们的组织?"

基德咯咯笑了起来。"噢,不,刺客和圣殿骑士的争斗已经有几千年的历史了,战场遍及全世界。这些新世界的土著和我们的人生态度很相似。欧洲人来到新世界的时候,我们选择了联手对敌。文化、宗教和语言会将人们区分开来……但刺客的信条能跨越任何边界。那是对生命、对自由的热爱。"

"听起来有点像拿骚,不是吗?"

"近似。但不完全一样。"

我们分别的时候,我知道这不会是我和基德见的最后一面。

第三十八章

1716年7月

就在拿骚的海盗清理波多瓜里科堡的残余守卫时,我走向城堡的战利品室,将刀剑交击声,滑膛枪的枪声和垂死者的尖叫声抛在身后。

我甩掉剑上的鲜血,走了进去,愉快地欣赏着房间里的人露出的震惊表情。

房间里只有总督劳利亚诺·托雷斯自己。

他和我记忆中一模一样:鼻梁上架着眼镜。他的胡须经过仔细修剪,明亮而睿智的双眼迅速恢复了镇定。

在他的身后是那些钱。就像查尔斯·维恩承诺的那样……

计划开始于两天前。我当时在老艾弗里酒馆。当然了,拿骚还有别的酒馆,也还有别的妓院,而且如果我说自己没去过那些地方,那肯定是在说谎。但那天我回到了老艾弗里酒馆，那里的女招待安妮·伯尼会为我端上酒水（而在所有拿着酒杯在酒桶边弯下腰的人之中，安妮·伯尼是最美的），我曾花费许多个钟头去欣赏她漂亮的臀部，和爱德华·萨奇以及本杰明一起开怀大笑，我们饮酒谈天，仿佛整个世界都与我们无关。从图卢姆回到拿骚以后，我发现自己又恢复了对酒的渴望。

噢，没错。就像在布里斯托尔那样，我越是不愉快，就越是想借酒浇愁。那时的我并不明白，正确的做法应该是去理清头绪。不，我只是用酒来平息渴望，一面对观象台念念不忘，盘算着如何利用它发家致富，并且报复那些圣殿骑士。我还想到了詹姆斯·基德和卡罗琳。那天我肯定是想得出了神，因为那个外号叫作"白棉布"的杰克·拉克姆对我说的第一句话就是："哎，你干吗这么惆怅？莫非是恋爱了？"

我用醉意蒙眬的眼睛看着他。我的酒意让我很想跟他打一架，但我喝得太多，根本什么都做不了。何况杰克的身边还站着查尔斯·维恩，这两人才刚刚来到拿骚不久，但他们的名声早就在这儿传开了。每个经过拿骚的海盗都讲述过他们的事迹。查尔斯·维恩是"游骑兵号"的船长，白棉布杰克是他的军需官。杰克是个英国人，但在古巴长大，因此皮肤带着南美人的那种黝黑。除了让他得名的那身白棉布衣服以外，他还戴着硕大的耳环，头上扎着的头巾让他的眉毛显得更长。这么说也许是锅子还笑水壶黑，不过他确实经常喝酒。他总是满口酒气，黑色的眸子里也总有醉意。

这两人之中，维恩的头脑和口才都更出色，但长相就不好说了。他留着蓬乱的长发，胡子看起来也乱糟糟的。他们两人胸前的皮带上别着手枪和弯刀，身体散发出几个月的海上生活带来的臭气。他们看起来都不是那种值得信任的人：白棉布杰克的鬼点子跟他喝下去的酒一样多；维恩总是绷紧神经，就好像你只要说错一句话，他就会诉诸武力——而且他对付自己的船员也从不手软。

他们毕竟是海盗，两个都是。是我的同类。

"欢迎来到拿骚，先生们，"我说，"我们欢迎所有行事公平的海盗。"

关于拿骚，尤其是关于拿骚的修缮保养，有一点我非说不可：那就是作为管理者，我们完全和其他海盗一样。

毕竟，你在海上已经受够了清扫工作——让船只干净整洁是关乎生存的大事。他们用"船样儿"来形容井井有条并不是毫无缘由的。到了陆地上，清扫不再和生存有关——至少不是刻不容缓的那种——而是你觉得自己应该去做的那种事，是可以逃避的职责。

我的意思是，这地方简直不堪入目：我们伟大的拿骚要塞早已破败，墙壁上能看到一条条裂缝；我们的棚屋摇摇晃晃，随时都会倒塌；我们的给养和库存也保管不善，至于我们的厕所——噢，我知道我跟你坦白了不少残酷的事实，但这个话题还是到此为止吧。

而在这些之中，最糟糕的就是气味。不，不是来自厕所，虽然那儿确实很臭，但在整个地方驻留不去的恶臭，却是从海盗们在岸边留下的、早已腐烂的动物皮革散发出来的。每当风往这边吹过来的时候——噢，我的天。

难怪查尔斯·维恩会扫视周围，然后说："这儿就是新自由城？跟我去年抢过的所有地方一样臭。"虽然像他那样几个月没洗澡的家伙没资格这么说。

抱怨自己的狗窝是一回事，听到别人贬低它就又是另一回事了。你会有种为它辩护的冲动。尽管如此，我还是忍住了。

"我们还以为拿骚是个可以随心所欲的地方。"白棉布杰克轻蔑地说。但在我答话之前,我的救星爱德华·萨奇出现了。他大吼一声,听起来既像是问候,又像是战吼,然后出现在阶梯顶端,大步走上露台,就好像老艾弗里酒馆是他将要抢夺的战利品。

而且这个爱德华·萨奇跟平时很不一样,因为在令人印象深刻的黑发之外,他又添了一副黑色的大胡子。

一贯爱出风头的他站在我们面前,张开双臂。看啊。接着他对我眨眨眼,来到酒馆露台的中央,开始发号施令。(说来好笑,毕竟我们总说自己是个共和政体,是个拥有无限自由的地方,可我们还是遵循着自己的等级制度,所以只要黑胡子在场,他就是所有人公认的头领。)

维恩咧嘴笑了。他的眉头舒展开来,露台上的紧张气氛也一扫而空。"萨奇船长,真是让人惊讶。你这副漂亮的大胡子是怎么回事?"

他揉了揉自己的胡子,这时黑胡子得意扬扬地开了口:

"有了这副黑胡子,我还用得着挂黑旗吗?"萨奇说完便大笑起来。

就在那一刻,他的传奇诞生了。在那一刻,他得到了"黑胡子"的外号。他将会把自己的胡须编成辫子。到了船上,他会把点燃的引信塞进胡子里,让所有看到他的人心生畏惧。这一切让他成为了最臭名昭著的海盗——不仅是在巴哈马群岛,而是整个世界。

尽管萨奇拥有令人畏惧的名声,但他从来都不是那种残忍的人。但就像刺客们的长袍和不知会从何处刺出的夺命利刃,就像圣殿骑士险恶的象征物和他们吹嘘的强大力量,爱德华·萨奇——也就是后来人称的黑胡子——非常清楚把敌人吓得屁滚尿流的意义。

然后我才知道,查尔斯·维恩和白棉布杰克来到这儿,为的并不只是麦酒、避难所和志趣相投的伙伴。

"听说古巴总督本人准备去附近的一座要塞接收大量的金币,"等我们喝过几杯,又点着了烟斗之后,维恩说,"在那之前,那些金子都会放在那儿,等着被人拿走。"

所以我们才会对波多瓜里科堡展开攻击……

战斗的过程很血腥,但也很短暂。等所有人备好武器,升起黑旗后,我们的四艘盖伦帆船靠近岸边,开始炮轰那座城堡,以此宣示我们的来临。

然后我们抛下锚,放下小艇,然后趟过浅水区域,我们大声咆哮,发出战吼。我头一次看清了黑胡子战斗时的样子,的确令人望而生畏。他一身黑衣,引信在他的胡须里咝咝作响,看起来就像是一条条毒蛇,他的身体也被可怕的烟雾所围绕。

看到从海滩上冲锋而来的我们,却没有夹着尾巴逃窜的士兵并不多。那些留下来的勇敢士兵只想奋战致死,最后也都如愿以偿。

我解决了不少敌人,右手的袖剑就像手指那样灵活,左手的手枪也弹无虚发。等子弹打光,我就拔出了弯刀。我们这边有些人从没见过我战斗,所以我没能按捺住炫耀的冲动,穿梭于敌人之间,一手砍倒对手,另一只手扣动扳机,往往一次就能解决两三个;驱使我的并非嗜血或是残忍——我不是野兽,杀人的手段也算不上凶狠或是残酷——而是技艺、优雅和灵巧。我的杀戮就像某种艺术。

等到城堡落入我们的手中,而我走进战利品室,看到劳利亚诺·托雷斯正坐在那儿抽着烟斗,监督着清点的过程,还有两个士兵在保护他。

眨眼的工夫,他的两个卫兵就成了两个死人。他轻蔑而厌恶地看着身穿刺客长袍的我——袍子有点破旧,不过还是令人印象深刻——

看着我的袖剑收回,他的卫兵的血液透过袖子渗透出来。

"你好啊,总督大人,"我说,"我听说你可能会来这儿。"

他笑了起来。"我认得你,海盗。但我们上次说话时,你的名字是借来的。"

邓肯·沃波尔。我又想起了他。

这时阿德瓦勒也走进了战利品室,他看到了那两个士兵的尸体,随后看到了托雷斯,目光严峻起来,也许是想起自己曾被镣铐束缚在那位总督的船上。

"好了,"我继续说道,"圣殿骑士团的大团长来这么远的地方做什么?"

托雷斯换上了傲慢的神情。"我不想说。"

"我也不想割掉你的嘴唇,然后再逼你吃下去。"我欢快地说。

这招奏效了。他翻了个白眼,但自命不凡的态度已经减弱大半。"在圣贤逃出哈瓦那以后,我们开始悬赏活捉他。今天有人声称找到了他。这些金子就是拿去换他的。"

"谁找到了他?"我问道。

托雷斯犹豫起来。阿德瓦勒手按剑柄,以憎恨的目光瞪着这个圣殿骑士。

"一个名叫劳伦斯·普林斯的奴隶商人,"托雷斯叹了口气,"他住在金斯敦。"

我点点头。"我们相信你的说法,托雷斯,我们想帮助你做完这件事。但我们会借助你和你的金子,用我们自己的方法去做。"

他别无选择,而且他也清楚。我们的下一站就是金斯敦。

第三十九章

因此在数日之后,阿德瓦勒和我才会一边忍受金斯敦的烈日炙烤,一边跟着总督去和普林斯会面。

据说普林斯在金斯敦有一座糖科种植园。圣贤就在他手下干活,但普林斯听闻了赏金的消息,于是打算做这笔买卖。

直接攻打种植园?不行。卫兵太多了。而且很有可能惊动圣贤。此外,我们甚至不能确定他在不在那儿。

我们打算用托雷斯来赎回那个人:让托雷斯去和普林斯见面,付给对方半数金币,再承诺见到圣贤后支付另一半。等到那时,阿德瓦勒和我就会出手,我们会带走圣贤,再从他那儿问出观象台的位置。然后我们就发财了。

很简单,对吧?这样精心准备的计划怎么可能出错呢?

我的老朋友詹姆斯·基德的出现解答了我的疑问。

在港口上,普林斯欢迎了托雷斯,那家伙又老又胖,被太阳晒得满脸是汗，两人就这么一路走一路聊，两个保镖走在他们前方不远处，还有两个跟在后头。

托雷斯会发出警告吗？也许吧。如果他这么做了，普林斯肯定会叫来大批手下，轻而易举地制服我们。但托雷斯知道，假如发生这种事，我的第一剑就会割断他的喉咙，而且这么一来，我和他就都没法见到圣贤了。

有趣之处在于，我并没有见到他。一开始没有。我仿佛能感觉到他，或者说意识到他的存在。我发现自己四下张望，就像闻到糊味的时候那样。那是什么气味？是从哪儿传来的？

直到那时，我才看见他。有个身影在码头另一端的人群中闲晃，像是背景的一部分，但在我看来却十分显眼。等他转过头，我才认出他的脸。詹姆斯·基德。看他的表情，不像是来这儿呼吸空气、欣赏风景的。他是为了刺客组织的事务而来。他是来杀……谁的？普林斯？还是托雷斯？

天哪。我领着阿德瓦勒，沿着港口护堤靠近过去，抓住基德，拖着他来到两栋渔夫小屋之间的狭窄走道里。

"该死，爱德华，你在这儿做什么？"他在我的手里扭动着，但我轻而易举地制住了他。（后来我才想到——我轻轻松松就把他按在了小屋的墙壁上。）

"我在跟着那些人去找圣贤，"我对他说，"你能等到他出现再动手吗？"

基德扬起眉毛。"圣贤在这儿？"

"是啊，伙计，他就在这儿，普林斯正要带我们去见他呢。"

"老天。"他摆出泄气的表情，但我不打算给他别的选择。"我会暂时观察一下——不过不会太久。"

托雷斯和普林斯这时已经走远了,我们别无选择,只能跟上。我跟在基德身后,现学现卖着刺客隐匿行踪的技巧。感觉就像做梦一样。我们保持着一定距离,同时又躲在他们看不见的地方,还能听见零星的对话内容,比如托雷斯正为对方的拖延而恼火。

"我已经走累了,普林斯,"他说,"应该已经不远了吧。"

事实证明,他说得没错。但究竟是离什么不远?不是普林斯的种植园,这点可以肯定。前方是一片荒废的木头围墙,还有一道怪异而不协调的拱门,看起来就像座墓园。

"没错,就是这儿,"普林斯答道,"我们俩都一样,不是吗?我没法信任圣殿骑士,就像你没法信任我一样。"

他们迈步向前,我们也缓缓跟了上去。

"如果我知道你这么容易担心,普林斯,我就会带束花来送你了。"托雷斯生硬地说着,最后扫视一圈,走进了那片墓园。

普林斯大笑起来。"噢,真不明白我干吗要费这些功夫……我想是为了钱吧。大笔的钱财……"他的声音越来越小。我们对视点头,然后悄然潜入进去,我们压低身子,以歪斜的墓碑做掩护,一边留意托雷斯、普林斯和普林斯的四个保镖所在的墓地中央。

"是时候了。"基德告诉我。

"不。等到看见圣贤再说。"我斩钉截铁地回答。

这时圣殿骑士和奴隶商人已经做起了交易。托雷斯从腰上的钱袋里拿出一包金币,放进普林斯伸出的手里。托雷斯拿来买通他的不是银子,而是金子。普林斯掂量了一下,双眼始终不离托雷斯。

"这只是酬金的一部分。"托雷斯说。只有他嘴角的抽动表明他不如平时那样镇定。"其余的很快就会给你。"

那个荷兰人已经打开了那包金币。"要拿同胞来换取利益可真让我痛心,托雷斯先生。再告诉我一遍……这个罗伯茨究竟做了什么让你不快的事?"

"你这是某种我不熟悉的新教徒的虔诚吗?"

"改天再说吧。"他说着,突然出人意料地把金币丢回给了托雷斯,后者接了过去。

"什么?"

可普林斯已经转身走开。与此同时,他对保镖们挥了挥手,又对着托雷斯喊道:"下一次,先确定没人跟踪你!"然后又对保镖说:"赶紧解决。"

那些人冲向的并不是托雷斯。他们的目标是我们。

我从墓碑后面起身,袖剑弹出,迅速向上一挑,划开了头一个人的腰侧。这足以停止他的攻势,于是我绕到侧面,将剑刃刺进了他的脖子,割断了颈动脉,顿时血花飞溅。

他倒地死去。我抹去脸上的鲜血,随即旋身刺穿了另一个对手的胸甲。我跳向墓碑,诱使第三个人挥出武器,然后让他为自己的错误付出性命的代价。阿德瓦勒的手枪开了火,第四个人倒在地上,攻击结束了。但基德早就去追普林斯去了。我回过头,最后看了一眼茫然伫立、不知所措的托雷斯,又朝阿德瓦勒大吼一声,随即跟了上去。

"你没机会了,肯威,"我们在阳光曝晒的街道上飞奔之时,基德回头对我喊道,"我要去追普林斯。"

"基德,别这样。好了,伙计,这件事我们可以一起解决。"

"我给过你机会了。"

这时候普林斯已经察觉了不对劲:他的四个手下,他最优秀的保镖,已经陈尸墓园——死得正是地方——而他独自一人,在金斯敦的街道上被刺客追赶。

他并不知道，是我决定他能否生存下去。真是令人同情。所有头脑正常的人都不会希望爱德华·肯威是自己唯一的救星。

我追上基德，抱住他的腰，把他拖倒在地。

（我向上帝发誓，我说这些并不只是因为后来发生的事。但我真的觉得他的身体很轻，腰也很细。）

"在我找到圣贤之前，"我上气不接下气地说，"我不能让你杀了他，基德。"

"我跟踪了那头肥猪整整一个星期，记下了他的一举一动，"基德愤怒地说，"而现在，我发现自己的目标不是一个，而是两个——可你却把我的机会抢走了。"

我们的脸贴得很近，我甚至能感受到他的怒气。

"耐心点，"我说，"你会有机会杀他的。"

他恼火地抽身退开。"那好吧，"他让步了，"但等我们确定圣贤的位置以后，你就要帮我解决普林斯。明白了没？"

我们朝手心吐了口口水，然后握手言和。他的怒气平复下去，我们也朝普林斯的种植园走去。所以我们终究还是得闯进去。食言的感觉如何？

在一座俯瞰种植园的小山上，我们找到一块平地，在那儿坐了一会儿。我看着下方忙碌的情景。男性奴隶悲伤地哼着歌，砍伐着甘蔗，沙沙的响声随风传来，女奴们蹒跚走过，沉重的背篓压弯了她们的腰。

阿德瓦勒跟我讲过种植园的生活，他们收割甘蔗，然后放进两根金属轧辊之间，而手臂被卷进轧辊的意外相当常见。发生这种事的时候，唯一"摆脱困境"的方法就是砍断手臂。他还告诉我，榨出的糖汁还要煮开，以此蒸发其中的水分，而滚开的糖汁就像粘鸟胶那样黏稠，还会在皮肤上留下可怕的伤疤。"我有些朋友失去了眼睛，"他说，

"还有手指和手臂。作为奴隶,我们从来听不到半句表扬,或者任何方式的道歉。"

我想到了他告诉我的另一句话。"有这样的肤色和这样的口音,这个世界上哪儿会有我的容身之地?"

我意识到,普林斯这样的人正是这些奴隶不幸的源泉,与我在拿骚相信并主张的一切背道而驰。我们相信生命和自由。不是这样的……奴役,这样的折磨,这样的慢性死亡。

我攥紧了双拳。

基德从口袋里拿出一支烟斗,抽着烟打量下方来往的人群。

"这儿有守卫来回巡逻,"他说,"看起来他们会用那些钟来示警。看到了吗?就在那儿。"

"我们最好在动手之前先弄坏那几口钟。"我思索着说。

我以眼角余光看到了一件怪事。基德舔了舔拇指,然后按进烟斗,按灭了里面的火。噢,这并不奇怪,但他接下来做的事真的很怪。他开始用拇指去蘸里面的烟灰,然后抹在眼皮上。

"这儿人多眼杂,光靠行踪隐匿是不行的,"他说,"所以我会尽量吸引他们的注意力,给你干掉他们的机会。"

我看着他的举动,很想知道他打算做什么,因为他用一把小刀割破了手指,挤出一滴血来,然后涂在嘴唇上。接下来,他除下了三角帽。他解开了发带,让头发披散在面前。他舔了舔拇指的指甲,然后像猫儿那样擦起了脸。然后他把手伸向牙龈,拿出几块潮湿的、让他的脸颊显得丰满的棉花,丢到地上。

接下来他掀起衬衣,解开下面那件束胸衣的带子,把它丢到地上。随后,他解开衬衣的上面几个扣子,将领口拉开,露出他的胸部。

我头晕起来。他的胸部?不。是她的。因为等我终于移开目光,看向他的脸——不，是她的脸——我才明白这个男人根本不是什么男人。

"你不叫詹姆斯，对吧？"我说了句废话。

她笑了。"多数时候不是。来吧。"

等她站起来以后，举止也变了：以前她走路的姿势和动作都像个男人，现在又完全不像了。这就跟她的胸部一样明显。她是个女人。

我们爬下山丘，朝种植园的围墙走去，而我快步追上了她。

"真见鬼，伙计。你怎么是个女人？"

"天啊，爱德华，这种事还需要解释吗？好了，现在我还有事要做。要笑的话就等以后吧。"

但我并不想笑。说实话，她打扮成男人是完全有理由的。水手们最反感让女人上船。他们对此很迷信。如果这个神秘的女子想要作为水手度过一生，那么这就是她必须做的——成为男人。

想到这里，我不禁对她刮目相看。这么做需要巨大的勇气。亲爱的，我得告诉你，我见过很多非凡的人物。有些非常坏。有些非常好。大部分好坏参半，因为这是大部分人的本质。在所有这些人之中，我最希望你效仿的榜样就是她。她的名字是玛丽·里德。我知道你不会忘记的。她是我见过的最勇敢的女人，没有之一。

第四十章

我在门边等待玛丽的时候，偷听到了卫兵们的谈话。托雷斯成功逃走了。这下有趣了。怕死的普林斯藏在了种植园里。很好。希望恐惧冰冷的双手攥住他的胃。希望惊慌让他夜不能寐。我期待着他被我杀死之时的眼神。

不过首先，我得想办法进去。想要进去，就需要……

她来了。不得不说，她真是个出色的演员。因为在那么长的时间里，她让我们所有人都相信她是个男人，而现在的她换成了新角色，这次不是改换性别，而是让守卫们相信她受伤了。没错，她表现得实在太出色了。

"站住！"门口有个士兵命令道。

"拜托，我中弹了，"她用嘶哑的声音说，"我需要救助。"

"天啊，菲利普，看看她。她受伤了。"

两个士兵里比较有同情心的那个走上前去，种植园的大门也在她面前敞开。

"先生，"她虚弱地说，"我难受，还头晕。"

富有同情心的士兵伸出手臂，要扶她进去。

"上帝保佑你们。"她说着，一瘸一拐地走进大门，门在他们身后关上了。我从藏身处看不到里面的情况，但我听得到：剑刃弹出的声音，刺进血肉的沉闷响声，还有他们丧命之前低沉的呻吟，接着是身体倒地的响声。

我也进入了种植园，我们两人一起穿过园地，朝宅邸的方向冲去。也许有奴隶看到了我们，但我们只能希望他们不会拉响警钟。我们的祈祷得到了回应，因为在不久后，我们便潜入了宅邸，悄无声息地穿过一个个房间，期间以手势交流——最后我们发现他正站在宅邸后院里的一座观景台里。我们蹲伏在一道拱门两边，探头张望，看到他正站在那儿，背对着我们，交叉的双手放在肚皮上，眺望着他的土地，满意于他富足的生活。这个可恶的奴隶商人，他的财富建立在其他人的苦难之上。记得我跟你说过的那些坏到骨子里的人吗？即使在那些人里，劳伦斯·普林斯也是一等一的坏。

我们对望了一眼。这个人本该由她来杀，可出于某些理由，她挥手示意让我去。我站起身，穿过庭院，来到观景台下，站到劳伦斯·普林斯身后。

然后我弹出了袖剑。

噢，我给它上油的时候可没偷懒。说到海盗，有件事是可以确定的，那就是我们虽然不是居家的物种，但武器总是保养良好。这就跟保持船只干净整洁同样道理。这关乎需要，关乎生存。

我的袖剑也一样。如果它沾了水，我就会仔细擦拭，给它的每个部位都抹上油脂，因此我弹出剑刃的时候，它几乎没有发出任何声音。

事实上，普林斯甚至都没听见。

我咒骂一声，他终于吃惊地转过身来。他大概以为自己会看到手下的某个卫兵，正想大声呵斥对方的无礼，竟敢像这样悄悄靠近他身边。我将剑刃刺进他身体的时候，他瞪大了眼睛，震惊的表情凝固在脸上，而我把他放到地板上，让剑刃留在他的体内，就这么一直按着他，直到鲜血灌进他的肺里，生命也开始离他而去。

"为什么要像乌鸦似的在我头顶打转？"他咳嗽着说，"就为了让我这么个老人受苦？"

"你造成的苦难已经不少了，普林斯先生，"我平静地告诉他，"我想这是报应。"

"你们这些可笑的杀手和可笑的哲学，"他的语气带着垂死之前可悲的轻蔑，"你们活在这世界上，可你们却没法融入这个世界。"

我笑着低头看他。"你误解了我的动机，老家伙。我追求的只是金钱而已。"

"我也一样，伙计，"他说，"我也一样……"

他死了。

我走出观景台，把他的身体留在身后，这时听到头顶传来一个声音。我抬起头，看到圣贤罗伯茨正在一处阳台上，样子和我记忆中一样。他将玛丽作为人质，用一把燧发手枪抵住她的头部侧面，又聪明地抓住她的手腕，阻止她弹出袖剑。

"我找到你要找的人了！"她朝我喊道，似乎对抵在头上的那把手枪毫不在乎。他会开枪的。他眼里的愤怒是这么说的。那双眼睛仿佛在熊熊燃烧。记得我吗，伙计？我心想。他们取走你的血的时候，我就站在一旁。

他还记得。"哈瓦那的圣殿骑士。"他说着，点点头。

"我可不是圣殿骑士,伙计,"我喊了回去,"那是个花招。我们是来这儿救你的命的。"

当然了,我真正想说的是"拷打你直到你吐出观象台的地点为止"。

"救我?我为普林斯先生干活。"

"那他可真是个不称职的雇主。他本想把你卖给那些圣殿骑士。"

他翻了翻白眼。"看来真是什么人都不能信了。"

也许他的身体也放松了下来,因为玛丽选择这时行动了。她用脚跟踢上他的胫骨,等他痛呼出声的时候,她便扭过身,摆脱了他的手。她打向他拿枪的那条胳膊,但他避开了这一击,然后开了枪,但没打中。这时她失去了平衡,而他看到了机会,以阳台的栏杆做支撑,双脚踢中了她。她尖叫着掉了下来,就在我冲过去想要接住她的时候,她已经抓住了下方阳台的栏杆,随后爬了进去。

与此同时,圣贤拔出了另一把手枪,但被枪声惊动的守卫已经赶来了。

"罗伯茨!"我大喊道,但他瞄准的并不是那些守卫,而是警钟。

"铛!"

他没有射偏,效果也正如他的预想:就在玛丽轻巧地跃下下面的阳台,来到我身边并弹出袖剑的同时,守卫们也从各道拱门涌入了庭院。我们背靠着背站在那里,但已经没时间从容估算敌人的数量了。他们举起了滑膛枪和手枪,于是我们开始了行动。

结果我们每人解决了六个。十二个技艺和勇敢程度各有不同的人倒地死去,其中至少有一个多半不擅长任何类型的战斗。从他故作凶狠的眼神和呜咽着加入战斗的样子就能看出来。

我们听到更多守卫赶来的脚步声,知道自己该离开了。于是我们冲出庭院,越过园地,一路上催促奴隶们逃走,救救他们自己。要不是有几十个守卫追赶在我们身后,我们肯定会停下脚步,强迫他们离开。所以我并不知道,他们有没有善加利用我们带来的机会。

等我们不再逃命,我也不再为罗伯茨的逃脱而怨天尤人的时候,我问了她的真名。

"我妈妈叫我玛丽·里德。"她答道。与此同时,我感到有什么东西抵住了我的胯部。我低头看去,只见那是玛丽的袖剑。

谢天谢地,她在笑。

"一个字也别说出去,"她说,"要不我让你也做不了男人。"

我从没告诉过任何人。毕竟,她可是个知道怎么站着撒尿的女人。我可不打算低估她。

第四十一章

1718 年 1 月

亲爱的爱德华,

　　我要告诉你一个悲伤的消息,你的父亲在一个月前过世了,胸膜炎带走了他。他死去时并不痛苦,我要欣慰地说,他死在我的臂弯里。所以至少,我们在最后时刻也在一起。

　　他过世前的这段时候,我们的日子很艰难,于是我在一家本地的酒馆找到了工作,如果你想要回信给我,可以把信送到那儿。我听说了你的那些事迹。他们说你是个声名狼藉的海盗。我希望你能写信给我,消除我的担心。我要遗憾地说,自从你走后,我就没见过卡罗琳,所以我没法告诉你她是否健康。

母亲

　　我看着回信地址。我不太确定该笑还是该哭。

第四十二章

好吧，我知道自己1718年年初是在拿骚度过的——我还能去哪儿呢？尽管那儿是我的家——但说实话，我记得的只有零碎的片段了。为什么？这你该去问他。我说的"他"，指的是你喝得烂醉的时候，在头脑里告诉你"再来一杯"的那个声音。就是那个小家伙叫嚷个没完，让我没法过老艾弗里酒馆而不入，而且每次都会在第二天头痛欲裂地醒来，感觉糟透了，而我知道只有一样东西能让我感觉好些，而那样东西又是由老艾弗里酒馆的女招待安妮·伯尼端上来的。接下来你还能怎么做呢？整个循环——整个该死的循环——又会重新开始。

是的，我知道自己是在借酒浇愁，但喝酒就是这样：你往往连为什么要喝都不知道。你不会意识到喝酒是症状本身，而非治疗的手段。于是我坐在那儿，看着拿骚分崩离析，而酩酊大醉的我甚至忘了对此感到厌恶。我只是一天天坐在老艾弗里酒馆的同一张桌子前，或是审视我洗劫观象台的计划，或是试图写一封寄给母亲或者卡罗琳的信。

我还会想起父亲。想着农庄的那场大火是否加快了他死期的到来。想着我是否也应该为此负责，也知道这正是我写给母亲的信最后都会变成地板上的碎纸片的原因。

我要提醒你，我可没有烦恼到忘记去欣赏安妮·伯尼诱人的臀部，尽管我们是不能碰她的。场面上的说法是这样。但这么说吧，安妮很喜欢海盗们的陪伴，如果你明白我的意思的话。

安妮是跟她的丈夫詹姆斯一起来的拿骚，詹姆斯是个海盗，他能娶到她真是够走运的。虽然这么说，但安妮很有魅力，在向别人抛媚眼的时候也从不犹豫，这让你不禁好奇詹姆斯·伯尼为何对此不闻不问。我敢打赌，她来老艾弗里做招待并不是他的主意。

"这镇子简直除了屎尿和虫子什么都没有。"她经常一边吹开面前的头发，一边抱怨道。她说得对，但她仍然留在这儿，避开大部分人的追求，同时接受少数几个幸运儿。

在那段日子里，我沉溺于自怨自艾，每天的状态就是在醒酒和醉酒中不断往复。也是在那时，我们听说了国王的赦免。

"简直是胡说八道！"

查尔斯·维恩如是说。他的话声传进早上正醉意蒙眬的我耳中。

什么胡说八道？

"这是个诡计，"他大声说道，"是为了在攻击拿骚前削弱我们的意志！你们等着瞧吧。记好我的话。"

什么诡计？

"这不是诡计，维恩，"黑胡子说道，他的语气透出不寻常的认真，"我是从那个滑头的百慕大船长那儿听来的。所有愿意改行的海盗都可以得到赦免。"

赦免。我思索着这个词儿。

霍尼戈也在场。"不管是不是赦免,我想那些英国人显然会再来拿骚,"他说,"而且必定全副武装。在没有好办法的情况下,我建议我们保持低调。暂时不要抢掠,也不要诉诸暴力。暂时不要招惹国王。"

"我可不打算看国王的脸色做事,本。"黑胡子指责道。

本杰明转头看向他。"那他就会派遣大军,从这座岛上抹去我们的存在。看看你周围吧,伙计。这鬼地方值得你送命吗?"

他说得完全没错。这儿很臭,而且每一天都越来越臭:那是屎尿、舱底污水和腐烂动物尸骸的混合臭气。即便如此——你也许很难相信,但这地方无论多臭,也是属于我们的,我们也做好准备为它而战。另外,喝醉的时候也没那么臭啦。

"对。这是我们的共和国,我们的理念,"黑胡子毫不让步,"这是块自由人的自由之地,记得吗?也许它看起来脏得很。可它代表的理念难道不值得我们为之奋战?"

本杰明转过头去。他已经决定了吗?他已经做出选择了吗?

"我可不确定,"他说,"因为我回顾我们多年来的成果,所看到的只有病态……懒惰……以及愚蠢。"

还记得我是怎么评价本杰明的吗?他的打扮与众不同,看起来更像军人。现在回想起来,我觉得他从来都不是真心想当海盗的,他的追求其实截然相反,他想加入的其实是皇家海军。举例来说,他在袭击船只的时候向来不怎么热衷,这一点在我们之中相当罕见。黑胡子给我讲过一个故事,说本杰明曾经指挥攻击过一条单桅帆船,为的只是抢走乘客们的帽子。没错,就只有帽子。是啊,你也许会觉得他只是个心软的老人家,不想吓坏那些乘客,也许你的想法是对的。但事实在于,在我们之中,本杰明·霍尼戈是最不像海盗的人,就好像他不愿意承认自己是海盗的事实那样。

正因如此,我想我对后来发生的事并不吃惊。

第四十三章

1718年7月

"最最亲爱的卡罗琳……"

在老艾弗里酒馆,我能想出的只有这句话。

"在构思情话呢?"安妮站到我身边,依旧那么美丽,让我大饱眼福。

"只是写给家里的信。我想她早就不在乎我了。"

我揉皱那封信,丢到一旁。

"噢,你的心肠可真硬,"安妮说着,回到吧台后面,"还是软些比较好。"

是啊,我心想,你说得对。我现在的心软得就像要融化一样。在得知国王赦免令的这一个月里,拿骚四分五裂,其中有接受了赦免令的人;打算接受赦免令的人;还有那些誓死反对赦免令、对所有接受的人恶语相向的人，以查尔斯·维恩为首，还有……

你说黑胡子？我的老朋友一直在做开战的准备，但现在回想起来，那时的他恐怕已经认定海盗生活不再适合他。他离开了拿骚，前去寻找猎物。关于他大肆抢掠的消息传到我们耳中。我开始觉得黑胡子这次离开拿骚，就不打算再回来了，而且我所知，他的确再也没有回去。

至于我，噢，一方面我不太愿意和维恩共同进退。另一方面，我又不想接受赦免，这让我只能成为维恩的同伴。维恩一直在等待詹姆斯二世党人的增援到达，但他们始终没有来。最后他开始计划离开，或许打算去别处建立另一个海盗共和国。我会带着寒鸦号跟他一起离开。我还有什么选择呢？

所以在那天早上——距离我们出发的日子还有几天——我才会坐在老艾弗里酒馆的露台上，试图写信给卡罗琳，同时跟安妮·伯尼一起打发时间。这时我听到码头上传来炮声。那是十一响礼炮的声音，而且我们知道发生了什么。我们早有预料。英国人来接管这座岛了。

他们封锁了港口的两处入口。他们的主力是皇家海军米尔福德号和皇家海军玫瑰号。这两艘战舰护送着五艘其他船只组成的舰队，上面装载着士兵、工匠、补给品、建筑材料，这支移民队将会把海盗们驱赶出去，让拿骚恢复往日的体面。

这支舰队的旗舰是迪丽莎号，它放下划艇，越过那片船舶墓地，在我们的海滩上登陆。我们和其他人赶到海滩的时候，划艇上的人才刚刚踏上地面，为首的不是别人，正是我的老朋友伍兹·罗杰斯。他走下划艇，肤色和从前一样黝黑，而且保养良好，只是他看起来比从前更疲倦了。还记得他对哈瓦那总督的承诺吗？他是来实现承诺的。记得他对我说过，他打算彻底打垮拿骚的海盗吗？看起来，他也打算实现这个诺言。

我突然无比想念黑胡子。我知道一件事，那就是我的老朋友爱德华·萨奇肯定知道该怎么做。他的直觉和机智向来让他无往而不利。

"噢，我要上绞架了，"白棉布杰克站在我身边说，"乔治国王已经厌倦了我们的恶行。那个冷酷的家伙是谁？"

"他是伍兹·罗杰斯船长。"我答道。我并没有和他叙旧的意思，因此我躲进人群，但仍然离得够近，足以听见罗杰斯拿出一张羊皮纸，审视了一番，随后开了口，"我们希望与自称是这座岛的管理者的人进行谈判。查尔斯·维恩，本·霍尼戈和爱德华·萨奇。能请这几位上前来吗？"

本杰明走上前去。

"胆小如鼠的废物。"杰克咒骂道——这句评价再贴切不过了。因为正是在那一刻，拿骚迎来了末日，我们的共和国的梦想也化为了泡影。

第四十四章

1718 年 11 月

找到他的时候,我才发现自己究竟有多想他。

可我并不知道,自己很快就会永远失去他。

那是在北卡罗莱纳海滩,奥克拉科克海湾,时间是在黎明前,他正在一场派对上——不用说,他已经玩了一整晚。

海滩上到处都是营火,人们和着远处传来的小提琴声跳起了吉格舞,其他人在彼此间传递着一大瓶朗姆酒,时不时哄堂大笑。穿在棍子上的野猪正在火上烘烤,诱人的气味让我饥饿的胃抽搐起来。也许在这儿,在奥克拉科克海滩上,黑胡子已经建立了他自己的海盗共和国。也许他根本不会有兴趣回拿骚去,想办法扭转局势。

查尔斯·维恩已经到了。就在我奋力地越过沙地,朝他们走去,开始期待美酒和烤野猪肉的时候,维恩已经站了起来,他和黑胡子的谈话显然刚刚结束。

"你真是太让人失望了，萨奇！"他恶狠狠地吼道。然后他看到了我，于是对我说："他说他打定主意要留在这儿了。跟着这个可悲的杂种混吃等死的家伙们全都该上绞架。"

如果对方不是黑胡子，维恩早就为这样的背叛行为割开他的喉咙了。但他没有这么做，因为对方正是黑胡子。

如果说这话的不是维恩，那么黑胡子肯定会为他的无礼给他拷上脚镣。但他没有这么做。为什么？也许是出于内疚，因为黑胡子自己背叛了海盗事业。也许是因为无论你如何看待查尔斯，他的勇气、他对海盗事业的热忱都是无法否认的。没有人比查尔斯更加反对赦免令。没有人比他更让罗杰斯头痛。他用着火的船只逼退了封锁的船舰，成功逃脱，随后开始计划对新普罗维登斯岛的袭击，尽他所能去干扰罗杰斯的统治，同时等待着援军到来。他等待的援军将会在战斗中身穿黑衣，打着黑胡子的旗号。但在那个温暖的早晨，当我到达那片海滩的时候，看起来查尔斯·维恩最后的希望也破灭了。

他转身离开，沉重的脚步扬起阵阵沙尘，远离营火的温暖，气得浑身发抖。

我们目送他离开。我低头看着黑胡子。他解开了腰带，外套没扣扣子，我能看出他衬衣下发福的肚子。他未置一词，只是催促我坐到他身边的沙地上，递给我一瓶葡萄酒，等着我喝上一口。

"那家伙真是个蠢货。"他略带醉意地说着，朝查尔斯·维恩待过的地方摆了摆手。

噢，我心想，但讽刺的是，你的老部下爱德华·肯威跟那个蠢货的想法一样。

维恩也许对海盗事业十分热忱，但他并没有得到弟兄们的爱戴。

他是个残酷的人,最近变得更加无情而野蛮。我听说他的新把戏是把俘虏绑在船首斜桅上,用火柴撑住他们的眼皮,然后再用灯去照他们。就连追随他的那些人也开始质疑他。也许维恩和我同样清楚,拿骚需要的是能够激励手下的领袖。拿骚需要黑胡子。

黑胡子就站在我面前,而查尔斯·维恩遥远的身影正在招呼我跟上。

"我知道你是来找我回家的,肯威,"他像是有所触动,"感谢你对我的信赖。但拿骚已经毁了,我已经没有拼命的干劲了。"

我说出了实话:"我跟你想法不同,伙计。但我并不羡慕你现在的样子。"

他点点头。"天哪,爱德华。这样的生活就像是在肚皮上开了个大口子,每当你的内脏撒到地上,你就得被迫把它们捡起来,再塞回去。本和我最初选择以拿骚为据点的时候,我低估了人们将它塑造为理想家园的需要。但我并没有猜错随之而来的堕落与衰败。"

有那么一会儿,我们漫步在沙滩上,听着海浪拍打沙子的声音,还有海水缓缓涨落的轻柔声响。也许他说到"堕落"的时候,和我一样想到了本杰明。

"一旦让人尝到身为领袖的滋味,就很难阻止他去幻想统治全世界。"

他指了指身后。"我知道这些人觉得我是个好船长,但我真的痛恨这种滋味。我很自大。我缺乏在幕后指挥所需的权衡能力。"

我想我明白他的意思。我觉得自己听懂了。但我不喜欢他的意思——我不喜欢黑胡子正在离我们越来越远的事实。

我们继续走着。

"你还在找那个圣贤?"他问我。我说我还在找,但我并没有告诉他——寻找的过程主要是在老艾弗里酒馆喝酒,以及思念卡罗琳。

"噢,好吧,一个月以前的那次抢掠时,我听说有个名叫罗伯茨的男人在一条名叫公主号的奴隶船上干活。也许你可以去找找看?"

那个眼睛死气沉沉的木匠,那个拥有永恒知识的人,从种植园去了奴隶船。这说得通。

"公主号。干杯,萨奇。"

第四十五章

当然了，英国人还在追捕黑胡子。我后来得知，追捕他的是梅纳德上尉率领的皇家海军"珍珠号"。弗吉尼亚总督为黑胡子的脑袋开出了悬赏，因为商人们抱怨说黑胡子总是离开奥克拉科克海湾，四处劫掠；总督担心奥克拉科克岛不久会变成另一个拿骚。他不喜欢让世界上最臭名昭著的海盗待在自家的后院。因此他开出了悬赏，于是英国人就来了。

我们首先听到的是低声的警告。"英国人来了。英国人来了。"我们透过黑胡子那艘单桅帆船"冒险号"的炮口张望，只见他们派出了一条小艇，想要偷偷接近我们。我们本可以彻底摧毁他们，但事实是残酷的。你还记得我说的那场派对吗？葡萄酒，还有野猪肉？那场派对还在继续。一直没有结束。

我们全都被宿醉害得浑身无力。

我们所能做到的应对就是开上几炮,成功吓退了那条划艇。

那天早上,没有多少人还留在黑胡子的船上,最多大概也就二十个。我是其中之一,但我并不知道,自己即将在世界最著名海盗的结局中扮演某种角色。

说句公道话,黑胡子也许是宿醉未醒——就和其他人一样——但他熟悉奥克拉科克海湾周围的水路,于是其他人匆忙跑上船,起了锚,随后迅速驶向沙洲的方向。

梅纳德的船追了过来。那条船升起了红色旗帜,这让我们对他们的来意再无疑虑。我看到了黑胡子的眼神。我的老朋友爱德华·萨奇,那天在冒险号上的所有人都知道,英国人追捕的是他,而且只有他一个。弗吉尼亚总督的公告上只提到一个海盗的名字,那个海盗就是爱德华·萨奇。我想我们都知道,那些穷追不舍的英国人的真正目标并不是我们,而是黑胡子。但即便如此,没有任何人打算出卖他,或者把他丢下船去。我们每一个人都情愿为他而死——这种忠诚和热忱是由他激励出来的。要是他能用这样的本领为拿骚服务,那该多好。

那一天风平浪静,船帆吹不到一丝风,我们只好划动木桨前进。我们甚至能看清追兵们的眼白,他们也一样。黑胡子跑到船尾,将身子探出舷缘,他的叫喊声越过平静的海峡,传到梅纳德那边。

"该死的恶棍,你们是什么人?你们从哪儿来?"

船上的那些人没有回答,只是木然地盯着我们。也许他们是想让我们动摇。

"你们从我的旗号就看得出来,我们不是海盗。"黑胡子挥舞双手,大吼道,他的喊声在这条狭窄的海峡两边的陡峭沙洲之间回荡。"派小艇上船来看。你会发现我们不是海盗。"

"我没有多余的小艇能派过去。"梅纳德吼了回来。他顿了顿,然后又说:"我很快就会用我的单桅帆船和你接舷了。"

黑胡子咒骂了几句,朝他端起一杯朗姆酒。"祝你和你的懦夫手下都下地狱去!别指望我对你手下留情。"

"我不会指望你手下留情,爱德华·萨奇,你最好也别指望我会。"

梅纳德指挥下的两条单桅帆船追了过来,而有史以来第一次,我在我的朋友爱德华·萨奇的眼里看到了不知所措。有史以来第一次,我想我在那双眼睛里看到了恐惧。

"爱德华……"我开口说着,想要把他拉到旁边去坐下,就像我们在老艾弗里酒馆里做过许多次的那样,去谋划和拟定计划,但这次不是为了抢掠财宝,而是为了从英国人手里逃脱。为了逃到安全的地方。在我们周围,水手们在宿醉带来的头晕中干着活。黑胡子本身还在痛饮朗姆酒,他喝得越醉,嗓门也就越响。当然了,他喝得越醉,也就越缺乏理性,行为也会愈加鲁莽轻率。他命令我们装填炮弹,又因为船上没有炮弹,就让我们把钉子和废铁块塞进去。

"爱德华,别……"

我试图阻止他,因为我知道,想要摆脱那些英国人,有比这更好、更谨慎的方法。我知道向他们开火就意味着签署了我们自己死刑的执行令。我们寡不敌众,火力也无法和对方相比。他们的人既没有喝酒,也没有宿醉的问题,眼里也燃烧着狂热的火花。他们只想要一样东西,那东西就是黑胡子——喝醉了酒,怒气冲冲,或许还在心底害怕着的黑胡子。

轰的一声。

这一炮的打击面很宽,而我们能看到的只有一片遮蔽视线的黑烟和沙尘。在很长一段时间里,我们屏息静气,等着察看这次炮击造成了多大破坏,而传入我们耳中的只有尖叫声和木头破碎的声音。听起来，敌船像是受了重创，等到黑烟散去，我们看到其中一艘船掉转船头，驶向岸边，而另一艘看起来也被击中了，船上看不见人，还有部分船壳被打成了碎片。我们的船员发出微弱却由衷的欢呼声，我们不禁觉得自己还有获胜的希望。

黑胡子看看站在旁边的我，眨了眨眼。

"另一条船没被打垮，爱德华，"我提醒他，"他们会还击的。"

他们的确还击了。他们用的是链弹，这一下毁掉了我们的船首三角帆，于是在下一瞬间，胜利的欢呼变成了惊叫，因为我们的船已经无法航行，船身开始倾斜，破碎的桅杆擦过陡峭的堤岸。就在我们的船在海浪中无助地漂流时，追来的敌船也用船首对准了我们的右舷，让我们能看清他们剩余的战力——看起来也所剩无几了。我们看到舵轮处站着一个人，梅纳德正在他身边指手画脚，一边喊道："靠拢，快靠拢……"

就是在那时，萨奇认定攻击才是最好的防守。他下令让水手们拿起武器，准备登上敌船，于是我们上好弹药，拔出弯刀，准备在这座美洲殖民地附近的冷清海峡中进行最后一战。

浓密的烟尘包裹了我们，它徘徊不去，仿佛挂在空中的吊床。烟尘刺痛了我的眼睛，为场面添上了诡异的气氛，就好像那条英国单桅帆船是鬼船，正从灵魂迷雾的包围之中现身。而对面空荡荡的甲板更增加了戏剧化的效果——只有梅纳德和舵轮旁边的那个人。梅纳德正不停地大喊"靠拢，靠拢"，眼神活像个疯汉。他的表情，以及甲板上的情况，让我们燃起了希望——让我们觉得他们的状况或许比我们最初想象的还要糟，觉得这不会是我们的最后一战，觉得我们也许能够幸存下去。

后来我们才明白，这是虚假的希望。

周围一片寂静，只能听到梅纳德越来越歇斯底里的尖叫声。我们藏在舷缘后面。那条船上还剩下多少人，我们无从得知，但至少有个人对此十分确信。

"我们把敌人杀得只剩下三四个了！"黑胡子大喊道。我发现他戴上了那顶黑帽子，点燃了胡子里的引信，身体包裹在烟雾里，宿醉也无影无踪。他就像魔鬼那样发着光。"让我们跳上船去，把他们剁成碎片！"

只剩下三四个？活下来的人肯定不止这些，不是吗？

等到两条船撞在一起，黑胡子便大吼一声，领着我们跳过冒险号的船舷，踏上了那条英国单桅帆船，发出凶狠的战吼，领着手下们朝梅纳德和舵轮旁的那个人冲去。

梅纳德跟我的朋友玛丽·里德同样擅长表演。因为就在十来个海盗上船的同时，他脸上那种歇斯底里的表情不见了。他大喊一声："现在，伙计们，就是现在！"于是后甲板的舱门打开，我们也完全落入了陷阱。

他们装作死伤惨重的样子，一直藏匿不出，引诱我们登上他们的船。现在他们出现了，就像逃离舱底污水的老鼠，二十多个敌人对上了我们英勇的十二人，刀剑交击声、枪声和尖叫声随即响起。

有个人冲向了我。我一拳打向他的脸，同时弹出了袖剑，随后躲向旁边，避开他的鼻子里喷出的鲜血和鼻涕。我用另一只手拿着手枪，但我听到黑胡子在大喊："肯威！"

他倒在地上，一条腿血流如注。他用弯刀挡在身前，一边大叫让我把枪给他。我把手枪丢了过去，他一手接住，随后一枪撂倒了某个朝他举起弯刀的敌人。

他死定了。我们都知道。我们全都知道。

"在没有金子的世界里,我们都会成为英雄!"面对蜂拥而来的敌人,他大叫道。

梅纳德率领手下再次向他发起了攻击,而黑胡子看到自己的死敌接近,便亮出牙齿,挥起弯刀。梅纳德尖叫一声,手上挂了彩,他抽身退开,弯刀也脱手落地,护手部位已被砍碎。他从腰带上拔出一把手枪,随后开了火,正中爱德华的肩膀,让他跪倒在地。爱德华呻吟着,挥舞弯刀,但敌人仍在步步紧逼。

我看到周围有更多的战友倒下。我拔出第二把手枪,开了火,给其中一个敌人脑袋上添了个窟窿,但此时他们纷纷朝我冲来。我砍倒了一个又一个敌人。下手毫不留情。他们意识到下一个进攻我的人将会送命,其中几个开始畏缩不前,这让我有机会张望另一边。只见爱德华遍体鳞伤,已离死不远,但他保持着跪地的姿势,仍然奋战不休。残忍的敌人包围了他,不时用弯刀砍劈。

我发出无比愤怒的呐喊,袖剑和弯刀交织成一片死亡之网,逼得敌人连连退后。我抓住机会,冲向前去,踢倒了面前的那个人,随后以他的胸膛和面孔借力,冲破了我周围的人墙。我在空中挥动刀剑,两个敌人顿时血溅当场,鲜血带着清晰的"啪嗒"声拍打在甲板上。我落在地上,然后飞奔着穿过甲板,前去协助我的朋友。

我没能赶过去。我的左方冲出一个魁梧的水手,挡住了我的去路。那个彪形大汉重重地撞上了我,我们两人先前都跑得飞快,只能眼睁睁地看着惯性带着我们越过舷侧,落向下方的海面。

在我落下之前,我看到了一件事。我看到我朋友的喉咙被人割开,鲜血倾泻而下。黑胡子双眼翻白,倒在地上,再也没法起来了。

第四十六章

1718 年 12 月

如果你没听过膝盖被铅弹打碎时的惨叫声,那你根本算不上听过惨叫。

我们抢来了一艘英格兰奴隶船,而这就是查尔斯·维恩对那位船长的惩罚。这条英国奴隶船几乎击沉了维恩的船,所以我们只好把寒鸦号开到近处,让他的手下登船。维恩对此十分恼火,但这不能作为他乱发脾气的理由。毕竟这场远征是他自己的主意。

他是在萨奇死后不久想到这个计划的。

"这么说萨奇被干掉了?"维恩说。这时我们正坐在寒鸦号的船长室里,醉醺醺的白棉布杰克挺直双腿躺在椅子里,那姿势看起来随时都会滑下来。他也是拒绝接受国王赦免令的海盗之一,所以我们也带上了他。

"他当时寡不敌众。"提起黑胡子,那凄惨的一幕仿佛又在我的眼前浮现,"我没能赶过去。"

我记得自己坠下船去,看到他死去,鲜血从喉咙里涌出,就像一条被人砍死的疯狗。我又灌下一大口朗姆酒,好把那一幕赶出脑海。

他们把他的脑袋挂在船首斜桅上,至少我是这么听说的。

他们根本没资格叫我们人渣。

"该死的,他作战起来凶狠勇猛,内心却完全相反。"查尔斯说。他用刀子划着桌面。换作别的客人,我早就出言阻止了,但查尔斯·维恩不同。他先是败在了伍兹·罗杰斯的手下。如今又在哀悼黑胡子的过世。最重要的是,查尔斯·维恩的手里有一把刀子。

查尔斯说得对。即便黑胡子逃过了这一劫,他也显然不打算再过海盗生活了。作为我们的领袖,率领我们走出困境——这些对爱德华·萨奇来说没什么吸引力。

我们陷入了沉默。或许我们都在想念拿骚,想念它过去的样子。或许我们都在思索未来该怎么做,因为过了一会儿,维恩深深地吸了口气,似乎恢复了镇定。他用拳头敲了敲自己的腿。

"没错,肯威,"他宣布道,"我一直在思考你的那个计划。你一直说的那个什么……观象台。我们要怎么才能知道它是不是真的存在?"

我瞥了他一眼,想确认他是否在说笑。毕竟,他不是头一个对我这么说的人。他们为观象台的事嘲笑过我很多次,我没心情再听一遍了,尤其是在那个时候。但他没在说笑,他非常认真,他在椅子里的身体前倾,等待着我的回答。白棉布杰克继续呼呼大睡。

"我们可以去找一条名叫公主号的奴隶船。那船上应该有个名叫罗伯茨的人。他可以带我们找到观象台。"

查尔斯思索起来。"所有奴隶商人都为皇家非洲公司干活。我们只要随便找一条他们的船,问几个问题就行。"

对我们两人都十分不幸的是,我们遇到的第一艘皇家非洲公司的船就把维恩的游骑兵号轰出了几个大洞,我们只能把他们接上了船。等到我们的手下制服了奴隶船的船员以后,我们才登上了船。就是在那里,我们找到了奴隶船的船长。

"船长声称公主号每隔几个月就会离开金斯敦。"我告诉维恩。

"很好。我们要定个计划。"维恩说。于是我们做了决定:我们要驶往金斯敦。而那位奴隶船船长原本能安然无恙地离开的,可他却愤怒地喊道:"你们这些混蛋,把我的船搞得乱七八糟。这个仇我记下了。"

所有了解查尔斯·维恩的人都会告诉你接下来会发生的事:可怕而无情的暴力。当时的情况正是如此:他猛地转过身,拔出枪来,迅速而凶狠地走到那船长面前。然后他将枪口抵住了对方的膝盖,举起另一只手,准备挡住飞溅的鲜血。然后他扣动了扳机。

一切都发生得那么快,又那么理所当然。随后,查尔斯·维恩转身走开,正要经过我身边的时候,我大喊道:"见鬼,维恩!"

"噢,查尔斯,你可真是个粗暴的魔鬼。"白棉布杰克说。他罕见地清醒过来,这个事实几乎和船长撕心裂肺的尖叫同样令人震惊。但随后这个酒鬼似乎想要挑衅查尔斯·维恩。

维恩转身看着自己的军需官。"别惹我,杰克。"

"我惹你是天经地义的,查尔斯。"白棉布杰克吼道。平时醉醺醺的他今天却像是要挑战维恩的权威了。"伙计们。"他命令道,于是几个忠于他的人不约而同地——仿佛一直在等待时机那样——走上前来,武器在手。我们寡不敌众,但这并不能阻止阿德瓦勒。但他正要拔出弯刀，就有人用刀柄的护手狠狠砸上了他的脸，让他瘫倒在甲板上。

我上前想要帮他，却有许多只枪口对准了我的脸。

"瞧啊……在你们浪费时间的时候，"白棉布杰克指了指被我们占领的奴隶船，"这些伙计和我商量了一下。他们觉得我比你们这些轻率的笨蛋更适合当船长。"

他指了指阿德瓦勒，接下来说出的话让我怒气上涌："我打算把这家伙带到金斯敦十块钱卖了。不过对于你们两个，我可不打算冒险。"

在重重包围之中，我、查尔斯和我们的手下都已无力反抗。我感到头晕目眩，思索着究竟是哪里出了问题。我们有那么需要黑胡子吗？是因为我们太依赖他，所以他离开后情况才会急转直下？看起来是的。看起来是的。

"你会为这一天后悔的，拉克姆。"我嘶声说道。

"反正我几乎每过一天都会后悔。"叛变的白棉布杰克叹着气说。他那件五颜六色的印第安衬衣是我看到的最后一样东西：有人走上前来，将一只黑布袋套到了我的头上。

第四十七章

在受损的游骑兵号上漂流了一个月以后,我们发现自己来到了荒无人烟的普罗维登西亚岛。

杰克给我们留下了食物和武器,但我们没法操纵舵轮或者风帆,所以在海上的这一个月里,我们徒劳地修理着损坏的索具和桅杆,又用大部分时间去操纵水泵,好让船能继续航行。在这一个月里,我每天都被迫听着维恩不停的抱怨和咒骂。他会朝空气挥舞拳头,说些:"我会逮到你,杰克·拉克姆!我会把你开膛破肚。我会扯出你的内脏,做成一把血淋淋的鲁特琴!"

1718年的圣诞节,我们是在游骑兵号上度过的。我们就像漂流瓶,在海浪里浮浮沉沉,祈祷着老天手下留情。船上只有我和他。当然了,我们没有日历之类的东西,所以我没法判断圣诞节是何时过去,新的一年又是在何时到来的。但我敢打赌,这一切肯定发生在查尔斯·维恩的骂声里:他咒骂着大海、天空和我,尤其是他的老跟班,

"白棉布"杰克·拉克姆。

"我会逮到你!走着瞧吧,你这卑鄙的杂种!"

我想要告诫他,便暗示说,或许他不停地大喊大叫对我们的士气有损无益,而他转头看着我。

"好吧,可怕的爱德华·肯威发话了!"他大吼道,"拜托告诉我们,船长,我们该怎么摆脱这种困境?告诉我们,你有什么天才的点子,能驾驶这么一条没帆又没舵的船?"

我始终不明白,我们当时为什么没跟彼此动刀子,但上帝保佑,最后我们惊喜地看到了陆地。我们欢呼雀跃,高兴得抱在一起。我们从游骑兵号上放下一只小艇,夜幕降临时,我们划到了岸边,随后瘫倒在沙滩上,精疲力竭却又满心喜悦——经过一个月的海上漂流以后,我们终于来到了陆地上。

次日早上,我们醒来时发现游骑兵号撞坏在沙滩上,于是开始咒骂对方忘记事先抛锚。

等发现这座岛究竟有多小,便开始咒骂自己的运气。我们被困在这儿了。

这座岛名叫普罗维登西亚,它小归小,却颇有一段历史。血腥的历史。英格兰的殖民者、海盗与西班牙人为了它争夺了大半个世纪。他们争斗不休。四十年前,伟大的海盗船长亨利·摩根经过一番努力,从西班牙人的手里将它夺了回来,并一度将这里作为他的根据地。

维恩和我来到这座岛上的时候,它是几个殖民者、逃脱的奴隶和罪犯,以及剩下的本地土著——米斯基托族印第安人的家园。废弃的要塞可以自由出入,但里面已经没剩下什么了。至少没有可吃可喝的东西了。你可以游到圣卡塔利娜岛上,但那座岛更小,所以我们白天大都会去捕鱼,以及去小水池里摸牡蛎,时不时地还得和路过的土著,衣衫破烂、四处游荡的殖民者以及捕龟人对峙。特别是那些殖民者，他们总是一副惊恐而疯狂的表情，却不确定自己应该攻击还是逃跑，举动也难以预料。他们的眼珠似乎能同时朝着不同的方向旋转，在阳光下发干开裂的嘴唇也不时怪异地抽搐几下。

在一次类似的对峙后，我转身看着查尔斯·维恩，正要开口，却看到他脸上也带着那种疯狂的表情，眼珠似乎在眼窝里旋转，在阳光下发干开裂的嘴唇也怪异地抽搐着。

直到某一天，查尔斯·维恩那根绷紧的神经终于断裂，他转身离开，去建立新的普罗维登西亚氏族。只有他一个人的氏族。我本该劝他别这样的。"查尔斯，我们应该团结一致。"但我已经受够了查尔斯·维恩，而且我总觉得，这不会是最后一次见到他。他先是偷走了我的牡蛎，随后匆忙逃出丛林，头发和胡须都乱糟糟的，衣服破破烂烂，眼神就像个疯汉。他夺走我刚刚摸来的牡蛎，骂我是个杂种，然后又匆忙跑进树丛，在那里继续咒骂我。我开始把时间花在海滩上，游泳、捕鱼、在海平线上寻找船舶的影子，但自始至终，我都知道他正借着树丛的掩护窥视着我。

有一次，我试图劝说他。"你能跟我说说话吗，维恩？你还要继续发疯下去吗？"

"发疯？"他答道，"挣扎求生可没什么疯狂的，不是吗？"

"我不想伤害你，你这蠢货。我们像文明人那样一起解决问题吧。"

"噢，真见鬼，听你唠唠叨叨，我的头都开始痛了。现在给我退后，别来打扰我平静的生活！"

"只要你别再偷我找来的食物和水，我就不会再打扰你了。"

"我不会听你的，除非你血债血偿。就是因为你，我们才会去找奴隶船。就是因为你，杰克·拉克姆才会抢走我的船！"

你明白我有多头疼了吧？他已经失去理智了。他为明显是自己的错误而责怪我。是他提议去寻找观象台的。也是他对奴隶船长做出的暴行导致了我们如今的窘境。我有充足的理由恨他，正如他觉得自己有充足的理由轻视我。我们之间的区别在于，我并没有失去理智。至少目前还没有。而他则试图改变这一状况。他变得越来越疯狂。

"是你和你的童话故事让我们陷入困境的，肯威！"

他仍然藏在灌木之中，就像漆黑树丛里的一只老鼠。他蜷缩身体，蹲坐在树根上，双臂抱着树干，浑身散发出臭气，用怯懦的双眼盯着我。我开始觉得，维恩也许想杀了我。我把袖剑和弯刀擦拭得干干净净，虽然我不会佩带在身上——我已经习惯了几乎一丝不挂的打扮——但总是放在触手可及的地方。

在我有所察觉之前，他的疯狂行为就从躲在灌木丛里朝我咒骂，演变成了在我的必经之路上设置陷阱。

直到有一天，我觉得自己受够了。我不得不杀死查尔斯·维恩。

我着手去做这件事的那个早上，心情很是沉重。我思索着，有疯子作伴会不会好过独自一人。但他是个痛恨我的疯子，而且恐怕还想杀死我。不是他死，就是我亡。

我在一个水坑边找到了他。他蹲坐在那儿，双手伸到两腿之间，一边试图生火，一边唱歌给自己听——内容毫无意义的歌。

他背对着我，显得破绽百出。我努力告诉自己，结束他的生命是在帮他摆脱痛苦，一边悄然接近，弹出了袖剑。

但我没法说服自己。我犹豫了。就在那一刻，他发动了陷阱。他甩出一条手臂，将滚烫的灰烬丢向我的脸。就在我连连后退的时候，他跳起身，拿起弯刀，开始了和我的搏斗。

攻击。格挡。攻击。我用我的袖剑挡住他的弯刀,又用自己的弯刀还击。

我不禁思索:他是不是觉得我背叛了他?也许吧。他的恨意给了他力量,有那么一会儿,他不再像是个那个可悲的穴居人了。但他这几个星期都蹲伏在灌木丛里,靠偷来的东西维生,这样的生活削弱了他的身体,因此我轻而易举地打落了他的武器。但我没有杀他,而是收回了弯刀和袖剑,把它们丢得远远的,再扯下我的衬衣,我们就这样赤裸上身,用拳头搏斗起来。

我将他打倒在地,狠狠地挥出几拳,然后突然停了手。我站了起来,沉重地喘着气,拳头上还在滴落鲜血。查尔斯·维恩躺倒在我身下的地上。这个头发蓬乱、活像个隐士的家伙——的确,我身上的味道也很臭,但完全没法和他比。我从他身上嗅到了屎尿的味道,这时他滚了半圈,吐出一颗连着唾沫的牙齿,自顾自地咯咯笑了起来。就像个疯子。

"你个娘娘腔,"他说,"要下手就利落点儿。"

我摇摇头。"这就是我相信人性美好的奖赏吗?我还以为就算是你这样卑鄙残忍的家伙,偶尔也会有点见识。也许霍尼戈说得对。也许这个世界的确需要有野心的人,免得你们这样的人兴风作浪。"

查尔斯大笑起来。"又也许你只是不够坚定,没法活得毫无悔恨。"

我吐了口唾沫。"不用在地狱里给我留位置了,你这混蛋。我不会很快赶去的。"

我把他留在了那儿。后来,在我发现了那条渔夫小船的时候,我考虑过带他一起离开,但最后还是作罢了。

愿上帝宽恕我,但我对该死的查尔斯·维恩已经仁至义尽了。

第四十八章

1719年5月

几个月以后,我回到了在伊纳瓜岛的家,庆幸于自己还活着,还能见到我的船员。他们高兴的样子更增添了我的喜悦之情。他还活着!船长还活着!他们庆祝了好几天,喝光了整个海湾的酒,而我欣喜地看着这一切。

玛丽也在那儿,但恢复了詹姆斯·基德的打扮,于是我把所有关于她胸部的念头赶出脑海,当有人在场时就叫她詹姆斯。自从我回来以后,阿德瓦勒便几乎与我寸步不离,甚至不希望我片刻离开他的视线。

在此期间,玛丽带来了我的盟友的消息:斯蒂德·邦尼特上了绞刑架。

可怜的老斯蒂德。我这位商人朋友显然打起了海盗的主意——甚至自己也过上了海盗的生活。他们叫他"绅士海盗"。他身穿晨衣,在更北方的航路上活动了一阵子,最后遇到了黑胡子。他们决定合作,但因为邦尼特作为海盗船长的水平就跟他作为水手一样糟糕——也就是说，他是个非常差劲的海盗船长——他的手下发起叛变，加入了黑胡子的手下。而邦尼特的最终下场是被迫在黑胡子的安妮女王复仇号上充当"客人"。好吧，显然这不是真正的"最终下场"。他的最终下场是被抓获和吊死。

至于拿骚那边——可怜的、每况愈下的拿骚——詹姆斯·伯尼一直在替伍兹·罗杰斯刺探。在他为安妮带来更多耻辱的同时，罗杰斯也借此给予了海盗们沉重的打击。为了展示力量，他在拿骚的港口吊死了八个海盗，自那以后，反对的势力便土崩瓦解。即使密谋暗杀他的那些人也各怀鬼胎，最后被他轻易挫败。

最令人高兴的是，白棉布杰克吃了败仗，寒鸦号也物归原主。结果杰克最后还是败在了酒上。牙买加总督委托的私掠船在古巴南部撞见了他。私掠船到来时，杰克和他的手下正在岸上的帐篷里，因为前一天的纵酒狂欢而呼呼大睡。最后他们只能逃进丛林，我的手下则收回了寒鸦号。之后那个卑鄙下流的家伙爬回了拿骚，说服罗杰斯给了他赦免。现在他成天在酒馆附近游荡，贩卖偷来的手表和长袜。

"你现在打算怎么办？"说完这些消息以后，玛丽说，"还要追求你难以捉摸的财富吗？"

"嗯，而且我已经接近了。我听说圣贤要搭乘一条名叫公主号的船离开金斯敦。"

玛丽站起身，开始朝港口的方向走去。"把你的野心用在更合适的地方吧，肯威。跟我们一起找到圣贤。"

当然，她指的是刺客组织。想到他们，我沉默下来。

"我对你们那些神秘主义的理论没胃口……玛丽。我想过上好生活。轻松的生活。"

她摇摇头，迈步走开。走了几步以后，她转头说道："诚实的人过的日子从不轻松，爱德华。轻松的生活只能建立在多数人的痛苦之上。"

如果说公主号要驶离金斯敦，那么我要去的地方就该是那儿。

上帝啊，金斯敦可真美。它从一座难民营发展为牙买加最大的城镇——虽然这并不意味着它作为镇子有多大，只是在牙买加最大而已。这里的建筑物很新，看起来却很不结实，镇子旁边的山岭绿意盎然，罗亚尔港吹来的凉爽海风带走了烈日的些许酷热，但也只是些许而已。我爱这个地方。我欣赏着金斯敦的景色，不禁思索拿骚是否也能变成这个样子，如果我们足够努力的话。如果我们没有放任自己堕落的话。

大海清澈透明，闪闪发光，停泊在港口的船舶仿佛悬停在空中一样。我屏息静气，看着美丽的海洋，想着蕴藏在其中的宝藏，也想起了布里斯托尔。想起我曾站在那儿的码头上，眺望着大海，梦想着财富和冒险。我的确得到了冒险。可财富呢？噢，我待在普罗维登西亚岛上的时候，我的手下们可没有一直休息。他们也抢掠了不少战利品。加上原先存下的那些，我不算富有，但也算不上穷人。也许我终于成为了小有资产的人。

要是我能找到观象台就好了。

码头上拴着划艇和小型帆船，但我感兴趣的并不是它们。我停下脚步，将望远镜举到眼前，在海平线上寻找着奴隶船公主号的踪迹。其间我停下了一会儿，欣赏了一番寒鸦号的雄姿，然后继续寻找。居民和商贩来来往往，贩卖着形形色色的商品。还有士兵。穿着蓝色束腰外衣，头戴三角帽，肩上扛着滑膛枪的西班牙士兵。其中两个从旁经过，一脸厌烦地聊着天。

"这儿今天怎么回事？每个人都一副紧张兮兮的样子。"

"是啊，因为有个西班牙人要来。叫托雷多还是托雷斯什么的。"

这么说他也来了。他和罗杰斯。他们是不是听说了圣贤和公主号的事？

然后我听到有个士兵说了些非常有趣的事。"你知道我听说了什么吗？罗杰斯总督和霍尼戈船长都是某个秘密结社的成员。成员包括法国人、西班牙人和意大利人，甚至还有些土耳其人。"

圣殿骑士，我心想。就在这时，我看到阿德瓦勒在向我招手。他的身边是个满头大汗，神情紧张的水手，阿德瓦勒说他在皇家非洲公司工作。是抵在他肋部的那把匕首让他开了口。

"把你告诉我的话告诉他。"阿德瓦勒说。

水手露出不安的神色。换了我是他恐怕也一样。"我已经有八个星期没见过公主号了，也许更久，"他说，"这代表它就快回来了。"

我们放走了他，而我开始揣摩这个消息。公主号不在这儿……眼下不在。我决定暂时留下。让水手们上岸，确保他们举止规矩，别吸引太多注意力……

阿德瓦勒把我拉到一旁。"我厌倦了你这些幻想，爱德华。其他人也一样。"

这正是我需要的——让我的手下不安。

"再忍忍，伙计，"我安慰他说，"我们就快成功了。"

与此同时，我有了个主意。去找罗杰斯和本杰明……

我一直在码头上等待着，最后终于发现了他们。我回忆着玛丽教我的技巧，就这样尾随在后。我一路上都藏在他们的视线之外，利用那种感官能力去偷听他们的谈话。

"你提醒那些人了没有?"伍兹·罗杰斯说,"我们的时间不多了。"

"嗯,"霍尼戈答道,"会有两个士兵在十字路口等我们。"

"非常好。"

噢,保镖。他们会躲在哪儿呢?

为免遭到突然袭击,我扫视周围。但这时霍尼戈又开了口。"如果您不介意的话,阁下,我想问个问题。我们采那些血样是为了什么?"

"托雷斯告诉我,想要让观象台正常运作,就需要那些血。"

"这话怎么说,阁下?"

"如果有人想用观象台来……比方说,用来刺探乔治国王,那就需要一滴国王的血才能办到。换而言之,少许血样就能让我们窥探一个人的日常生活。"

真是莫名其妙。我当时没怎么细想,但后来便追悔莫及。

"这么说,托雷斯也打算刺探我?"本杰明在说,"因为我刚刚给了他一份我的血样。"

"我也一样,霍尼戈船长。所有圣殿骑士都一样。这是一种保险手段。"

"是为了避免我们背叛吧。"

"是啊,不过别担心,托雷斯把我们的血样送到了里约热内卢的一座圣殿骑士团基地。我向你保证,我们不会是观象台的第一批试验品。"

"好的,阁下。我想对于圣殿骑士给我的回报来说,这只是个很小的代价。"

"完全正确……"

"我们能为你做些什么?"有个声音问。

就是在那时,我撞见了他们说的那两个保镖。

第四十九章

就叫他们大块头一号和大块头二号吧。大块头一号是个左撇子，却努力做出右撇子的假象。大块头二号就没那么精通搏斗了。他太松懈了。他以为轻而易举就能撂倒我。

"你到底要去哪儿？"大块头一号说，"因为我的朋友和我一直在盯着你，请原谅，不过看起来你像是在跟踪罗杰斯先生和霍尼戈先生，还偷听了他们的谈话……"

他提到的罗杰斯和霍尼戈显然对他们的护卫所做的事一无所知。这是件好事。但他们还在继续往前走，而我还有许多没偷听到的事，这可就不太好了。

那就赶紧摆脱这些家伙吧。

我的优势在于我的袖剑。它就系在我的右手上。我的弯刀同样挂在右边，所以我只能用左手去拿。经验老到的剑客会判断我会从右侧发起攻击，从而采取相应的防守。大块头一号是个经验老到的剑客。

我能从他一只脚略微放在另一只脚的前方,又稍稍侧过身体的样子看出来,因为大块头一号判断我会用左手拔剑(等到那一刻,他会迅速改变两脚的重心,佯装要从另一边攻击我——这我也很清楚)。他们都不知道,我有一把会从右手弹出的袖剑。

我们对峙着。不过基本上只有我和大块头一号。我动了起来。我伸出右手,像是在护住身体,但随即弹出袖剑,准确地一刺。于是大块头二号还没摸到他的剑,就被刺穿了脖子。与此同时,我用左手抽出腰带上的弯刀,及时挡住了大块头一号的第一次攻击,刀剑碰撞,发出清脆的响声。

大块头二号发出咯咯的声音,然后死去,鲜血从他捂住自己喉咙的指间流出,这下人数扯平了。我朝着大块头一号挥舞弯刀和袖剑时,看到了他脸上的表情:自信——甚至可以称之为自大——变成了恐惧。

他本该逃跑的。我多半能追上他,不过他真该逃跑的。他原本可以警告他的主子们,有人在跟踪他们。某个拥有刺客技艺的危险人物。

他没有逃跑。他选择了和我搏斗,尽管他是个老练的剑客,比我过去的对手更聪明,也更有勇气。但在金斯敦的街道上,有这么一群人看着的情况下,他无法舍弃他的自尊心,而正是这份自尊心铸就了他的毁灭。一番苦战之后,他的毁灭也随之到来,不过我确保他死得很快,将他的痛苦缩减到最小。

我转身离开,而旁观者纷纷避让。我融入码头的人群,希望能追上罗杰斯和霍尼戈。我做到了,最后我发现他们正在和另一个人碰头,于是蹲伏到码头的护堤边,挨着旁边的两个醉汉。是劳利亚诺·托雷斯。他们正相互点头致意。而托雷斯一副不可一世的样子。我垂下头——发出喝了太多朗姆酒时的呻吟——而他的目光扫过我所在的地方,然后开始讲述他的消息。

"六周以前,公主号被海盗抢走了,"他说,"就我们所知,圣贤罗伯茨还在船上。"

我咒骂起自己来。原本我的人只是要在金斯敦休个短假而已。可这么一来,就意味着我们要去追捕海盗了。

接着他们迈开步子,我也站起身,融入人流,不留痕迹地跟在后面。运用我的感官能力,我能听清他们所说的一切。"圣贤目前的位置在哪儿?我们知道吗?"托雷斯问。

"他在非洲,大人。"罗杰斯说。

"非洲……上帝啊,那条航路可不好走。"

"我同意,大团长大人。我打算自己驾船前去。我的一艘运奴隶的大帆船应该可以迅速赶去那里。"

"奴隶船?"托雷斯的语气有些不快,"船长,我要求过你,别再做那种伤天害理的买卖了。"

"我看不出奴役一些人和奴役所有人之间的区别,"罗杰斯说,"我们的目标是掌控整个文明的走向,不是吗?"

"身体的奴役会激发头脑的反抗,"托雷斯简洁地说,"但若是奴役头脑,身体自然就会听从。"

罗杰斯让步了:"您说得在理,大团长大人。"

这时他们已经走到了码头周边,在一座荒废的仓库入口停了下来,看着门里的情况。那些人似乎在处理尸体,看起来不是在从仓库里搬出来,而只是堆放到一旁,或许是为了装到货车或是船上。不过更可能的情况是直接抛进海里。

托雷斯说出了我想问的问题。"这儿发生了什么?"

罗杰斯露出微笑。"这些人拒绝了我们采取血样的礼貌请求。大部分都是海盗和私掠船员。"

托雷斯点点头。"我明白了。"

我绷紧身体,看着那些尸体,他们手脚蜷曲,双眼无神。他们是跟我一样的人。

"我用国王的赦免令作为借口,尽可能地采取血样,"罗杰斯说,"碰到拒绝的那些,我就绞死他们。当然,这些都是在我的职权范围之内的。"

"很好。如果我们没法监视世界上的所有无赖,就让大海彻底摆脱他们吧。"

然后他们继续前进,朝着停泊在附近的那条船的梯板走去。我跟了上去,藏身在一堆板条箱后面,听着他们的交谈。

"再告诉我一次,"托雷斯,"我们该去非洲哪儿寻找?"

"普林西比,阁下。一座小岛。"霍尼戈说。

托雷斯和罗杰斯大步走上梯板,但霍尼戈却站着没动。为什么?他为什么不走?这时候我明白了。他眯着眼睛,以老练海员的目光扫视地平线,打量着那些仿佛哨兵般停在海上的船只。他的目光在一艘船上停留得最久。我震惊地意识到他究竟在看什么——寒鸦号就在那些船里。

霍尼戈绷紧身体,将手伸向剑柄,随后缓缓转过身。他在寻找我,我很清楚。他觉得既然寒鸦号在这里,我应该也不会离得太远。

"爱德华·肯威,"他的目光扫过成排的码头,同时高喊道,"你的寒鸦号居然停泊在这儿,这可真让我吃惊。你听到想听的消息了吗?你是不是打算去把可怜的圣贤从我们的魔掌里解救出来?"

回想起来,我当时的反应是有些鲁莽。但想到本杰明曾是我们的一员,我就无法清醒思考。他曾是我的导师之一,也是爱德华·萨奇的朋友。现在他却想要毁掉我们。伴随着上涌的怒气,我离开那堆板条箱,与他面对面。

"你真该死,叛徒。你背叛了我们!"

"因为我找到了一条更好的道路。"霍尼戈说。他没有拔出武器,而是打了个手势。我听到身后的仓库传来刀剑出鞘的声音。

霍尼戈继续说道:"圣殿骑士懂得秩序、纪律和组织性。但你们从来都不明白这些细节的重要。再见了,老朋友!你也曾经是个战士!你曾为真正重要的事物奋斗过。但有些东西是你无法对抗的!"

他转过身,几乎飞奔着离开。他的援兵从仓库那边赶来,那些人跟在他身后,在我旁边围成了新月的形状。

我出其不意地迅速前冲,抓住一名水手——他挥出的那一剑毫无威胁——然后打晕了他。我将他作为盾牌,推着他快步前进,他的靴底不时摩擦着港口的石头地面。

与此同时,我听到手枪的响声,我的肉盾替我挨了一枪,接着我将他推进敌人的队列之中,左手拔出我的第一把手枪。我朝一个卫兵嘴里开了一枪,把枪塞回皮套,然后抽出了第二把。与此同时,我弹出袖剑,割开了第三个敌人的胸口。我再次开了枪。这一枪没有瞄准,但依然成功阻止了一个手拿弯刀的敌人,让他倒在地上,手捂腹部。

我蹲伏在地,伸腿扫倒了下一个敌人,接着迅速而无情地用连着袖剑的拳头打中了他的胸口。然后我站起身,吓退了最后两个敌人:他们面露惊恐之色,不希望和他们的同伴一样死去,或是躺在港口的地上血流不止。接着我跑向我的划艇,想要回到寒鸦号上。

等我把小艇划到寒鸦号停泊的位置时,我几乎能想象出我的军需官会怎么说,他会提醒我,我的手下并不赞同这场搜寻。

不过他们会同意的,等我们找到观象台的时候。等我们找到圣贤的时候。

虽然花去了整整一个月,但我办到了。

第五十章

1719 年 7 月

在一个下午,我在普林西比的一座满是尸体的营地里找到了他。

以下是我得知的关于圣贤的事:我知道他的全名是巴塞洛缪·罗伯茨,其余其他的那些,有些是后来他告诉我的,有些则是别人告诉我的。

我所得知的是,我们之间有不少共同点:我们都是威尔士人,我来自斯旺西,他来自纽波特。他把名字从约翰改成了巴塞洛缪。他十三岁就作为随船木匠开始出海,后来才发现自己成了那个名叫圣殿骑士团的秘密结社关注的对象。

在 1719 年初,由于圣殿骑士和刺客组织的紧追不舍,于是就像我听说的那样,圣贤去公主号上做了三副,在亚伯拉罕·普拉姆船长手下干活。

就像我在金斯敦偷听到的那样，六月初的时候，公主号受到了霍威尔·戴维斯船长率领的"皇家漂泊者号"与"皇家詹姆斯号"的攻击。但精明的罗伯茨诱使霍威尔·戴维斯船长带走了自己。他让那个同是威尔士人的海盗船长相信，他是个杰出的航海家——也许真是如此吧。此外，他还能用威尔士语与和戴维斯船长交谈，这让他们俩的关系更近了一层。

据说刚开始的时候，巴塞洛缪·罗伯茨对成为海盗也不怎么期待。不过如你所见，他干起这一行来简直就像是为此而生的，他甚至有一个绰号——"准男爵巴特"。

他们的船在普林西比岛靠了岸。不过只有皇家漂泊者号而已，因为皇家詹姆斯号的船身被蛀虫啃食严重，只能废弃。于是皇家漂泊者号升起英国旗帜驶向普林西比岛，也得到了进港停泊的许可，船员们也在那里扮演来访的英国水手的角色。

根据我的听闻，戴维斯船长想到了一个计划：他以共进午餐为借口，邀请普林西比的总督上船，等他登船后就立刻将其扣押，并向普林西比方面要求巨额赎金。

完美。万无一失。

人算不如天算，在戴维斯带着手下去和总督碰面的半路上，突然遭到了伏击。

我赶到的地方就是伏击现场。

我悄然进入营地，面对伏击后的惨状：营地里的火堆已经只剩红色的灰烬，散落在周围，有个死人名副其实地躺在将熄的余烬之上，尸体正被缓缓烤熟。周围散落着更多的尸体。有些是士兵，还有些是海盗。

"肯威船长？"有个声音传来，我转过身，看到了圣贤。也许我看到他应该高兴,因为我的旅途终于有了结果。如果他没有拿枪指着我的话。

面对他毫不动摇的枪口,我只好举起双手。

"没想到又在如此尴尬的情况下见面,罗伯茨。希望下次不会这样了。"

他恶狠狠地笑了。他真的恨我吗?我心想。毕竟他对我的打算一无所知。但我的脑海里却涌现出一个疯狂的念头:就算他会读心,我恐怕也不会惊讶的。

"别再跟着我,你的愿望就会实现了。"他说。

"没必要这样。你知道我是个守信用的人。"

我们周围的丛林一片寂静。巴塞洛缪·罗伯茨似乎在思考。这真奇怪,我心想。我们对彼此都算不上真正了解。我们都不清楚对方真正的目的。当然,我知道我想从他那儿得到什么。可他呢?他有什么目的?我能感觉到,无论他的目的是什么,都比我所能想象的更加黑暗也更加神秘。我只清楚一件事,那就是死神与他如影随形,而我并不想死。至少现在不想。

他开了口:"我们的船长霍威尔今天在葡萄牙人的伏击中被杀了。那个顽固的蠢货。我提醒过他别上岸的。"

巴塞洛缪·罗伯茨的思绪转到了那位才死不久的船长身上。他收起了枪,显然断定我没有恶意。

不用说,他还在思考这次伏击的事。我想我猜到了幕后主使的身份。

"袭击是圣殿骑士团策划的,"我告诉他,"就是把你抓去哈瓦那的那伙人。"

他摇摇头,长发也随之摆动,同时似乎还在思索。"我现在明白了,被圣殿骑士团盯上的人一个也逃不掉,是不是?我想,现在是时候反击了吧？"

这才对嘛，我心想。

我们说话的时候，我看着他脱掉那身水手的破烂布衣，穿上了死去船长的长裤，又去拿他的衬衣。衬衣上沾了血，于是他顺手丢掉，穿回了自己的，接着套上了船长的外套。他扯下发带，散开头发。他把船长的三角帽戴到自己头上，然后转头看向我。巴塞洛缪·罗伯茨就像换了个人。他在船上的生活让脸颊有了生气。他深色的卷发在阳光下闪闪发光，身穿红色夹克和长裤，脚穿白色长袜，头戴三角帽，显得英俊潇洒。他全身上下每一寸都像是个海盗。他全身上下每一寸都像是个海盗船长。

"好了，"他说，"我们得在葡萄牙人的援兵赶来之前离开。我们得回到漂泊者号上去。到了那里以后，我得把发生的事告诉船上的人，我希望你来为我做证。"

我想我明白他的意思，而我一方面很惊讶——毕竟他只是个地位低下的甲板水手——但同时又在意料之中，因为他是罗伯茨。他是圣贤。他袖子里的把戏永远用不完。果不其然，等我们赶到漂泊者号上——那些人正紧张地等着这场远征的消息——他便跳上一只板条箱，要求所有人听好。他们瞪大眼睛看着他：这个微不足道的甲板水手，在船上还没站稳脚跟的家伙，此时穿着船长的衣服，显得格外惹眼。

"诚实的行当意味着微薄的报酬和繁重的劳动。但作为海上的冒险家，我们享受宽裕和满足，愉悦和轻松，自由和力量……因此理智的人会选择前一种生活，而我们海盗所担负的风险无非是那些缺乏力量与魄力的人闷闷不乐的表情而已。

"现在，我加入你们已有六个星期，在此期间，我的外表变得和你们一样，而且我无比坚信，你们能从我身上看到同样强烈的热情。

但……如果你们觉得我像是个船长，那么……我就做你们那天杀的船长！"

你没法不称赞他，这场演说实在很有煽动性。他只用寥寥几句话就拉近了和水手们的联系，把那些人牢牢攥在了自己的手心里。演说结束后，我走上前去，决定趁此机会跟他谈谈正事。

"他们说得对。"

他上下打量着我，仿佛要确认他对我的印象。"尽管你的急躁让我反感，我却在你身上看到了有待检验的天赋。"他伸出手，和我握了握，"我是巴塞洛缪·罗伯茨。"

"叫我爱德华就好。"

"我现在不打算跟你分享秘密。"他告诉我。

我瞪着他，无法相信自己听到的话。他打算让我继续等待。

第五十一章

1719 年 9 月

该死的家伙。该死的罗伯茨。

他希望我等上两个月。整整两个月。然后再去背风群岛（译注：位于西印度群岛中小安的列斯群岛北部的群岛）的西部——也就是波多黎各的东面——跟他碰头。带着和他的约定，我指挥寒鸦号回到了圣伊纳瓜岛。在那里，我让船员们休息了一阵子，然后有机会就去抢掠船只，我的金库也渐渐充实。我想就是在那段时候，我割掉了那个随船厨师的鼻子。

当我们没在抢掠，我也没去割别人的鼻子的时候，我就窝在自己的宅子里。我写信给卡罗琳，向她保证说我很快就会成为富人回家来。我不安地想着观象台的事，因为我很清楚能否发家致富全都在此一举。但这一切都建立在巴塞洛缪·罗伯茨的一个承诺上。

但找到以后呢？观象台是个蕴藏着庞大潜在财富的地方，但就算我找到它——就算巴塞洛缪·罗伯茨说话算话——它也只是潜在财富的源头而已。萨奇不也嘲笑过我的这个念头吗？他说我们真正需要的是金币。也许他说得对。就算我找到了那台神奇的机器，我他妈又该怎么把它换成我想要得到的财富？说到底，如果它能赚取财富，罗伯茨又为什么放着它不用？

因为他有别的目的。

我想起了我的父母。我的思绪回到了燃烧的农庄，心里重新燃起对圣殿骑士团进行报复的渴望：那个秘密结社动用他们的影响力和力量，折磨所有他们看不顺眼的人。我仍然不清楚究竟是谁、又为什么会焚毁我家的农庄。这是对我娶了卡罗琳，以及羞辱马修·黑格的报复吗？还是因为我父亲在生意场上结下的仇？我怀疑两者兼有。也许是因为来自威尔士的肯威家族羞辱了他们，所以他们想要给我们一个下马威。

我相信自己会查清楚的。总有一天，我会回到布里斯托尔，实施我的复仇。

我对复仇的计划谋划了一番。直到九月的那一天到来，我集结船员，准备好寒鸦号——船壳刚刚修补过，桅杆和索具也经过了修理，横桅索状况良好，厨房物资充足，军械库也满满当当——然后扬起风帆，前去赴巴塞洛缪·罗伯茨的约。

就像我所说的，我不认为自己真正了解他脑子里的想法。他有他自己的打算，而且不打算透露给我这样的人。可他很喜欢让我猜想，吊我的胃口。我们之前道别时，他说他还有事要办，后来我才知道，他带着自己的船员回到了普林西比岛，为霍威尔·戴维斯船长的死向岛上的人进行了复仇。

他们在夜晚发起攻击，大肆屠杀了一番，然后扬长而去。他们不仅让漂泊者号满载财宝，"黑色准男爵"的可怕声名也从此鹊起：难以预料，勇猛无情，总能成功实施大胆的抢掠计划——就像我们正在进行的这一次。起初是罗伯茨坚持要寒鸦号和他的船一起，进行一场沿着巴西海岸，从托多斯到桑托斯海湾的短途航行。

我们没过多久，就明白了他的用意。那是一支不少于四十二艘葡萄牙商船的舰队。更重要的是，他们没有护航的海军。罗伯茨很快俘获了一艘掉队的船，跟船长进行了一番"谈话"。当时我并不在场，不过他从那个浑身青肿的葡萄牙海军官员口中得知，旗舰上放着一口箱子，一只钱箱。他说里面放着"装满血液的水晶容器。你应该还记得"。

装血液的容器。我怎么可能忘记？

我让寒鸦号抛了锚，随后带着阿德瓦勒和主要船员乘上了罗伯茨抢来的葡萄牙船。到那时为止，我们一直跟随在舰队尾部，但舰队似乎开始分兵两路，我们也看到了机会。旗舰正在测试火炮。

我们停泊在稍远的地方，目睹着这一切，巴塞洛缪看了看我。

"爱德华·肯威，你擅长潜行吗？"

"拿手好戏。"我说。

他看向那条葡萄牙盖伦帆船。它就停在距离地面不远的地方，大部分船员都在火炮甲板朝陆地开炮，进行演练。没有比这更适合混进船上的时机了，于是等巴塞洛缪·罗伯茨点头示意，我便跳下船，游到那条盖伦帆船旁边，开始为他们带去死亡。

我爬上绳梯，来到甲板上，随后悄然来到第一个人身边，弹出袖剑,迅速划过他的脖子,然后捂住他的嘴,让他躺倒在甲板上,渐渐死去。

自始自终,我的双眼都盯着上方的瞭望台和瞭望手。

我用同样的手段解决了第二个哨兵,然后顺着索具爬上了瞭望台。有个瞭望手正在那里扫视地平线,他的望远镜从左移到右,扫过罗伯茨的船,又从右移回左边。

他盯着罗伯茨的船,目光定格在它上面,我很想知道他是否起了疑心。也许吧。也许他在思索,为什么船上的那些人看起来不像是葡萄牙商人。他似乎下了决心。他放下望远镜,我看到他深吸一口气,像是要大喊的样子——就在这时,我跳进瞭望台,抓住他的手臂,将剑刃刺进了他的腋窝。

我用手臂勾住他的脖子,阻止他喊出声来。鲜血从他的胳膊下面泉涌而出,他也吐出了最后一口气,而我将他的尸体安置在瞭望台里。

大功告成后,巴塞洛缪把船开了过来,就在我顺着横索绳梯爬下的时候,两条船接了舷,他的手下开始涌上甲板。

后甲板的一扇舱门开启,一群葡萄牙人水手钻了出来,但他们只是来送死的。他们的喉咙被割开,尸体丢下船去。血腥的战斗很快结束,这条盖伦帆船落入了巴塞洛缪·罗伯茨的手下们的掌控。他们的炮击练习完全是白费力气。

我们把能拿走的东西洗劫一空。有个甲板水手把钱箱拖上了甲板,朝船长咧嘴一笑,以为能得到几句表扬。罗伯茨没理睬他,只是指挥手下把那只箱子搬到他抢来的那条船上。

突然间,瞭望台上传来喊声:"有船帆!"接下来的一瞬间,我们急忙退回自己的船,有几个动作慢的家伙甚至掉进了海里,因为罗伯茨的船匆忙离开了旗舰。我们扬起帆的同时,有两条葡萄牙海军战舰正朝我们飞快接近。

滑膛枪的枪声响起，只不过离得太远，伤不到任何人。感谢上帝，我们待在抢来的葡萄牙船上：他们不想用舷侧排炮朝我们开火。暂时还不想。也许他们还没彻底明白过来。也许他们还在思索究竟出了什么事。

我们进入海湾，顺着风全速前进，水手们纷纷冲向下层甲板，前去操作火炮。寒鸦号停泊在我们的前方，而我祈祷阿德瓦勒安排了瞭望手，又无比庆幸自己的舵手是阿德瓦勒而非白棉布杰克。我祈祷那些瞭望手此时正在转达罗伯茨的船迅速接近，葡萄牙海军又追赶在后的消息，祈祷他们已各自就位，拉起船锚。

我的祈祷应验了。

尽管敌船正紧追在后，我却欣赏起这片海域最美丽的景色来。那是寒鸦号，索具上人手齐全，船帆优雅地展开，随即吸满了风，发出就连仍有相当距离的我都能听到的响声。

不过只是片刻的工夫，我们的船就靠近了寒鸦号。寒鸦号开始加速，而我站在艉楼甲板上，迅速跟罗伯茨说了几句话，便跳上了寒鸦号的甲板——这时候，我不禁想起了自己看到邓肯·沃波尔的那一幕，毕竟这场旅程就是因他而起的。

"噢，简直就像地狱的热风吹在脸上！"我听到罗伯茨大喊，而我蹲下身子，看着两条船渐渐分开。我命令手下去操纵船尾炮。葡萄牙人也做好了开火的准备，但犹豫让他们付出了惨重的代价：寒鸦号抢先给了对方重重一击。

我听到我们的船尾炮响起，旋即转过身，穿过下层甲板。我看到滚烫的铁弹越过海面，砸进为首的那条船里，看到它的船首和船身的窟窿里飞出的木片，人和人的碎片撒落在海上。浪花吞没了突然下沉的船首，我能想象到那里的下层甲板的光景：水手们正忙着操作水泵，但船里已经进了太多的水，很快……

那条船的船身开始倾斜，船帆也变得扁平。我的手下发出欢呼声，但第二条船已经绕过它追了上来，就在这时，巴塞洛缪·罗伯茨决定测试他自己的火炮。

那一炮也同样正中目标，我们看着那条葡萄牙船保持着向前倾斜的姿势继续乘风破浪，尽管它的船首斜桅已经浸入水中，船头已沉没，船壳则像是遭到了巨型鲨鱼的袭击一样。

很快两条船就都面临着沉没的危险，第二条受损的状况更为严重，他们放下小艇，船员纷纷跳船，这些葡萄牙海军也至少暂时忘记了我们的事。

我们扬长而去，在路上庆祝了好几个钟头，最后罗伯茨命令两条船同时抛锚，而我警惕地站在后甲板上，心里想着：现在该怎么办？

我装好弹药，备好刀剑，通过阿德瓦勒通知船员，如果有任何背叛的迹象，他们就要为拯救自己而战，而且无论如何都别向罗伯茨投降。我见过他是如何对待自己心目中的敌人的。我见过他对待囚犯的手段。

这时他却叫我到那边船上去。他让手下甩给我一条绳子，而我和阿德瓦勒依次踏上了他的船。我站在甲板上，面对着他，几乎能嗅到空气中浓浓的紧张，因为如果罗伯茨打算背叛我们，现在就正是时候。我的手随时准备弹出袖剑。

无论罗伯茨在盘算什么——我可以断定，他的确在盘算些什么——也都和那时无关。他一声令下，两个船员便搬着我们从葡萄牙旗舰上抢来的那只箱子，走上前来。

"这就是我的战利品。"罗伯茨说着，看向了我。那只钱箱里装满了血。这就是他所承诺的东西。并非我所追寻的庞大财富。但走着瞧吧。走着瞧吧。

那两个水手放下箱子，打开盖子。人群聚集过来，让我想起了自己在爱德华·萨奇的见证下和布莱尼搏斗的情景，那时也有许多水手在旁围观。现在也一样。他们爬到桅杆和索具上，站到舷缘上，只为了看清他们的船长的动作：他把手伸进箱子，拿起其中一只容器，在阳光下仔细察看。

失望的低语声在他们之中响起。没有金子可分了，伙计们。连枚银币都没有，抱歉。只有在外行人看来像是装满葡萄酒的容器，但我知道那是血液。

罗伯茨对自己船员的失望毫无察觉——他多半也不会在乎——只顾一个接一个地察看那些容器。

"看起来这些圣殿骑士可真够忙活的……"他用灵巧地手指将一只容器放了回去，又拿起另一枚闪闪发光的水晶体，将它举到空中，仔细打量。周围的人为这意外的结果灰心丧气，开始爬下横索绳梯，跳下舷缘，继续忙他们自己的事去了。

罗伯茨眯起眼睛，又拿起另一只水晶容器。

"劳伦斯·普林斯的血，"他说着，把它丢给了我，"现在已经没用了。"

我仔细看着它的时候，罗伯茨飞快地审视箱子里的其他容器，叫出一个个名字："伍兹·罗杰斯。本·霍尼戈。甚至有托雷斯自己。不过量很少，是为特殊场合准备的。"

这些跟观象台有关。但究竟是什么呢？嘲弄和奚落该结束了。怒火在我的心中升起。他的大多数手下都返回了工作岗位，军需官和大副站在不远处，但我这边有阿德瓦勒。也许，只是也许，是时候让巴塞洛缪·罗伯茨认识到我有多认真了。也许是时候告诉他,我受够了被他这样当猴耍。也许是时候用我的袖剑强迫他说出我想知道的事了。

"你必须带我到观象台去,罗伯茨,"我斩钉截铁地说,"我需要知道它究竟是什么。"

罗伯茨眨眨眼。"然后呢?你打算在我的眼皮底下把它卖掉?还是跟我合作,用它来为我们牟利?"

"只要能让我过得更好就行。"我小心翼翼地说。

他用力合上箱子,双手按在弧形的箱盖上。"真荒谬。人生苦短,及时行乐,这就是我的格言,就是我最大的追求。"

他似乎在思考。我屏住呼吸,那个念头再次冒了出来:现在该怎么办?然后他看着我,眼神里的促狭不见了,取而代之的是茫然。"好吧,肯威船长。你有资格去瞧一瞧。"

我笑了。

终于。

第五十二章

"阿德瓦勒,你能感觉到吗?"我们跟着漂泊者号,沿着巴西海岸前进的时候,我对他说,"我们距离庞大的财富只有咫尺之遥了。"

"除了吹进耳朵里的热风,我什么也感觉不到,船长。"他面朝着吹来的风,说着莫名其妙的话。

我看着他。我的心底再次涌起对他的钦佩,而这股感情几乎压倒了我。他可能曾数百次救我于危难,而且至少三次,他确实救了我的命。他是一个船长所能得到的最忠实、最坚定也最有天赋的军需官:他摆脱了奴役,却仍要遭受白棉布杰克那种无赖的嘲笑。就因为他的肤色,他们觉得自己比他高等。他曾克服生命加诸给他的种种磨难,而那些磨难只有曾被当作奴隶贩卖的人才能体会。他在寒鸦号上日复一日地支持着我,却从不要求额外的奖赏,他不想发大财,所求的无非是他应得的尊敬,足以度日的那份战利品,能够休息的地方,还有那位没鼻子的厨师做的饭菜。

我又是如何回报他的？

我只是一直在寻找观象台而已。

而且还会继续找下去。

"好啦，伙计。等我们拿到这份财宝，这辈子就不用愁了。我是说所有人。够我们花十辈子还不止。"

他点点头。"如您所愿。"

那时寒鸦号正航行在离漂泊者号不远的地方，我看向那边甲板，发现了他们的船长，而他也正好看向我。

"喂，罗伯茨！"我喊道，"我们准备抛锚了，回头在岸上见吧。"

"你被跟踪了，肯威船长。我好奇的是，他们跟踪多久了？"

我从阿德瓦勒手里夺过望远镜，爬上横索绳梯，挤开瞭望台里的瞭望手，然后举起望远镜。

"伙计，你觉得那是什么？"我对着瞭望手咆哮道。

他很年轻——和我刚刚登上帝王号时一般大。"那是条船，先生，但这边的海上有很多船，我不觉得它离我们的距离值得我发出警告。"

我收起望远镜，怒视着他。"你根本没动脑子，是不是？那边那条船不是别的船，小子，那是本杰明号。"

那小伙子脸色发白。

"噢，没错，本杰明号，船长就是那个本杰明·霍尼戈。他们还没接近我们，是因为他们根本不打算接近。"

我正要爬下绳梯，这时又迟疑了。我刚才观察本杰明号的时候，看到那条船的主桅杆顶端传来了镜片的反光。

"赶快，伙计，"我对瞭望手喊道，"发出警告，虽然已经晚了。"

"有船帆！"

我们的右舷是古巴海岸，本杰明号跟在我们后面。但此时我站在舵轮处，用力一转，舵轮发出吱吱嘎嘎的抱怨声，船上的水手纷纷抓住身边的东西，桅杆摇晃，船身朝着左舷倾斜，开始掉头。等到船身恢复平衡后，水手们在抱怨和呻吟声中去船桨处就位，我们收起船帆，开始靠人力径直划向本杰明号。你肯定预料不到的，对吧，本杰明？

"船长，考虑清楚你要做的事。"阿德瓦勒说。

"阿德瓦勒，你在发什么牢骚？现在是本·霍尼戈要来杀我们。"

"是啊，而且那个叛徒应该受死。可然后呢？你能肯定自己比他和他那些圣殿骑士同伙更有资格得到观象台吗？"

"不，我不能肯定，我也不在乎这个。但如果你有更好的主意，请务必告诉我。"

"忘了跟罗伯茨的合作吧。"他的话里带着突如其来的热情，这对一贯冷静的他来说相当少见，"告诉刺客组织，带他们来这儿，让他们去保护观象台。"

"噢，我会的。如果他们能给我开出个好价码的话。"

他厌恶地哼了一声，转身走开。

在我们前方，本杰明号开始转向——看起来，霍尼戈根本没有作战的胆量——我看到那边桅杆上的人收起了船帆。船桨从两旁现身，开始拍击海水，我们的两条船就像在进行划船比赛。很长一段时间里，我能听到的只有划手长的叫喊，船身的吱呀声，船桨拍打海水的哗啦声，而我站在寒鸦号的船首，霍尼戈站在本杰明号的船尾，就这样盯着彼此。

在这场竞速的期间，太阳沉落到地平线上，橙色的余晖最后闪耀了几下，随后夜幕降临，西北方向吹来一股风，将内陆的迷雾带了过来。本杰明号对风向的推测比我们更准确。我们只看到他们放下船帆，迅速拉开了距离。

又过了十五分钟，周围一片昏暗，迷雾朝着他们叫作"魔鬼脊椎"的古巴海岸线翻腾而去，那里的悬崖峭壁就像是巨兽的脊骨，月色为迷雾披上了鬼魅般的外衣。

"如果霍尼戈继续把我们拖进迷雾里，我们就要陷入苦战了。"阿德瓦勒警告我。

那正是霍尼戈的打算，但他犯了个错误，而对于他这样经验丰富的水手来说，这可是个巨大的失误。他的船在狂风驱赶下飞速前行。船身掠过开阔海面，随后沿着海岸线行驶，令魔鬼脊椎的沙滩化作一片雾气与沙尘的浓重阴霾。

"这阵风在摆布他们的船，就像摆弄玩具一样。"阿德瓦勒说。

接近那阵寒风后，我套上了袍子的兜帽。

"我们可以利用这阵风来拉近距离。"

他看着我。"如果我们没有被撞成碎片的话。"

现在他们再度卷起船帆，但本杰明号上的船员手脚不够快。他们在狂风中奋力挣扎。我看到他们的人企图收帆，却发现在这种情况下很难办到。有个人掉了下来，他的尖叫声甚至传到了我们这边。

本杰明号有麻烦了。它在逐渐波涛汹涌的海面浮动，狂风一次次地拍打风帆，不时让它改变前进的方向。它朝着魔鬼脊椎的沙滩上靠近。甲板上乱成了一锅粥。又有个人被风吹下了甲板。他们已经失去控制了。如今他们的生死掌握在老天爷的手里。

我站在艉楼甲板上，一只手稳住身子，又伸出另一只手，用手掌感受风势。我能感觉到贴着手臂的袖剑，知道它会在今夜过去之前尝到霍尼戈的血。

老兄，你真能做到吗？这是你发自内心的想法吗？

本杰明·霍尼戈，他教过我那么多关于大海的事。本杰明·霍尼戈，建立了拿骚的人，是我最重视的朋友爱德华·萨奇的导师，后来也教导过我。事实上，我不知道自己能否做到。

说实话，我更希望大海能吞没他，代我完成这件事。我答道："但我会做必须做的事。"

我的军需官。上帝保佑我的军需官。在命运之神得知本杰明号的命运之前，他就已经料到了。那条船的侧面撞上了高处的岸坡，就像是被风强行甩到岸上的那样，化作一片沙尘和雾气，而阿德瓦勒确保我们的船安然靠岸。

我们看着一个个人影从甲板滚落，只是在昏暗中显得模糊不清。我踏上艏楼甲板的舷缘，一手扶住船首横桅，然后照詹姆斯·基德教我的那样使用我的感官能力。在那些从甲板或是滑落到泥泞的沙堤上，或是滚落水中的身影里，我辨认出了本杰明·霍尼戈的轮廓。我回过头，说道："我很快就回来。"

随后我跳下了船。

第五十三章

我身后的寒鸦号上开始传来滑膛枪的射击声：我的船和搁浅的本杰明号之间一边倒的战斗开始了。我的感官恢复到了常人水准，但大声鼓励和咒骂船员的霍尼戈帮了我的忙。

"刚才的失误可真够严重的，伙计们。看在上帝的分上，要是我们能活过这一天，我非得剥了你们所有人的皮不可。站稳别动，准备好应对任何状况。"

我钻出笼罩附近沙堤的雾气，而他也违背了自己的说辞。他爬上沙堤斜坡的顶端，随后越了过去。

在这时，我的手下开始炮轰本杰明号四散逃窜的船员，而我发现自己也身处险境：炮弹开始倾泻在我周围的沙地上。最后其中一枚在本杰明身边炸开，接下来我只看到，他的身影在飞溅的血花和沙尘中消失于沙堤的另一侧。

我匆匆爬到沙堤顶端，想要见证他的命运。我为这番草率付出的代价是一把划过手臂的利刃,鲜血从伤口涌了出来。我以流畅的动作转过身、弹出袖剑,接着挡下他的下一击,刀剑交击,迸出火花。他这一击的力道让我滚下了沙堤,而他跳了下来,挥舞着弯刀。我用脚抵住他的身体,将他踢开,他的刀尖划开了我鼻子前方的空气。我翻滚了几下,又爬起身,匆忙跟在他身后,我们的刀剑再次交击。我们你来我往了几招,他剑术精湛,但毕竟受了伤,而我年轻力壮,又有复仇的欲望驱使着。于是我先后割伤了他的胳膊,他的手肘,他的肩膀——等到他没法站立,连剑都抬不起来的时候,我才给他致命的一击。

"你本可以成为代表真理的人。"濒死的他说道。他无力地吐出这些字来,牙齿也浸染了鲜血。"可如今的你已经成了嗜血的凶手。"

"噢,那也比你要好得多,本,"我告诉他,"你只是个叛徒,觉得自己比同伴要优越得多。"

"是啊,而且这是事实。拿骚失陷以后,你又做了什么?无非是谋杀和伤害而已。"

我不由得发起火来。"你不过是和我们曾经痛恨的人狼狈为奸而已!"

"不。"他说。他朝我伸出手,想要说服我,可我愤怒地拍开了他。"那些圣殿骑士不一样。我希望你能明白。但如果你继续眼下的这条路,你就会发现自己是孤单一人。绞架会是你的结局。"

"也许吧,"我说,"可如今世界上少了一条毒蛇,这对我来说就够了。"

他已经听不到了,他已经死了。

第五十四章

"海盗猎人死了吗?"巴塞洛缪·罗伯茨说。

我看着他:巴塞洛缪·罗伯茨,神秘莫测的圣贤,改行当海盗的木匠。这是他第一次去观象台吗?他为什么会让我跟着他?我有许许多多的疑问——我知道这些疑问永远也得不到答案。

我们来到了牙买加北岸的长湾。我到的时候,他正在给手枪上弹。然后他问出了那个问题,而我答道:"没错,是我亲手杀的。"

他点点头,继续擦拭他的手枪。我看着他,突然间一阵愤怒。"那么多人都在找这儿,可你为什么就能找到?"

他笑出了声。"我生下来就有对这儿的记忆。我想,那应该完全是另一个时代的记忆。就像……就像我已经度过的一次人生。"

我摇摇头,他的胡言乱语让我不胜其烦。

"该死的,老兄,说人话。"

"今天不行。"

是哪天都不行吧，我愤愤地想着。但还没等我回答，丛林里便传来一阵噪音。

是土著？说不定是寒鸦号和本杰明号刚才的交火惊动了他们。就在此时，霍尼戈剩下的船员正被押上寒鸦号，而我把这些事留给手下去处理——管好这些囚犯，我很快就会回来——然后独自前来，和巴塞洛缪·罗伯茨碰头。

他朝我打了个手势。"你先走，船长。前方这条路很危险。"

带着他的十来个手下，我们踏入丛林，在灌木丛中开出一条路来，朝着高处前进。我不禁思索：我现在是不是应该能看到观象台了？它难道不是建造在高山上的庞大建筑群吗？我们周围的山坡绿意盎然，到处是灌木和棕榈树。眼前所见皆是自然的造物，除非你把我们停泊在海湾的船也算在内。

我们才走了几百码的路，突然听到了树丛中传来的动静。有个东西闪电般地砸向我们队伍的侧面，罗伯茨的手下之一倒在地上，后脑勺上多了个血淋淋的窟窿。打中他的那东西消失的速度跟来时一样快。

惊恐在船员之间蔓延，他们抽出刀剑，从背后取下滑膛枪，或是从腰间拔出手枪。他们俯下身子，做好准备。

"这片土地的原住民打算跟我们干上一仗，爱德华。"罗伯茨轻声说着，双眼扫过周围的树丛——它恢复了平静，更将秘密隐藏其中。"你能去击退他们吗？有必要的话，杀了他们也行。"

我弹出了袖剑。

"等着我的好消息吧。"

说完，我俯下身子，钻进树丛，与丛林融合为一。

第五十五章

　　这些土著了解他们的土地，但我的做法完全出乎他们的意料。我选择了主动出击。我撞见的头一个人满脸惊讶，而正是他的惊讶铸就了他的毁灭。他只穿着一条破破烂烂的裤子，黑发系在头顶，手里的木棍上还沾着海盗的血，目瞪口呆地看着我。这些土著只是在保护自己的土地。所以当我的剑刃刺进他的肋骨之间时，我并不感到愉快，又祈祷他能迅速死去。但我还是杀死了他，然后继续前进。丛林开始回荡着尖叫声和枪声，而我找到了更多的土著，解决了更多的人命，最后等战斗结束，我才回到大部队那里。

　　在这场战斗中，我们损失八个人。大部分土著都死在我的剑下。

　　"他们是观象台的守护者。"巴塞洛缪·罗伯茨告诉我。

　　"他们这一族人在这儿生活多久了？"我问他。

　　"噢……至少有一千年了，也许更久。他们非常热情……也非常危险。"

我扫视他其余的手下，这些人眼睁睁地看着同伴接二连三地倒下，早已吓得魂不附体。接着我们继续前进，越攀越高，最后来到一面与鲜亮的丛林色调形成强烈反差的灰色石墙前：一座无比高大的建筑物耸立在我们面前。

那是观象台。

为什么我刚才没能看到？我心想。难道它能隐形不成？

"这么说就是这儿？"

"没错。这是个几乎算得上神圣的地方。它需要的只是我的一滴血……"

他的手里出现了一把小巧的匕首，然后割开了自己的拇指，其间目光不离我的双眼。然后他把流血的手指放进门边的一处凹口。门慢慢打开了。

我们六人面面相觑。只有巴塞洛缪·罗伯茨似乎自得其乐。

"在将近八万年之后，"他用杂耍艺人的语气说道，"这扇门终于打开了。"

他让到一旁，催促手下进门。紧张的船员们面面相觑，然后听从了他们船长的命令，开始朝门的方向走去……

接着，出于某些只有他知道的理由，罗伯茨杀死了全部四个手下。他用一只手将匕首刺进为首那人的眼睛里，然后推开他的尸体。与此同时，他拔出手枪，朝第二个人的脸上开了一枪。没等剩下两名船员反应过来，黑色准男爵就抽出了他的第二把手枪，以极近距离朝第三个人的胸口开了一枪。接着他拔出弯刀，刺穿了第四个人。

他最后杀死的就是把箱子搬到甲板上，期待得到罗伯茨的表扬的那个人。他发出仿佛窒息的怪声，而罗伯茨的动作定格了片刻，随后将弯刀完全刺入他的身体，又用力一绞。那个甲板水手绷紧身体，以

ASSASSIN'S CREED

Post Card

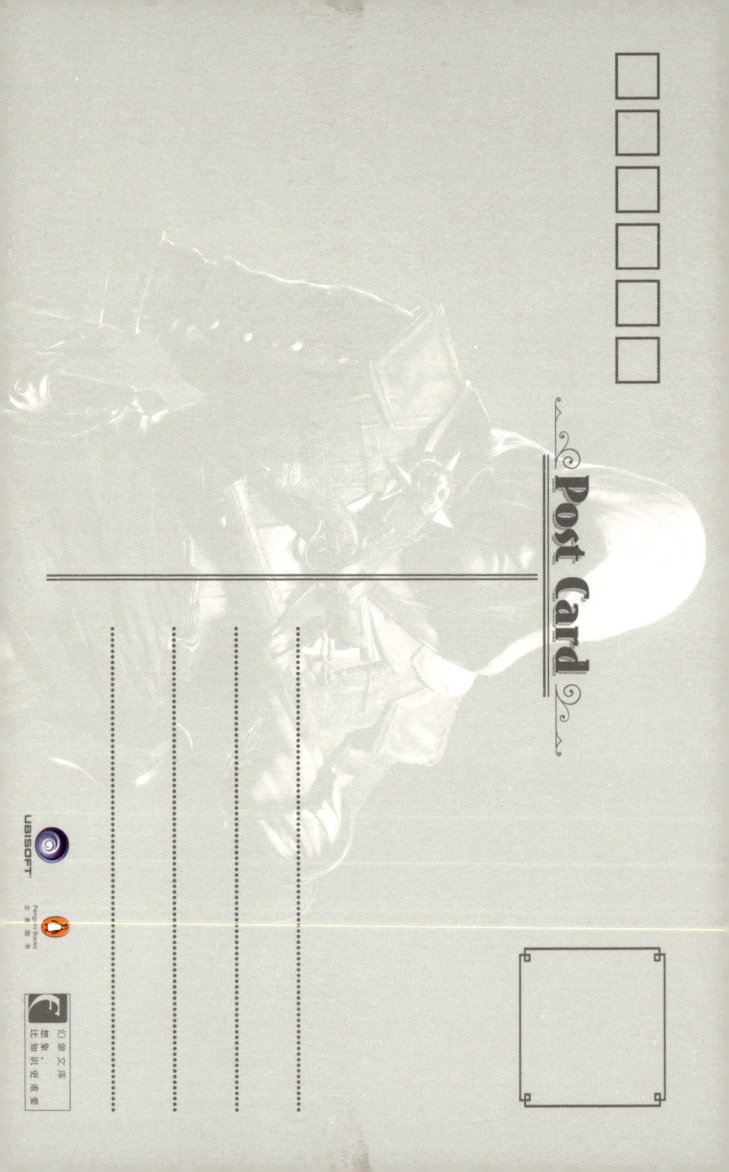

恳求和无法理解的眼神打量着他的船长,直到身体自刀刃滑下,重重地摔在地上,胸口又起伏了一两次,然后不再动弹。

太多的死亡。太多的死亡了。

"天啊,罗伯茨,你发疯了吗?"

他甩去弯刀上的鲜血,用手帕胡乱地擦拭了几下。

"恰恰相反,爱德华。等这些蠢货看到门里的东西以后,一定会发疯的。但我觉得,你并不是那么软弱的人。好了,把那口箱子搬到这边来。"

我照他说的做了,但我心里清楚,跟随罗伯茨是个坏主意。糟糕而又愚蠢的主意。但我无法阻止自己去这么做。我已经走得太远,没法回头了。

门里像是一座古代神庙。"又脏又破,"罗伯茨说,"跟我记忆中不太一样。不过那毕竟是八万年前的事了。"

我瞪了他一眼。又是胡言乱语。"别胡说了,这根本不可能。"

他回看我的眼神令人费解。"脚下小心,船长。"

我们沿着石头阶梯一路向下,穿过观象台的中央部分,来到一个大房间里。我动用起全身的感官能力,审视着这宽广的空间。

"这儿真美,不是吗?"罗伯茨小声说道。

"是啊,"我发现自己也不由自主地压低了声音,"就像童话故事,就像那些老旧的诗歌里面说的。"

"这个地方曾经有许多故事。故事变成了流言,流言又变成了传说。现实无可避免地转变为虚构,最后彻底失传。"

我们一起走进下一个房间,在我看来,"档案室"是它唯一合适的称呼:庞大的空间里摆放着成排的低矮架子,架子上放着成百只小巧的血液容器,就跟那只钱箱里的一样——就跟托雷斯用来取巴塞洛缪的血液的容器一样。

"又是血液容器。"

"没错。这些方块装着一支古老民族的血液。在那时,他们的成就令人赞叹。"

"伙计,你说得越多,我听懂的就越少。"我恼火地说。

"只需要记住一件事:这些容器里的血液对任何人都已经一文不值了。也许未来的某天人们会明白它们的价值,但在这个时代是不可能了。"

我们穿过这间位于地面之下的档案库,来到观象台的主会场。这儿的景色同样令人震惊。我们伫足片刻,伸长脖子,从这个庞大穹顶房间的一侧望向另一侧。

房间的一侧似乎有一处坑洞,下方深处传来哗啦的声音,代表不远处存在水源。房间的中央有一座高高的讲台,它的石头表面刻着某种复杂的花纹。就在罗伯茨要我放下箱子的同时,低沉的噪音响了起来。那是某种低沉的嗡鸣声,起先只是隐约可闻,但逐渐升高……

"那是什么?"我觉得仿佛得高声大喊才能听到自己的话,虽然事实并非如此。

"噢,没错,"罗伯茨说,"是防卫机制。稍等。"

我们周围的墙壁开始发出不断脉动的白光,显得既美丽,又令人不安。圣贤穿过房间,走向中央的那座讲台,将手按在讲台上的凹口里。那声音立刻小了下去,房间里恢复了寂静,只是墙壁仍在发光。

"这是个什么地方?"我对罗伯茨说。

"就把它当作一只巨大的望远镜吧。某种能够看到极远之处的装置。"

光芒。血液。然后又是这个"装置"。我的头开始发晕,而我所能做的只有站在那儿，目瞪口呆地看着罗伯茨老练地拿出一只血液容器——就好像这么做过几十次一样——然后举到光下，就像我们得到箱子的那天那样。

  他满意地朝面前的讲台俯下身，将装着血液的水晶方块放了进去。接下来发生了某些事，某些让我不敢相信的事：墙壁上的光芒泛起了涟漪，然后凝聚成了某些画面，一连串不透明的影像，就好像我正透过窗户看着什么东西，那是……

第五十六章

我看着的居然是"白棉布"杰克·拉克姆。

我又不是在看着他。不。感觉就像是我成为了他。就好像我在透过他的双眼去看。事实上,我是从他外套袖子的印第安衣料得知他的身份的。

他正在攀上老艾弗里酒馆前的阶梯。看到熟悉的景色,我的心不由得兴奋起来。只是那儿比从前更破旧,更荒废了……

这就意味着我看到的并非过去的景象。那不是我自身经历过的景象,因为我从未看到过如此缺乏修缮的老艾弗里酒馆。自从那场变故之后,我就再也没去过拿骚。

可是……可是……我正在看着那里的景象。

"这绝对是巫术。"我语无伦次地说。

"不。这是'白棉布'杰克·拉克姆……在此时此刻,在这个世界上的某处。"

"拿骚。"我像是在告诉他，又像是在告诉自己，"这些是眼下发生的事？我们在透过他的眼睛去看？"

"对。"罗伯茨说。

我不需要把目光转回影像上。它就这么摆在我面前。就好像我也参与其中，能够身临其境。从某种角度来说，的确如此，因为白棉布杰克转头的时候，画面也会随他移动。我看到他望向安妮·伯尼和詹姆斯·基德坐着的桌子。

他的目光久久地停留在安妮·伯尼身上。停留在安妮的某些部位上。那个肮脏的杂种。但接下来——噢，我的天——她也转过头来，回应了他的视线。我得说，那眼神只能以"含情脉脉"来形容。还记得我跟你说过，她对别人抛媚眼的样子吗？她对老杰克抛起媚眼来简直毫不吝惜。

活见鬼。他们在谈恋爱。

尽管发生了这么多事——尽管身在这座奇妙的观象台里——我却忍俊不禁：我想到了詹姆斯·伯尼，那个背信弃义的叛徒，这下戴了绿帽。白棉布杰克？噢，那个饭桶流放过我，我对他也没什么好感。不过他毕竟给了我们武器、弹药和口粮，而且没错，他能让安妮给他暖床，这的确值得钦佩。

这会儿，白棉布杰克正在聆听安妮和詹姆斯的交谈。

"我不知道，詹姆斯。"安妮在说，"我完全不懂得怎样驾驶船只。这可不是女人会干的活儿。"

他们究竟在盘算什么？

"胡说。我见过大把会收帆，又能卷绞盘的女人。"

"你能教我战斗吗？比如用弯刀？或许还有手枪的用法？"

"所有这些，还有别的那些东西，我都会教你。但你必须下定决心,并且付出努力。没有人能凭运气真正成功。"

这时白棉布杰克印证了我的猜想。他空洞的嗓音仿佛从石面上传来的回声。"嘿,小子,你调情的那个是我的女人。赶紧滚开,否则我就砍了你。"

"有胆量就来吧,拉克姆。你最不该叫我的就是'小子'……"

噢?我心想。詹姆斯·基德是要揭露自己的身份了吗?

詹姆斯把手伸进他/她的衬衣下面。白棉布杰克咆哮起来:"噢,是吗……小子?"

罗伯茨从这间观象室的控制台上拿起水晶方块,影像便消失得无影无踪。

我咬住嘴唇,想起了寒鸦号。阿德瓦勒不喜欢我们眼下的处境。他巴不得立刻扬帆离开。

在我回去之前,他是不会走的。

应该是这样吧?

此时房间里的光线又起了变化,我也将关于寒鸦号的想法全部抛诸脑后,因为罗伯茨说:"我们试试另一个。伍兹·罗杰斯总督。"接着,他把另一个水晶方块放进控制台上,新的画面随之出现。

我们正透过伍兹·罗杰斯的双眼去看。站在他身边的有托雷斯,还有不远处的鲨鱼。突然间,画面被血液容器的影像所占据——罗杰斯正在拿着它察看。

他在说:"您的主意很大胆。但我必须先考虑清楚。"

托雷斯的回答在观象室里回荡。

"你需要的只是向下议院提出一个简单的忠诚誓言。一个约定,一次表态,再进行一个简单的仪式,从手指上取一点点血液。仅此而已。"

耶稣基督啊。无论安妮和玛丽在盘算什么，都无法和这些相比。他们还在试图掌控这个血流不止的世界——"血流不止"用在这里再确切不过了。可要怎么办到呢？——通过英国议会。

这会儿罗杰斯开了口："大臣们也许会提出反对，但说服上议院的人应该很简单。他们就喜欢这种华而不实的东西。"

"完全没错。告诉他们，这是在向国王表示忠诚……宣誓对抗反叛的詹姆斯二世党人。"

"是啊，没错。"罗杰斯答道。

"血样才是关键。你必须从每个人身上采到一份血样。我们希望在找到观象台之前准备万全。"

"同意。"

罗伯茨从控制台上拿下那个水晶方块，看向了我，眼里带着得意。现在我们知道圣殿骑士团的计划了。不仅如此，我们还比他们快了一步。

影像消失不见，奇怪的光芒也回到了墙上，留下我暗自思索，这一切会不会是我想象出来的。在此期间，罗伯茨从控制台上拔出了什么东西，举到空中。那是只头骨。那些血液容器先前就是放在头骨里的。

"真是件宝贵的工具，不是吗？"

"这根本就是魔法。"我说。

"并非如此。所有给装置提供光源的机制都是实实在在的。没错，它很古老，但它既不反常，也不怪异。"

我怀疑地看着他，心里想着，你这是在自欺欺人，伙计。我决定还是别去追求这个话题了。

"有了它，我们就能成为大海的主人。"我说。我渴望用自己的手掌感受那只头骨的重量，于是朝他伸出手去。我看着他拿着头骨走过来，不由得一阵颤抖。可接下来，他并没有把头骨递给我。他收回手去，随后将头骨重重砸在我的脸上，让我的身体滚过观象台的地板，又越过坑洞的边缘。

我掉了下去，身体和石头不断碰撞，攀附在岩石表面的植被拍打着我，但我没法抓住它。我感到身侧一阵灼痛，紧接着便掉进了下面的水里。谢天谢地，我保持了镇定，及时转为俯冲的姿势。考虑到坑洞的深度，这种本能恐怕救了我的命。

但即便如此，我落入水中时也显得狼狈不堪。我一头撞进水里，挣扎起来。我吞了几口水，努力不让身侧的痛楚影响我的上浮。就在我钻出水面，大口喘息的时候，我的目光转向上方，只见罗伯茨正低头看着我。

"我的准则里可没有忠诚这一条，年轻人。"他嘲笑着我，话声在我们之间的空间里回荡。"你扮演了你的角色，但我们的合作关系到此结束。"

"你死定了，罗伯茨。"我想要朝他大吼，但力有不逮。我的声音虚弱无力，而且他已经离开，而我还得应付痛楚，以及想办法脱离险境。

我奋力游到旁边，才发现有根树枝刺进了我的身侧，鲜血把袍子染成了红色。我尖叫着把它拔了出来，丢得远远的，然后咬紧牙关，捂住伤口，感受着渗出指缝的鲜血。罗伯茨，你这杂种。你这杂种。

我紧紧捂住伤口，爬回观象台里，然后一瘸一拐、汗流浃背地回到海滩上。但就在我钻出丛林，踏上海滩的那一刻，面前的景象让我苦恼不已。寒鸦号——我钟爱的寒鸦号——已经离开了。只有漂泊者号停泊在岸边。

在海滩和海水相接之处，停着一只小艇，划手长和划手们静静地伫立在那儿，背对着大海，等待着他们的船长的到来：巴塞洛缪·罗伯茨就站在我前方的海滩上。

他蹲下了身子。他目光闪烁,露出那种毫无喜悦的古怪微笑。"噢……爱德华,你的寒鸦号已经启航了,是吗?这就是民主制度的美好之处……少数服从多数。啊,你可以跟我一起走,只不过你的火气这么大,我只怕你会把我们全都烧成灰。幸好我知道国王给你的脑袋开出了很高的价码,而我打算去领赏。"

痛楚让我无法忍受。我再也无法压抑,意识也渐渐远去。黑暗笼罩之前,我最后听到的是巴塞洛缪·罗伯茨的低声奚落。

"孩子,你见过牙买加监狱里的样子吗?见过吗?"

第四部分

第五十七章

半年的时间可以发生很多事。但在1720年11月之前的这半年里，再多的事也与我无关。我正在金斯敦的监牢里慢慢腐烂。当巴塞洛缪·罗伯茨成为加勒比海最令人闻风丧胆的海盗，指挥着以旗舰"皇家财富号"为首的四条船舰时，我则在监狱地板的铺盖上辗转难眠——牢房太小了，我连腿都伸不直。我挑出食物里的蛆虫，捏着鼻子把它们咽下肚。我喝着脏水，一面祈祷自己不会因此送命。我看着照进牢门铁栅间的灰色灯光，听着周围的喧闹：咒骂声、夜晚的尖叫声，还有从不止息的叮当声，就好像有什么人在什么地方日以继夜地用杯子敲打着铁栅。还有些时候，为了不让自己忘记活着的事实，我会听自己说话，我会咒骂自己的运气，咒骂罗伯茨，咒骂圣殿骑士团，咒骂我的手下……

我遭到了背叛：罗伯茨背叛了我，这并不意外，但背叛我的还有寒鸦号。不过在监狱里待久了以后，我开始以客观的角度去审视自己：我对观象台的痴迷让我忽略了自己手下的需要。于是我不再责怪他们抛下我的行为。我下定决心，如果有机会再见到他们，我会像对待兄弟那样向他们问好，说我并不怨恨他们，并向他们道歉。即便如此，寒鸦号抛下我扬帆远去的景象仍旧深深铭刻在我的脑海。

只是不会太久了。我的审判无疑即将到来——尽管我尚未听到消息。在审判之后，就是绞刑。

昨天他们就进行了一场绞刑。我是指绞死海盗。审判在西班牙镇举行，五个受审的人第二天就上了绞架。之后那天，他们在金斯敦又绞死了六个。

他们昨天绞死的海盗之一是"约翰·拉克姆船长"，也就是我们所知的白棉布杰克。

可怜的老杰克。他不是什么好人，但也不是坏透了的那种。还有比这更公正的评价吗？我希望他在上绞架之前能弄到足够的酒来喝，让他暖着身子上路。

重要的是，白棉布杰克的两位副官将于今天受审。事实上，他们还打算让我作为证人出庭，只不过没说是为被告方还是检举方做证。

你瞧，那两位副官正是安妮·伯尼和玛丽·里德。

这其中有一段故事。我在观象台见证了故事的开头：白棉布和安妮·伯尼成为了情人。杰克动用他的魅力，从詹姆斯——那只卑鄙的癞蛤蟆——的身边勾引走了安妮，随后带她去了海上。

她在船上打扮得像个男人，但女扮男装的水手并不只有她而已。玛丽·里德也上了船，仍然自称詹姆斯·基德，而且他们三个——白棉布杰克、安妮和玛丽——上的是同一条船。两个女人穿着男人的夹克衫和长裤，脖子上围着围巾。她们带着手枪和弯刀，显得和其他男性海盗同样可怕——而且更加危险，因为她们更想证明自己。

有那么一段时期，他们只在附近海域航行，抢掠经过的商船。直到今年早些时候，他们在新普罗维登斯岛中途逗留。那是1720年8月22号，拉克姆和他的手下——包括安妮和玛丽——从拿骚港抢走了一条名叫威廉号的单桅帆船。

罗杰斯当然清楚谁该对此负责。他颁布了公告，随后派出一艘装满手下的单桅帆船，去抓捕白棉布杰克那伙人。

白棉布杰克侥幸打退了那条船，而在他为此庆祝——也就是喝酒作乐——的间隙，他袭击了不少渔船和商船，还有一条纵帆船。

罗杰斯很不高兴。他派了第二条船去追捕杰克。

白棉布杰克根本不在乎，他将劫掠的范围向西扩展，一直到牙买加岛的西端。在那里，他遭遇了一位名叫巴内特的私掠船长的船，后者看准了这个机会，打算用杰克去领取赏金。

不用说，他们登上了杰克的船，杰克的手下纷纷投降——不过玛丽和安妮除外。根据我的听闻，杰克和他的手下整天饮酒作乐，巴尼特的手下进攻时，那些家伙不是喝醉了，就是人事不省。玛丽和安妮凶悍地咒骂着其他船员，一边用手枪和刀剑对抗敌人，但寡不敌众，最后所有人都被送进了西班牙镇的监狱。

我刚才说过了，他们已经审判完杰克，并将他绞死了。

现在轮到安妮和玛丽了。

感谢上帝，我这辈子没见过几次法庭——但即便如此，我也从没见过这样忙碌的法庭。我的看守领着我走上一段石阶，来到一扇装有门闩的门前，将门打开，把我推进旁听席，命令我坐下。我困惑地看了他们一眼。这是怎么回事？但他们没理睬我，就这么背靠墙壁站着，手里的滑膛枪上了弹，以防我趁机逃跑。

可在这儿怎么才逃得掉？我的双手铐着镣铐，旁听席的座位上也坐满了人：观众，证人……所有人来这里，都是为了目睹那两个臭名昭著的女海盗——安妮·伯尼和玛丽·里德。

她们一起站在法官面前，后者怒视着她们俩，敲了敲手里的木槌。

"先生，请再宣读一遍罪名。"他对执达官喊道，后者站起身，清了清嗓子。

"国王陛下的法庭主张，两位被告——玛丽·里德与安妮伯尼——以海盗的方式带着敌意攻击、占据并夺走了七艘渔船。"

在接下来那阵小小的骚动里，我感到有人坐到了我的身后。事实上，是两个人——但我没在意。

"其次，"执达官续道，"法庭主张这两位被告潜伏在公海上，袭击、炮轰并夺取了两条商用单桅帆船，更让两位船长及其船员面临生死攸关的处境。"

紧接着，我将法庭的事务抛到脑后，因为坐到我身后的那两人之一身子前倾，说起话来。

"爱德华·詹姆斯·肯威……"我立刻认出了伍兹·罗杰斯的声音，"出生于斯旺西，父亲是英格兰人，母亲是威尔士人。十八岁时娶了卡罗琳·斯考特小姐，如今关系疏远。"

我抬起镣铐，在座位里扭过身子。我那两位手持滑膛枪的守卫都没有动，但他们都谨慎地看着我。除了罗杰斯之外，还有举手投足都透出尊贵、在骚动的人群里镇定自若的劳利亚诺·托雷斯。但他们并不是为了狩猎海盗而来。他们为的是圣殿骑士团的事务。

"我听说她是个美人儿。"托雷斯向我点头致意。

"你们这些杂种，要是敢碰她……"我咆哮起来。

罗杰斯身子前倾。我感到有什么东西贴上了我的衬衣，于是低下头，看到他的枪口正抵着我的身侧。自从我在观象台的那次坠落后，我奇迹般地避免了破伤风和感染,但伤口始终没能彻底痊愈。当然了,他并不知道,他也不可能知道。但他的枪口还是捅到了我的伤处,让我不由得缩了缩身子。

"如果你知道观象台的位置,只要告诉我们,你立刻就可以离开。"罗杰斯说。

果然如此。这就是我始终没有尝到绞索滋味的原因。

"罗杰斯可以暂时拖着那些英格兰猎狗,"托雷斯说,"但如果你不肯合作,这就会是你的命运。"他指着审判席,法官正在发言,证人们则在讲述安妮和玛丽的种种可怕行径。

警告结束之后,托雷斯和罗杰斯站起身来。这时候,正好有位女性证人在描述自己受到两个女海盗袭击时的种种耸人听闻的细节。她发现了她们的女性身份,还说"从她们高高的乳房就能看出来",整个法庭顿时哄堂大笑。他们笑啊笑啊,一直到法官敲打木槌,要求肃静为止,那笑声甚至淹没了罗杰斯和托雷斯重重关门的声音。

在此期间,安妮和玛丽却一言不发。怎么回事?舌头被猫叼走了吗?在我的印象中,她们从来都不是沉默寡言的人,可此时的她们却像坟墓一般寂静。证人们添油加醋地说着,可她们却一次都没去纠正那些夸张的说法,当法庭宣判她们有罪时也一言不发。甚至当法官询问她们是否有不执行死刑的理由时,她们也什么都没说。

于是这位法官——他对这两位女士毫无了解,大概以为她们是那种沉默寡言的类型——宣布了判决:绞刑。

这时候——直到这时候——她们才开了口。

"大人,我们要为肚子里的孩子求情。"玛丽·里德打破了先前的沉默。

"什么?"法官脸色发白。

"我们怀孕了。"安妮·伯尼说。

旁听席上一阵骚动。

我很想知道,这两个孩子是否都是白棉布杰克的种。

"你不能吊死怀着孩子的女人,对吧?"安妮抬高嗓门说。

法庭上一片混乱。仿佛猜到了我的想法那样,守卫之一用滑膛枪的枪管碰了碰我的背脊。想都别想。

"肃静!肃静!"法官大喊道,"如果你们的说法是真的,那么处决就将延缓,但只到孩子降生为止。"

"那等你们下次来找我的时候,我就再怀上孩子!"安妮吼道。

那才是我记忆里的安妮,天使般的容貌,说起话来却像是最粗野的那种水手。她让法庭再次陷入骚乱,最后法官涨红着脸,敲了敲木槌,命令守卫将她们带走,审判也在混乱中告一段落。

第五十八章

"爱德华·肯威。还记得你曾威胁要割掉我的嘴唇,再喂给我自己吗?"

劳利亚诺·托雷斯的面孔从牢房门外的昏暗中浮现,又被窗户上的铁栏分成几部分。

"可我没有真的下手。"我提醒他。太久不说话,我的嗓音显得很是沙哑。

"你做得出来。"

的确。

"但我没那么做。"

他笑了。"真是海盗的典型恐吓手段:直截了当,一点也不拐弯抹角。罗杰斯,你说呢?"

他也在那儿。伍兹·罗杰斯,伟大的海盗猎人,正在我的牢房门外徘徊不去。

"所以你们才断了我的食物和水？"我哑着嗓子说。

"噢，"托雷斯笑出了声，"这只是小意思，手段还有得是呢。我们要知道观象台的位置。我们要知道你对霍尼戈做了什么。来吧，让你看看接下来有什么在等着你。守卫！"

两个人走了过来，正是那两个护送我去法庭的圣殿骑士走狗。托雷斯和罗杰斯离开后，他们给我戴上了手铐和脚镣。接下来，他们拖着我离开牢房，沿着走道，来到监狱的庭院里。我眨着眼睛，看着炽热的阳光，呼吸着几周以来的第一口新鲜空气。紧接着，我惊讶地发现自己走出了监狱的大门。

"你们要带我去哪儿？"我上气不接下气地说。太阳的光芒太刺眼了。我没法睁开眼睛，就好像眼皮给黏上了一样。

没人回答。我能听见金斯敦的喧嚣声。在我周围，人们过着和平常一样的生活。

"他们付你们多少钱？"我勉强开口道，"无论多大的数目，只要你们放我走，我就加倍付给你们。"

他们停了下来。

"好心人，好心人，"我喃喃道，"我会让你们发财的。只要把我……"

一只拳头狠狠打中了我的脸，打破了我的嘴唇，让我的鼻子流出血来。我连连咳嗽，又呻吟起来。就在我仰起头的时候，一张脸凑了过来。

"闭。嘴。"

我眨眨眼，努力看清他，努力记住他的长相。

"我会报仇的。"我低声说道。我的嘴角流出了血，但也可能是唾液。"记住我的话，伙计。"

"闭嘴，要不下次我就动刀子了。"

我笑了起来。"你真能胡扯，伙计。你的主子想要我活命。如果你杀了我，就轮到你去蹲牢房了。说不定还会更糟。"

透过痛苦、鲜血和刺眼的阳光，我看到他的脸色阴沉下来。"我们走着瞧吧，"他恶狠狠地说，"我们走着瞧吧。"

我们继续前行，而我吐出几口血沫，努力维持头脑清醒，但始终没能成功。最后我们来到了一段像是阶梯的东西面前。我听到了托雷斯和罗杰斯微弱的话声，随后头顶传来一声"吱呀"，可我抬起下巴，向上看去的时候，才发现这儿是个示众架。走狗之一爬上阶梯，打开了锁，示众架发出一阵生锈金属的摩擦声。我感到炽热的阳光直射着我。我会死在这儿。死在阳光下。

我试图说些什么，解释说我快被烤干了，就要被太阳晒死了，而这么一来——如果我真的死掉——他们就永远没法得知观象台的位置了。只有黑色准男爵知道，想到黑色准男爵掌控着它的全部力量，我就不禁心惊胆战。

他正在使用那股力量，不是吗？所以他才能如此成功。

我没机会说出这句话了，因为他们把我锁在示众架上，将接下来的事交给了太阳，让它把我活活烤死。

第五十九章

日落时分，我的两位朋友才来接我回牢房。我幸存的奖赏是放在牢房地板上的一碗水，除了抹在开裂的嘴唇和阳光晒出的水泡上以外，其余的也只够让我活下去而已。

罗杰斯和托雷斯来了。"它在哪儿？观象台在哪儿？"他们追问我。

我裂开干枯的嘴唇，对他们笑笑，但一言不发。

他在大肆抢劫你们，对不对？我指的是罗伯茨。他在摧毁你们所有的计划。

"你明天还想去那儿吗？"

"当然，"我轻声说道，"当然。我很愿意呼吸新鲜空气。"

不是每天。有些日子，我留在牢房里。有些日子，他们只会把我锁在示众架上几个钟头。

"它在哪儿？观象台在哪儿？"

有些日子，他们会让我一直待到晚上。但太阳下山以后，感觉就没那么糟了。我全身无力地卡在示众架里,全身的肌肉和骨骼都在发出痛苦的尖叫:干渴和饥饿仍在将我推向死亡,我被晒伤的皮肤也火辣辣地疼。不过还是好很多了。至少太阳已经下山了。

"它在哪儿?观象台在哪儿?"

每过一天,他惹出的麻烦就会更大,不是吗?你们浪费的每一天,都会让黑色准男爵对圣殿骑士的胜算更大。至少这点可以肯定。

"你明天还想去那儿吗?"

"当然。"

我不太确定自己还能不能撑过下一天。但不知为什么,我相信他们不会杀我。我相信自己的决心比他们更强。我相信自己内心的强大。

后来的某天,我又佝偻身子,无力地蜷缩在示众架里。夜幕再次降临,我听着守卫们嘲笑我,听他们对白棉布杰克的遭遇幸灾乐祸,又听说查尔斯·维恩被抓住了。

查尔斯·维恩,我心想,查尔斯·维恩……我还记得他。他想杀我。还是说我想杀他?

然后是一场短暂而激烈的搏斗,有人倒在地上,发出模糊的呻吟。随后传来一个声音。

"早上好,肯威船长。我有份礼物要送给你。"

我非常、非常缓慢地睁开双眼。在我脚下的地面上,在暗淡的余晖中,躺着两具尸体。我的朋友们,那两个圣殿骑士的走狗,他们的喉咙都被人割开,伤口仿佛两张微笑着的、血淋淋的嘴。

蹲伏在他们身边,在他们的束腰外衣里摸索着示众架钥匙的,是那位刺客安·塔拜。

我还以为自己不会再见到他了。毕竟,刺客安·塔拜并不是爱德华·肯威的热情支持者。在我看来,他割开我的喉咙和救我离开的可能性一样大。

幸运的是,他选择了救我离开。

但——"别误解我的目的。"他说着,爬上阶梯,找到了能够开锁的那把钥匙,还好心地接住了无力地瘫倒下去的我。他手里拿着个鼓鼓囊囊的皮革水袋,把袋口举到我的嘴边。我大口喝着,解脱和感激的泪水流下我的脸颊。

"我是为安妮和玛丽而来的,"他说着,扶着我走下阶梯,"我并不欠你人情。但如果你愿意帮助我,我就答应带你安全离开。"

我躺倒在地上,而安·塔拜等着我恢复力气,又把皮革水袋递给了我。

"我需要武器。"几分钟以后,我说。

他笑了笑,递给我一把袖剑。对他这样的刺客来说,把袖剑给我这样的外人可不是什么简单的事。就在我蹲起身子,将袖剑系在手臂上的时候,我意识到他对我很重视。这个念头让我有了力气。

我站起身,弹出剑刃,挥舞了几下,然后收了回去。是时候了——是时候去把安妮和玛丽救出来了。

第六十章

安·塔拜说他要去分散守卫的注意力。在此期间,由我去寻找那两个女人。很好。我知道她们被关在哪儿,不久后,趁着他引发的第一次爆炸造成的混乱,我溜进监狱,朝她们的牢房走去。

随着我逐渐接近,尖叫声传入我的耳中,还有我绝对不会认错的安妮·伯尼的声音。

"看在上帝的分上,帮帮她。去找人帮忙。玛丽病了。拜托,谁来帮帮她。"

作为回应,我听到了看守试图让她闭嘴的声音:他们用枪托重重地敲打她牢房的门。

安妮非但没有闭嘴,反而朝他们尖叫起来。

"她病了!拜托,她病了!"安妮尖声道,"她快死了!"

"她是个快死的海盗,这就是你们的区别。"守卫之一说。

我开始奔跑,心脏狂跳,我的身侧又痛了起来,但我没去理会。

我绕过转角，一手按着冰凉的石墙，在平复呼吸的同时弹出了袖剑。

安·塔拜制造的爆炸和安妮的尖叫早已让守卫们心慌意乱。头一个守卫转过身，举起了枪，但我的袖剑自下而上，刺进了他的肋骨之间，随后抓住他的后脑勺，剑刃也同时刺进了他的心脏。他的同伴听到尸体撞上石墙的声音，转过身来，瞪大了双眼。他伸手去拿他的手枪，但我在他握住枪柄之前就冲到了他前面，我大喊一声，袖剑向下刺去，深深埋进了他的身体。

愚蠢之举。我的身体并不允许我做出这么激烈的动作。

我立刻感觉到了身侧的灼痛。感觉就像伤口烧了起来，火势更向着我的全身蔓延。那个守卫挣扎起来，带着刺进他身体的袖剑和我一起倒在地上，我摔得很重，但及时抽出了剑刃，然后就地一滚，准备迎上最后一个守卫的攻击……

感谢上帝。安·塔拜出现在我的右侧，他也弹出了袖剑。片刻之后，最后一名守卫便倒地死去。

我感激地看了他一眼，然后我们将目光转向牢房——转向尖叫声的来源。

那是两件并排的牢房。安妮站了起来，绝望的面孔贴在铁栅之间。

"玛丽，"她语带恳求，"去照顾玛丽。"

我立刻照做了。我从守卫之一的腰带上取下钥匙，打开了玛丽的牢门。在牢房里，她正以双手充当枕头，睡在低矮肮脏的小床上。她的胸口微弱地起伏，却睁着双眼，空洞地注视着墙壁。

"玛丽，"我朝她弯下腰去，轻声说道，"是我，爱德华。"

她发出刺耳的呼吸声。她的目光停留在远处，眨着眼睛，双眼却没有焦点。她穿着裙子，但牢房里很冷，也没有可以遮住身体的毛毯。没有水来滋润她开裂的嘴唇。她的额头满是汗珠，触手滚烫。

"孩子在哪儿?"我问她。

"被他们带走了。"另一边的安妮说。那些杂种。我攥紧了拳头。

"我们不知道她去了哪儿。"安妮说着,突然痛哭起来。

老天啊。真是时候。

好吧,该走了。

我尽可能轻柔地扶着玛丽坐起,然后架着她的胳膊站了起来。我自己的伤口隐隐作痛,但玛丽开始失声痛哭,我只能想象她所遭受的种种痛苦。在分娩之后,她需要休息。她的身体需要时间来复元。

"靠在我身上,玛丽,"我对她说,"来吧。"

某处传来守卫的叫喊声,而且越来越近。安·塔拜的干扰手段起了作用,它给了我们必要的时间,但此时,敌人已经恢复了镇定。

"搜索每间牢房!"我听到有人在说。我们开始沿着走廊蹒跚地走向庭院,安·塔拜和安妮走在前头。

玛丽的身体很重,我又因为在示众架上受的折磨而虚弱无力,还有我身侧的伤——基督啊,好痛——伤口肯定开裂了,因为痛楚变得更加强烈,而我感到温热的血液正流向裤子的束腰带。

"拜托,帮帮我,玛丽。"我向她乞求,但她的身体却松弛下去,仿佛失去了斗志——她烧得太厉害了。

"停下。拜托。"她开口道。她的呼吸变得更加混乱。她的脑袋左右晃动。她的膝盖似乎失去了力气,跪坐在走廊的石板地面上。前方的安·塔拜正在帮助安妮,后者用双手捂着自己隆起的腹部,他们催促我继续前进,因为有更多的叫喊声从我们身后传来,更多的守卫正在赶来。

"这儿是空的!"有人喊道。这么说他们已经发现了逃狱的人是谁。我听到了更多飞奔的脚步声。

安·塔拜和安妮站在通向庭院的门口。黑暗的方形庭院在月光下蒙上了一层灰色，夜晚的空气也涌进了走廊。

守卫追赶在后。在我们前方，安·塔拜和安妮已经穿过了庭院，来到了监狱的正门处。刺客出其不意地攻击了一名守卫，让他顺着墙壁缓缓地倒下，然后死去。安妮尖叫起来，他们匆忙穿过监狱的边门，来到被安·塔拜的爆炸火光映照成橙黄的夜色之下。

玛丽走不动了，一步也走不动了。我龇牙咧嘴地弯下腰，扶起她来，感受着身侧再次传来的剧痛，就好像我的旧伤口无法承受这多余的重量。

"玛丽……"

我没法再带她前进，只能把她放平在庭院的石板上。四面八方传来靴子踩踏地面的声音，以及守卫们的叫喊。

好吧，我心想，让他们来吧。我会站在这里，和他们厮杀。反正死在哪儿也一样是死。

她抬头看我，双眼有了焦点，她努力挤出一个笑容，但痛楚很快让她的身体抽搐起来。

"别为我而死，"她勉力开口，"去吧。"

"不。"我说。

她说得对。

我放下了她，努力让她在石头上躺得舒服些。我开口的时候，感觉话语格外滞涩。"见鬼。你本该比我活得长的。"

她露出鬼魅般的微笑。"我已经做完了该做的事。你呢？"

她的身影化作了千百个，就像我正透过钻石去看她一样。我拭去眼里的泪水。

"如果你跟我走的话，我会的。"我劝说道。

她一言不发。

不，拜托。别走。你别走。

"玛丽……？"

她努力想对我说些什么。我把耳朵贴到她的唇边。

"我会与你同在，肯威。"她轻声说道。她最后的呼吸温暖了我的耳朵。"我会的。"

她死了。

我站起身。我低头看着玛丽·里德，知道自己以后会有时间去悼念她，悼念这样一个了不起的人，或许是我所知的人里最了不起的。但此时此刻，我只能想到那些英格兰守卫夺走了这个好女人的孩子，又让她带着伤痛和高烧待在牢房里。甚至没有御寒的毛毯，没有润口的水。

我听到第一个守卫在我身后冲进了庭院。在逃脱之前，我还来得及小小地复仇一番。

我弹出袖剑，向他冲去……

第六十一章

这么说吧：我后来喝了不少的酒。借着酒劲，我看到了一些人，一些属于过去的人：卡罗琳，伍兹·罗杰斯，巴塞洛缪·罗伯茨。

还有鬼魂：白棉布杰克，查尔斯·维恩，本杰明·霍尼戈，爱德华·萨奇。

以及玛丽·里德。

终于，在这场久到让我忘记了时间的放纵之后，我的救星阿德瓦勒来了。他在金斯敦的海滩上出现在我面前，我起初还以为他只是另一个鬼魂，是我看到的幻觉。我以为它是来嘲笑我的。是来提醒我过去的种种失败的。

"肯威船长，你看起来就像一碗葡萄干布丁。"

一定是幻觉。是鬼魂。是我可怜的、宿醉的大脑对我的恶作剧。噢，既然说到这个了，我的酒瓶去哪儿了？

直到他朝我伸出手，而我也伸出手去，以为他的手指会化作轻烟消失无踪,可我错了。他的手硬得就像木头,也像木头那样可靠,而且实实在在。

我坐起身来。"老天啊,我都宿醉十来天了……"

阿德拉着我起身。"站起来。"

我站在那儿,揉搓着我可怜的、隐隐抽痛的脑袋。"是你让我陷入了困境,阿德瓦勒。你把我抛弃在那儿,现在我看到你,本该觉得生气才对,"我看着他,"但基本上,我真他妈高兴。"

"我也一样,兄弟,而且还有件事会让你高兴:你的寒鸦号仍然完好无损。"

他扶着我的肩膀,指向海洋,也许是酒让我变得多愁善感了,但再看到寒鸦号,我不由得双眼含泪。水手们站在舷缘,爬在索具上,从船尾炮口里探出头来,每个人都看着海滩这边,看着我和阿德瓦勒站着的地方。他们来了,我这么想着,有滴泪水流下我的脸颊,而我用袍子的衣袖拭去——这是安·塔拜分别时送我的礼物,虽然我从那以后做的事没怎么给他们增光。

"我们要出海了吗?"我问他。可阿德瓦勒已经转过身,朝着内陆的方向走去。

"你要走了?"我在他身后喊道。

"是啊,爱德华。我在别处还有使命未尽。"

"可是……"

"等你的心灵和头脑都做好准备,就去找刺客组织吧。我想到那时,你应该就能理解他们了。"

于是我听取了他的建议。我让寒鸦号去了图卢姆,回到我最初和安·塔拜见面的地方。到了那儿以后,我把船员们留在寒鸦号上,自己去寻找安·塔拜，看到的却是袭击之后的惨状，我走进冒出浓烟、尚未彻底熄灭的刺客村庄，发现阿德瓦勒也在那儿。也就是说，这儿就是他的使命所在。

"基督啊，阿德瓦勒，这儿究竟出了什么事？"

"因为你，爱德华。你在六年前造成的破坏并没有消除。"

我发起抖来。这就是原因。我卖给圣殿骑士团的那些地图至今仍在影响刺客组织的安危。

我看着他。

"你觉得我不配做你的朋友，是吗？所以你才会到这儿来？"

"爱德华，我很难和只重视私利和个人荣誉的人并肩战斗。我只是觉得刺客组织——以及他们的信条——更值得尊敬而已。"

这就是原因。玛丽·里德和安·塔拜的那些话没能打动我，可阿德瓦勒却一直在细心聆听。我真希望自己也能和他一样。

"我这么做是否很不公平？"他问我。

我摇摇头。"好些年来，我一直在四处闯荡，拿走我想要的任何东西，却毫不在意自己伤害了谁。看看现在的我……有了财富和名声，却半点也不比离家时更明智。当我转过身，回头看看自己走过的路……只发现我爱过的所有人都离开了我。"

有个声音响了起来。是安·塔拜。"还有时间补救，肯威船长。"

我看着他。"玛丽……她死前要我去做些好事，去解决我留下的烂摊子。你能帮助我吗？"

安·塔拜点点头。他和阿德瓦勒转过身，走进了村子。

"玛丽很欣赏你，爱德华，"安·塔拜告诉我，"她觉得你很有潜力，希望你在某天能和我们并肩战斗。"他顿了顿，又说："你是如何看待我们的信条的？"

我们都清楚，换作六年前——基督啊，甚至是一年前——我肯定会对他们的信条嗤之以鼻，并称其为愚蠢。但现在，我的答案不同了。

"很难说。因为如果万事皆虚，那又为什么要去相信？如果万事皆允……那又为什么不去追求所有的欲望？"

"是啊，为什么呢？"安·塔拜露出神秘的笑容。

我的思绪开始在脑海里碰撞：我的大脑为新的可能性而欢唱。

"也许这个概念只是智慧的雏形，而非其最终的模样。"

"和我多年前遇见的那个爱德华相比，你真是迈进了一大步，"安·塔拜满意地点着头说，"爱德华，这儿欢迎你。"

谢过他之后，我又问："安妮的孩子怎样了？"

他摇摇头，垂下目光，这个动作已经说明了一切。"她很坚强，但她并不是铁打的。"

我想象着她在威廉号的甲板上，痛骂其他水手是懦夫的画面。据说她还朝那些藏在甲板下面的懦夫开过枪。我相信这是真的。我能想象出她那天威风凛凛、令人望而生畏的样子。

我走到她身边，坐了下来，目光越过树梢，看向大海。她抱着自己的双腿，苍白的脸微笑着转向我。

"爱德华。"她向我打着招呼。

"节哀顺变吧。"我说。

如今的我开始了解那种感受，而且每过一天，体会都会更深。

"如果我留在监狱里，他们会把孩子带走，"她面对着风吹来的方向，叹了口气，"我的孩子就能活下来。也许这是上帝在告诉我，我做出过那样的事，因此不配当个母亲。因为我说脏话，喝酒，还跟人打打杀杀。"

"没错，你是个斗士。在监狱里，我听说过臭名昭著的安妮·伯尼和玛丽·里德的故事,他们说你们虽然只有两人,但面对英国海军毫不退让。"

她先是大笑,随后又转为叹息。"这是真的。要不是杰克和他那些人喝得不省人事,我们原本是能赢的。噢……爱德华……所有人都不在了,对吧?玛丽。拉克姆。萨奇。还有其他人。我想他们,不管他们有多粗鲁。你也有这种感觉吗?就好像心里空荡荡的?"

"我也一样,"我说,"该死的,我也一样。"

我想起玛丽曾经把她的手按在我的膝盖上,于是我也这么对安妮做了。她盯着我的手看了片刻,知道这个动作既代表邀请,也代表安慰。于是她按住我的手,头靠在我的胸口,我们就这样待了一会儿。

我们都没说话。没这个必要。

第六十二章

1721 年 4 月

现在是时候纠正错误了。是时候收拾残局,为我做过的错事负责了。

是时候开始我的复仇,开始为刺客组织履行刺杀契约了:罗杰斯、托雷斯,还有罗伯茨。他们非死不可。

我站在寒鸦号的甲板上,阿德瓦勒和安·塔拜在我身旁。"我很熟悉这些目标的长相。但我该上哪儿去找他们?"

"我们在每座城市都有探子和线人,"安·塔拜说,"到我们的分部去,那里的刺客会为你指路的。"

"这方法只对托雷斯和罗杰斯适用,"我告诉他,"但巴塞洛缪·罗伯茨不会靠近任何一座城市。也许要花上几个月才能找到他。"

"也许是几年,"安·塔拜赞同道,"但你是个有天赋和才能的人,肯威船长。我相信你会找到他的。"

阿德瓦勒看着我。"如果你手足无措，尽管向你的军需官求助就好。"他笑着说。

我点头表示感谢，然后攀上艉楼甲板，而安·塔拜和阿德瓦勒则顺着绳梯爬到了那条靠着船身的小艇上。

"军需官，"我说，"我们目前的航线是？"

她转过身。海盗装束让她显得光彩照人。

"向西，船长，如果我们要去的还是金斯敦的话。"

"还是那儿，伯尼小姐，还是那儿。下命令吧。"

"起锚出发，伙计们！"她满面春风地喊道，"我们要去牙买加岛！"

首先是罗杰斯。在金斯敦的分部，我打听到了他的所在：他会在当晚出席镇上的政治集会。他今晚之后的动向就难以确定了，所以无论我是否愿意，都必须在今晚动手。

接下来，我要做的就是确定方法。我决定伪装成来访的外交官鲁杰洛·费拉罗。离开之前，我从袍子里拿出一封信，交给了分部的负责人，信上写着"布里斯托尔霍金斯巷，卡罗琳·斯考特·肯威收"。在信里我问她是否平安健康，内容满是期待，又充斥着担忧。

当天晚些时候，我找到了我要找的那个人：鲁杰洛·费拉罗。我迅速解决了他，取走了他的衣物，和其他人一起前往会场，顺利进入。

我不由得想起自己扮成邓肯·沃波尔，初次造访托雷斯宅邸时的情景。那时的我满心敬畏，觉得自己肤浅粗俗，却一心想寻找发财的捷径。

现在的我也在寻找。我寻找的是伍兹·罗杰斯。财富不再是我最关心的事。我现在是个刺客了。

"你是费拉罗先生吧?"有个漂亮的女性宾客说,"我真的很喜欢你这身打扮。如此典雅,如此鲜艳。"

谢谢您,女士,谢谢您。我朝她深鞠一躬——希望这符合意大利人的礼节。她也许是很漂亮,但眼下我人生中的女性已经够多了。卡罗琳在家中等着我,更别提我对安妮的那种……特别的感觉了。

就在我刚刚发现,我只知道意大利语的谢谢是"grazie"的时候,伍兹·罗杰斯开始了演说。

"女士们、先生们,请为我作为巴哈马总督的短暂任期而举杯!因为在我的监督下,至少三百名公认的海盗接受了国王的赦免,宣誓对王家效忠。"

他的脸上浮现出苦涩而嘲弄的笑容。

"可尽管我如此成功,国王陛下却决定解雇我,并要求我返回英格兰。真是太好了!"

最后那几个字显得暴躁而愤恨,他的来宾肯定都不知所措了。在拿骚的那段日子里,他分发宗教传单,试图劝说新普罗维登斯那些快乐的海盗改正从前酗酒嫖妓的恶行,所以他恐怕不擅长喝酒,此时正在他自己的派对上摇摇晃晃地走着,朝所有不幸没能避开他的人大声诉苦。

"为那些趾高气昂地统治着世界的无知蠢货欢呼吧!万岁!"

他继续抱怨着,我看到另一个宾客面露苦相。"看在上帝的分上,我制服了拿骚的那些暴徒,可我得到却是这样的感谢。难以置信。"

我跟着他绕过房间,始终避开他的视线,一路上跟其他宾客相互问好。我至少鞠了上百次躬,喃喃地说了上百声"grazie"。直到最后,罗杰斯似乎耗尽了他的朋友们的善意,因为当他在大厅里再次转悠起来的时候，却发现越来越多的人背对着他。他发现自己孤立无援。他扫视周围，只看到他从前的朋友们都在谈着更有趣的事。有那么一瞬间，我看到了从前那个伍兹·罗杰斯，因为他镇定下来，挺直背脊，抬起下巴，打算去呼吸新鲜空气。我知道他要去哪儿，恐怕比他自己知道得还要早，因此提前去阳台上等着他并不是什么难事。然后，等他来到阳台上，我便将袖剑和弯刀刺进了他的肩膀和脖子，一只手捂住他的嘴巴，阻止他叫出声来，随后将他放到阳台的地板上，让他靠着栏杆坐在那儿。

对他来说，一切都发生得太快了。他来不及反击，甚至来不及惊讶，只是努力用满是醉意和痛苦的双眼看着我。

"你曾经是个私掠船长，"我对他说，"对于那些用自己的方式谋生的水手，你为什么会如此轻视？"

他看着我的刀刃刺进身体的位置。我并没有立刻拔出刀剑——这是他仍然活着的唯一原因，等我拔出刀剑的同时，他的动脉就会断开，阳台上会洒满他的鲜血，而他也会迅速死去。

"你不可能理解我的动机，"他露出讽刺的笑，"你这一生都在摧毁让我们的文明增光添彩的那些事物。"

"但我明白，"我反驳道，"我见过观象台，我也了解它的力量。你们会用那个装置去窥探。你们圣殿骑士会用它去窥探，去勒索和破坏。"

他点点头，但这个动作也带来了痛苦：鲜血浸透了他的衬衣和夹克。"没错，但一切都是为了更崇高的目的。为了确保正义，为了消灭谎言，寻求真实。"

"在这个世界上，没有人需要那样的力量。"

"可你却把它交给了那个无法无天的罗伯茨……"

我摇摇头，纠正了他的看法。"不。我会夺回它的，如果你把他的所在告诉我，我就会去阻止罗伯茨。"

"非洲。"他说。随后我拔出了刀剑。

鲜血从他的脖子上泉涌而出，他的身体软软地靠着栏杆，在濒死之际风度尽失。他和我多年前在托雷斯宅邸遇见的那个人真是天差地别：那时的他野心勃勃，握手时坚定有力，一如他的决心；而如今，他死在我的刀剑之下，死于醉酒后的恍惚中，只剩下苦涩和破灭的梦想。尽管他驱逐了拿骚的海盗，却没有得到完成工作所必须的支持。英国人不再重视他。他重建拿骚的希望化为了泡影。

血液在我身边的地上汇成血泊，我只能挪动双脚来避开。他的胸口缓缓起伏。他眯着眼睛，呼吸变得毫无规律，生命正从他体内渐渐流失。

然后我的身后传来一声尖叫，我在震惊中转过身，看到了一个女人，她上好的衣服料子与行为形成鲜明的反差，正一手捂住嘴巴，瞪大惊恐的双眼。接下来是匆忙的脚步声，更多人影出现在阳台上。没有人敢上前攻击我，但也没人退后。他们只是看着。

我咒骂一声，起身跃向扶手。在我的左边，阳台上挤满了宾客。

"为了信仰。"我告诉他们，然后伸展双臂，跳了下去。

第六十三章

1722 年 2 月

于是我去了非洲，黑色准男爵正在那儿跟英国人玩捉迷藏——他如今已是加勒比海最可怕也最臭名昭著的海盗了。当然了，我知道他是怎么办到的。观象头骨在他手里，而且他一直在使用——用它来预知所有针对他的动向。

就在我指挥寒鸦号寻找他的时候，罗伯茨则在抢夺法国船只，再把它们开到塞拉利昂的海岸去。他仍然将皇家财富号作为旗舰，而且继续沿着非洲的东南海岸航行：一路上袭击、洗劫和抢掠，不断改造他的船舰，加强火力，让自己变得比之前更强大也更可怕。

在上个月，我们偶然见到了他那些骇人行径的证据。我们看到的并非战斗后的场面，而是一场大屠杀：罗伯茨指挥的皇家财富号攻击了停泊在维达港的十二条船。其他的船纷纷投降，只有一条名叫箭猪号的英国奴隶船除外，而且他们还拒绝放下武器，这让罗伯茨怒不可遏，于是他命令自己的船和对方接舷，然后放了一把火。

他的手下带着柏油涌上那条船的甲板，放起火来，而箭猪号上的奴隶们还在船上，被脚镣锁在下层甲板那里。那些跳船逃命的人都被鲨鱼撕成了碎片，其余的或是活活烧死，或是淹死。真是可怕的死法。

等我们赶到时，海上漂满了残骸。浓烈的黑烟包裹了周围海域，而在海面闷燃、几乎沉入水下的，正是箭猪号燃烧殆尽的船壳。

我们厌恶地看着这一幕，跟着罗伯茨向更南边航行，随后到了普林西比岛。他把船停泊在那儿的海湾里，带上一队人上岸扎营，收集补给。

我们等待着。等到夜幕降临时，我命令寒鸦号等上一个钟头，随后再攻击皇家财富号。接下来，我乘坐划艇上了岸，拉上袍子的兜帽，循着远处的叫喊声和歌声朝内陆方向前进。靠近一些以后，我嗅到了营火的气味，我蹲下身子，透过灌木丛看到了营火柔和的光芒。

我不打算俘虏他们，于是我用了榴弹。他们的船长以不留活口而著称，我也一样，就在营地传来爆炸、尖叫和呛人的浓烟时，我也弹出袖剑，拔出手枪，跑到了营地中央。

战斗很短暂，因为我下手毫不留情。我不在乎有些人还在睡觉，有些人赤身裸体，而且大部分人都手无寸铁。死在我剑下的，或许就有那些往箭猪号的甲板上洒焦油的人。希望如此。

罗伯茨并没有起身与我对抗。他抓起一支火炬，拔腿就跑。营地里惨叫声此起彼伏，但我抛下他的船员们等死，然后追了上去。我跟在他身后，朝着岬角上的那座哨塔跑去。

"嘿，是谁在追我？"他喊道，"是来纠缠我的幽灵吗？还是被我送进地狱的什么人爬回来找我报仇？"

"不，黑色准男爵罗伯茨，"我大喊着回答，"是我，爱德华·肯威，前来阻止你的恐怖统治！"

他跑进哨塔，爬上梯子。我跟着他爬到塔顶，只见罗伯茨站在边缘处，背后就是悬崖。如果他跳下去，我就找不到那只头骨了。我无法承担那样的后果。

他晃了晃握着火把的那条手臂。他在发信号——对什么发信号？

"我可不会在你占尽优势的时候跟你打，小子。"他喘着粗气说。

他垂低了火把。

他就要跳下去了。

我迈步向前，想要抓住他，可他已经跳了下去。我趴在边缘，朝下看去，看到了我先前没能发现的东西——黑色准男爵早就知道，所以他才会发信号。

那是皇家财富号，在甲板上提灯的光线里，我看到罗伯茨落在了甲板上，正拍着身上的灰尘，又抬头看向我趴着的地方。他的手下围绕在他身边，下一瞬间，我连忙向后退去，因为他们手里的滑膛枪开了火，铅弹开始砸进我周围的峭壁里。

就在不远处，我看到寒鸦号及时赶来。好小伙子们。我拿起那支火把，开始朝他们发出信号，很快他们就靠近过来，我甚至能看到舵轮处的安妮，她的头发在风中飘舞，同时将寒鸦号开到了山崖边，距离足够让我……

跳下去。

追逐开始了。

我们跟着他穿过海岸线上狭窄的岩石通道，一有机会就开炮攻击。他的手下也用火炮朝我们还击，而我的手下则在接近时用滑膛枪和榴弹攻击。

接着——"有船帆！"——英国海军战舰燕子号出现了，惊恐过后，我才意识到，它的目的是罗伯茨。这条火力强劲的战舰无疑受够了黑色准男爵的所作所为。它也是来追赶罗伯茨的。

就这样把罗伯茨交给他们？不。我不能允许他们击沉财富号。罗伯茨把观象头骨带在身边。我不能冒这个险：它也许会沉入海底，从此不见天日。

"我需要得到那条船上的某样东西，"我告诉安妮，"我必须亲自登上那条船。"

在那个早上，炮声隆隆不绝，三条船展开了激战。寒鸦号和燕子号有共同的敌人，但也并非盟友。我们承受着来自双方的炮火，英国人把我们的舷缘打得千疮百孔，更几乎打断了横桅索。我下令要安妮迅速转向离开。

我则跳下船，开始游泳。

要从一条船游到另一条船并不简单，尤其是两条船正在交火的情况下。但话说回来，像我这样意志坚定的人也寥寥可数。黎明时的昏暗光线为我提供了掩护，更别提财富号的船员早就无暇旁顾了。我爬上甲板，看到船上一片混乱。我在他们毫无察觉下便溜了进去。

一路上，我解决了不少敌人，在找到黑色准男爵之前，我割开了大副的喉咙，又杀掉了军需官。黑色准男爵转身面对我，手里握着他的弯刀。我几乎有些愉快地发现，他换了身打扮。面对那些英国人，他穿上了最好的衣服：深红色的马甲和长裤，装饰着一根红羽毛的帽子，挂在肩头的丝质枪带里插着两把手枪。但他的那双眼睛一如既往。那双黑色的眸子显然映照出了他黑暗腐化的灵魂。

我们开始搏斗，但这场搏斗一点也不精彩。黑色准男爵罗伯茨残酷、狡猾而又睿智——如果睿智真能在如此泯灭人性的灵魂中存在的话。但他并不擅长剑术。

"看在上帝的分上,"我们搏斗的时候,他大喊道,"爱德华·肯威。你对我的关注真让我受宠若惊啊!"

我可不打算跟他讲客套话。我无情地攻击着,但并不是因为相信自己的剑术——那样一来,我就变回了那个傲慢自大的爱德华·肯威——而是相信我会获胜。事实也是如此。最后他倒在地上,拖着我刺进他身体的剑刃,让我也蹲伏在地。

他面露微笑,手指伸向刺进他胸膛的那把袖剑。"人生苦短,及时行乐,正如我所说的,"他说,"我真是太了解自己了。"他又笑了几声,目光看向了我。"你呢,爱德华?你找到你寻求的安宁了吗?"

"我可不会那么好高骛远,"我告诉他,"谁又会知道,在战争和战争之间的,究竟是和平和安宁,还是困惑与混乱?"

他面露惊讶,仿佛没想到我除了对黄金和美酒的渴望以外还会思考别的事。在巴塞洛缪·罗伯茨人生最后的时刻,他目睹了我的改变,也知道我杀死他并非出于贪婪的驱使,而是某种更高贵的目的。

"你成了禁欲主义者了,"他大笑起来,"或许我误解你了。你对她说不定还有些用处。"

"她?"我大惑不解地问,"你在说什么人?"

"噢……她在等待。在墓穴里等待。我本希望能找到她,再见她一面。我本希望能开启那座神庙的门,听她再次念出我的名字。埃塔……"

胡言乱语。又是胡言乱语。

"说人话,老兄。"

"我出生得太早,就像先前的许多个那样。"

"那装置在哪儿,罗伯茨?"我有些受够了——受够了他直到最后都挂在嘴边的谜语。

他从衣服里拿出头骨,用颤抖的手指递给了我。

"毁掉这具身体,爱德华。"他说。我接过头骨,看到他的最后一丝生命也渐渐流逝。"圣殿骑士团……如果他们得到我的身体……"

他死了。我把他的尸体抛下船去,看着它沉入海底,但这不是为了他,也不是为了他灵魂的安宁。因为这么一来,圣殿骑士团就找不到他的身体了。无论这位圣贤是什么人——或者说什么东西——他的身体的最好归宿就是深海之底。

现在,大团长托雷斯,我该去找你了。

第六十四章

几天前,当我来到哈瓦那的时候,发现这座城市正处在高度警戒之中。看起来,托雷斯听说了我即将赶来的消息,决定确保万全:士兵们在街道上巡逻,市民们遭到搜身,并被迫露出面孔,托雷斯自己则藏了起来——当然,是在他可靠的保镖鲨鱼的陪同下。

我使用了观象头骨。在刺客分部负责人罗娜·丁斯莫尔警惕的注视下,我一只手拿着托雷斯的血样,另一只手拿起了头骨。我不禁思索:我在她眼里是什么样子?像个疯子?魔法师?还是运用远古科技的人?

"通过总督的血液,我们可以用他的双眼去看。"我告诉她。

她看起来既好奇又怀疑。毕竟,连我自己也不能确定。我在观象台见过它的功用,那些影像却是罗伯茨在那个房间里弄出来的。我现在尝试的完全是种新事物。

我其实没必要担心。容器里血液的红色似乎充斥了头骨内部,随后整个头骨开始发光,眼窝处闪烁着耀眼的深红,它抛光的顶部开始映出影像。我们正透过劳利亚诺·托雷斯总督的双眼去看,而他的眼前是——

"那是……教堂旁边。"她惊奇不已地说。

没过多久,我跟着托雷斯一路前往他的要塞,并在那里落入了陷阱。在途中的某处,有个诱饵接替了托雷斯的位置。也正是那个诱饵等待在要塞的高墙之下,对上我的利刃:那是毫不留情,又一如既往地沉默的鲨鱼。

你本该趁早杀了我的,我心想。与上次他击败我的时候不同,这次和他交手的,是另一个爱德华·肯威。这段时间里,有很多事改变了——我也改变了,而且我有太多的东西要向他证明。

如果他以为能像从前那样轻易击败我,那他肯定失望了。他冲上前来,虚晃一招,然后攻向另一边。但我预料到了他的举动,轻松挡下,又还以颜色,在他的脸颊上留下一道伤口。

鲨鱼没有发出痛呼,他仍旧一声不吭。在那双阴郁的眼睛里,有某种极其不起眼的神色一闪而过,那是我们上次搏斗时从未出现过的。那是恐惧。

这比美酒更令我振奋,于是我再次前进,挥动刀剑。他被迫重心后移,招架着左右两边的攻击,努力在我的攻势中寻找破绽,但一无所获。他那些卫兵去哪儿了?他没让那些人跟来,因为他确信自己可以轻易杀死我。

这真是大错特错,我心里想着,步步紧逼。我向左一闪,又反手挥出弯刀,在他的外衣和腹部割开一道深深的口子,鲜血泉涌而出。

伤势拖慢了他的动作,削弱了他的力气。我任由他冲上前来,愉快地看着他的剑势变得更加杂乱无章，而我继续耍弄着他，留下一道道算不上深，但血淋淋的伤口。我在渐渐将他拖垮。

他更加迟钝，痛楚让他粗心大意。我的弯刀再次刺去，袖剑上挥，陷进了他的腹部。这应该是致命的一击了吧？

他的衣服破破烂烂，沾满血迹。从腹部的伤口流出的鲜血洒落在地，痛楚和疲惫让他步履蹒跚，他沉默地看着我，但眼里满是挫败和气馁。

最后我将他打倒在地，他躺在那儿，宝贵的生命之血不断流失，在无情的哈瓦那烈日之下慢慢死去。我蹲下身子，将袖剑举到他的喉咙边上，准备从下巴刺穿他的大脑，给他一个痛快。

"你曾经把我打得落花流水，而我吸取教训，磨炼自己……"我告诉他，"在你死前，我希望你知道，你跟我的那次搏斗让我从无赖成为了斗士。"

我的袖剑发出模糊的嘎吱声，了结了他的性命。

"加入死者的行列，获得长久的安宁吧。"我告诉他的尸体，然后转身离开。

第六十五章

托雷斯不顾一切地逃跑了。他孤注一掷,决定自己去寻找观象台的所在。

我指挥寒鸦号去追赶他,但一个又一个钟头过去,托雷斯始终不见踪影,我们也越来越接近观象台,这让我的心情更加沉重。他会找到那儿吗?他会不会已经得知它的位置了?他是不是正在严刑拷打某个可怜人?一位刺客组织的人?

我们来到长湾,托雷斯的盖伦帆船就停泊在那儿,还有几条较小的船只停在附近。我们看到了望远镜的闪光,于是我下令左满舵。片刻之后,那条西班牙盖伦帆船打开了舷侧的炮口,炮管微微反射着阳光,随后是一声"砰"和一阵火药的黑烟,炮弹开始砸进我们的船身和周围的水面。

不过就算船长不在,这场战斗也会继续下去。再加上军需官,因为她执意要与我同去。安妮和我一起跳下舷缘,穿过蔚蓝的海水,游到岸边，然后开始了前往观象台的漫长跋涉。

没过多久，我们就遇见了第一批尸体。

正如盖伦帆船上的水手在寒鸦号的猛攻下奋力求生，托雷斯的手下也做了同样的事。他们遭到了守护观象台的土著们的袭击，更高处传来打斗声，以及绝望的叫喊声——那是落在队尾的水手徒劳地想要吓退对手。

"这片土地在王的保护之下。让你们的人退下，不然就得死！"

会死的却是他们。我们在林下灌木间穿行，而我看到不远处的那些水手面对宏伟高大的观象台，又扫视身边长长的野草，露出惊恐而费解的神情——这东西是从哪儿冒出来的？他们也将在惊恐和费解中死去。

观象台的人口躺着更多尸体，但门是开着的，显然有几个人成功进去了。安妮要我进去，她会在门外放哨，于是我第二次踏入了这个古怪而神圣的场所，踏入了这座庞大的神庙。

我走进门里的时候，想起上次来这里的时候，罗伯茨杀死了自己的手下，免得他们看到观象台里的情景而精神错乱。果不其然，就在我进入庞大的门厅时，看到惊恐的西班牙士兵正在尖叫奔逃，他们眼神空洞，就好像体内生命的火花早已熄灭。他们就像行尸走肉。

他们对我视而不见，于是我放过了他们。很好。让他们去吸引外面那些观象台守卫吧。我继续向前，攀上石阶，穿过石室——看到了更多惊恐的士兵——然后朝主控室走去。

我刚走到半路上，观象台突然开始嗡鸣。正是我初次造访时听到的那种令人头骨碎裂的噪音。我开始奔跑，推开一个又一个在疯狂中逃亡的士兵，冲进主控室里，那儿的石头开始从墙壁上崩落，观象台也仿佛随着低沉的嗡鸣而摇晃起来。

托雷斯站在控制台前，努力在喧闹中呼唤他或是早已离开，或是正试图逃跑的卫兵，同时努力与周围正在崩塌的石墙沟通。

"搜索这儿！找到阻止这场疯狂的方法！"他捂住双耳，高声叫喊。他转过身，震惊地看到了我。

"他来了。杀了他！"他指着我大喊大叫，口沫横飞。在他的眼里，我看到了从未见过的神色：恐慌。

"杀了他！"只有两个勇敢却鲁莽的士兵上前来挑战我，在这间摇晃不止、眼看就要坍塌在我们身上的石室里，我迅速解决了他们。最后石室里只剩下我和托雷斯两人。

接着这位圣殿骑士团的大团长扫视房间，看向手下们的尸体，又看回我这边。他眼里的恐慌不见了。他又变回了我记忆里的那个托雷斯，他的脸上没有挫败，没有恐惧，甚至没有对自己死期将至的悲伤。只有狂热。

"我们可以联手，爱德华，"他伸出双手，恳求道，"我们两人可以将权力握在手中，让那些可悲的帝国向我们臣服。"

他摇摇头，仿佛对我很是失望，仿佛我只是他误入歧途的儿子。

不，很抱歉，伙计，但我已经不是过去的我了。我沉默地看着他。

"你很有潜力，爱德华，"他顽固地说，"你又有那么多未竟的心愿。我可以为你展示一些东西——超出你想象限度的秘密。"

不。他和他那伙人除了压抑我的自由，夺走我的朋友们的性命之外，什么都没做过。从那天晚上，将布里斯托尔的那座农庄付之一炬开始，他们带给我的就只有不幸而已。

我刺出袖剑，而他痛呼一身，口中涌出的鲜血沾到了嘴唇上。

"杀死我，你就满意了吗？"他虚弱地问我。

不，还没有。

"我只是在完成工作而已，托雷斯。换作你是我，也会这么做的。"

"恐怕我们已经这么做了，"他勉强开口道，"你已经没有了家人，没有了朋友，没有了未来。你的损失远比我们更大。"

"也许吧，但杀死你就能纠正一个严重的错误——远比我做过的事严重得多的错误。"

"你真的相信这种事？"

"你们想把全人类送进一座干净、安全而又平静的监狱，但那儿无聊至极，更会让人失去全部的活力。所以，没错，从我这些年的所见所闻来判断，我的确相信。"

"你的信心非常坚定，"他说，"这很适合你……"

我仿佛从恍惚中醒来。观象台的噪音，周围石头坠落的响声，四散奔逃的士兵们的尖叫声：这一切都在我和托雷斯对话时化作了背景音，直到他吐出最后一口气，头颅也无力地靠在石头上为止。远处传来了打斗声，有人正在无情地杀死那些士兵，最后安妮、阿德瓦勒和安·塔拜冲进房间。他们手持刀剑，剑刃上沾了血。他们的枪口还在冒烟。

"托雷斯唤醒了观象台的某种机制，"我对安·塔拜说，"我们会有危险吗？"

"我想，只要把装置放回去就好。"他指着头骨说。

安妮正目瞪口呆地扫视周围。即使部分墙面已经崩塌脱落，这里的景象仍然颇为壮观。"你把这地方叫什么？"她充满敬畏地问我。

"肯威船长的愚行。"阿德瓦勒说着，笑着看向我。

"我们会封锁这地方，并且丢弃钥匙，"安·塔拜宣布道，"直到下一位圣贤出现之前，这扇门都会是锁着的。"

"我上次来的时候,这里还有很多容器,"我告诉他,"罗伯茨说,里面装的是古代人的血液。但现在都不见了。"

"那我们就有责任前去寻回,"安·塔拜叹着气说,"赶在圣殿骑士团得知风声之前。你可以和我们一起行动。"

我可以。我可以的。但……

"得等我解决家乡那边的烂摊子之后。"

老刺客点点头,然后像是想起了什么,从长袍里拿出一封信来,递给了我。

"这是上周送到的。"

他们走了,而我读了起来。

我想你知道信里提到了什么消息,对吧,我亲爱的?

第六十六章

1722 年 10 月

我们有充足的理由去庆祝,而且也这么做了。然而,我对世界的认知让我对灌醉自己的行为失去了兴趣,于是我选择让寒鸦号的船员们自行庆祝。他们生起营火,烤了一头猪,又唱又跳,直到筋疲力尽,就这么倒地睡过去。等到醒来,他们就拿起身边的酒瓶,从头开始狂欢。

我则和安妮、阿德瓦勒以及安·塔拜一起坐在自己宅子的阳台上。

"先生们,你们觉得这儿如何?"我问他们。

我提出要把我的家作为他们的基地。

"这儿很合适,"安·塔拜说,"但我们的长期目标必须是分散运作。我们要在我们保护的人们之中生活和劳作,就像阿泰尔·伊本·拉哈德曾经劝告我们的那样。"

"好吧,不过在那之前,这地方随便你们怎么用。"

"爱德华……"

我站起身，正想看向安妮，但阿德瓦勒却开了口。

"什么事？"

"伍兹·罗杰斯船长活下来了，"他告诉我。我咒骂一声，想起当时那些来宾的干扰。"他已经回到了英格兰。他颜面尽失，还欠了一屁股债，但仍旧是我们的威胁。"

"等回去以后，我会完成我的工作的。我向你保证。"

他点点头，我们拥抱道别。然后我来到安妮那边。

我们在沉默中对坐，微笑着聆听那些歌声，最后我开了口："几个月内，我就要去伦敦了。如果你能陪我同去，我会更有信心。"

她大笑起来。"英格兰可是我这样的爱尔兰女人最不该去的地方。"

我点点头。也许这样才是最好的。"你会跟刺客组织一起行动吗？"我问她。

她摇摇头。"不。我的心里可没有那种信念。你呢？"

"总有一天会的，等我的头脑和血液都冷静下来之后。"

就在这时，我听到远处传来一声叫喊，有艘船驶入了这片小海湾。我们面面相觑，心里清楚这条船的到来意味着什么——我和她各自的新生活。我以我的方式爱着她，我想她也爱我，但分别的时刻已经到来，于是我们以一吻作别。

"你是个好男人，爱德华，"安妮说着，双眼闪烁着泪光，"如果你能学会在什么地方安定下来，你也会成为一个好父亲的。"

我告别了她，朝海滩走去，有一条大船停在了码头边。步桥放了下来，船长牵着一个小女孩的手出现在我眼前。那是个漂亮的小女孩，只有九岁大，却散发出比希望更耀眼的光彩。

而且在我看来，你和你母亲简直一模一样。

第六十七章

你就像是缩小版的她。詹妮弗·肯威，我的女儿，虽然我这些年来都一无所知。尽管违背了你外祖父的意愿，你却带着外祖母的祝福踏上了旅途，远渡重洋来见我，只为告知我那个消息。

我的挚爱已经死去。

我有时会想，你看到我没有哭的时候，心里会不会感到奇怪？我也一样，詹妮。我也一样。

在返回的航程中，我开始了解你。但有些事我还不能告诉你，因为我还有必须要做的事。我是不是说到过收拾残局，为我做过的错事负责？噢，残局还没收拾干净。我还有错误要纠正。

我带上几个最信任的船员，驾船去了布里斯托尔。我们艰难地穿越着大西洋，中途在亚速群岛稍事歇息，随后继续航向英格兰群岛和布里斯托尔。航向我的家乡——那个我十年来从未接近过的地方。那个被人警告说永远不要回去的地方。

驶入布里斯托尔海峡的时候,我们降下了寒鸦号的黑旗,仔细叠好,随后小心翼翼地放进我的船舱的箱子里。我们换上的是一面红色的英格兰军旗。它应该至少足以让我们登陆,等到港口官员发现寒鸦号并非海军船舰的时候,我已经上了岸,而我的船也早已驶离岸边。

过了这么久之后,我又一次看到了布里斯托尔的码头,不禁屏住了呼吸。我喜爱金斯敦和哈瓦那,还有我最爱的拿骚。但无论发生过什么——也许正是因为发生的那些事——这儿仍旧是我的家乡。

我走在码头上的时候,人们纷纷好奇地打量我。我的打扮完全不像海盗。也许某些老人还记得我:那些我还是牧羊人的时候和我做过生意的商贩,在酒馆跟我共饮过的酒友——那时的我还成天吹嘘说自己要去海上。他们会嚼起舌根,消息也会不胫而走。但会传到多远的地方呢?我思索起来。会传到马修·黑格和威尔逊耳中吗?会传到埃米特·斯考特那儿吗?他们会不会知道爱德华·肯威回来了,比从前更强壮,更有权势,而且还打算跟他们算算总账?

我在镇上找到了一间寄宿公寓,在那儿休息了一夜。次日早晨,我买了一匹马,给它装上马鞍,骑马去了哈瑟顿,一直骑到我父亲从前的农庄那里。

至于为什么要去那儿,我自己也不太清楚。我想我只是想去看看那儿。于是我就这样盯着它看了很久。我站在大门边的树荫里,凝视着我的故居。当然,它经过了重建,和我长大成人的那栋屋子不怎么相似了。但有样东西还保持原样:那是我和你母亲结婚后住进的外屋,那儿也是她怀上你的地方,詹妮弗。

我策马离开,就在哈瑟顿和布里斯托尔之间的那条令我无比熟悉的道路上,我停在了一个同样熟悉的地方——老橡木棍酒馆。我把马拴在外头,让它有地方喝水,然后走进门里,发现那儿和我印象中一模一样:低矮的天花板,仿佛从墙壁渗出的昏暗。上次我来这儿的时候,杀死了一个人——我杀的第一个人。从那以后,我的刀剑夺走了许多条性命。

未来还会有更多。

酒吧后面,有个五十来岁的女子,她抬起疲倦的面孔,看向走来的我。

"你好啊,母亲。"我说。

第六十八章

她拉着我来到一张靠墙的桌子边上,远离那几个酒客窥探的目光。

"这么说是真的?"她问我。她的长发有了灰白的痕迹。她的面容憔悴而疲惫。自从我上次见她,只不过十年的时光,可她却像是衰老了二三十岁的样子。

这都是我的错。

"你在说什么是真的,母亲?"我小心翼翼地问。

"你是个海盗?"

"不,母亲,我不是海盗。已经不是了。我加入了某个教团。"

"你成了僧侣?"她打量着我的长袍。

"不,母亲,我不是僧侣。不太一样。"

她叹了口气,露出不以为然的表情。在吧台那边,老板正擦拭着酒杯,以老鹰般的锐利目光打量我们。他为她没在干活而恼火,但什么也没说。海盗爱德华·肯威可不好惹。

"所以你决定回来了,是不是?"她对我说,"我也听说了。我听说你昨晚把船开进港口,走下一条闪闪发光的帆船,打扮得活像个国王。大人物爱德华·肯威。这是你一直以来的愿望,不是吗?"

"母亲……"

"这就是你一直在追求的东西,不是吗?你想要离开这儿,发财致富,出人头地,成为优秀的人物,对不对?所以你就要去当海盗,是吗?"她用讥讽的语气说。在我的印象中,我从没见过母亲讥讽过什么人。"他们没绞死你,已经算你走运了。"

如果他们抓到我,恐怕还是会送我上绞架。

"已经不是这样了。我回来就是为了纠正错误的。"

她拉长了脸,就好像吃到了什么恶心的东西。这也是我从没在她脸上见过的表情。"噢,好吧,那你打算怎么做?"

我摆摆手。"首先,我不会让你再在这儿干活了。"

"我想在哪儿工作就在哪儿工作,年轻人,"她不屑地说,"你别想用抢来的金子来打发我。那些金子是你用剑逼着别人交给你的,不是吗?"

"妈,不是这样的。"我低声说着,突然觉得自己仿佛回到了小时候。我不再是海盗爱德华·肯威了。这样的情景跟我想象的完全不同。我以为会有眼泪、拥抱、致歉和承诺。跟这些完全不同。

我身子前倾。"妈,我也不想这样的。"我轻声说道。

她嗤笑起来。"这就是你的问题所在,不是吗,爱德华?你从来都没法满足于现状。"

"不……"我有点儿恼火地说,"我是说……"

"我知道你想说什么。你想说你搞砸了一堆事,然后留下我们来清理你的烂摊子，现在你穿着漂亮的衣服，带着大笔钱财，觉得自己可以回来补偿我。你不比黑格和斯考特那些人好到哪儿去。"

"不，不，不是这样的。"

"我听说你是带着个小女孩一起来的。你女儿？"

"对。"

她抿起嘴唇，点点头，眼里多了些同情。"她把卡罗琳的事告诉你了，是吗？"

我攥紧了拳头。"是的。"

"她应该也告诉你了，卡罗琳得了天花，她父亲拒绝为她提供药物，而她在霍金斯巷的那栋屋子里日渐衰弱，最后死去。她把这些都告诉你了，对吧？"

"是的，妈，她告诉我了。"

她挠挠头，转过目光。"我喜欢卡罗琳。真的很喜欢。她对我来说就像女儿一样，直到她离开为止。"她责备地看了我一眼。意思是这都是我的错。"为了表示敬意，我去参加了她的葬礼。斯考特也去了那儿，他那些朋友——马修·黑格和那个威尔逊也在。他们把我赶了出去。说他们不欢迎我。"

"他们会为此付出代价的，妈妈，"我咬紧牙关说道，"他们会为自己的所作所为付出代价的。"

她匆忙看向我。"噢，是吗？你打算让他们付出什么代价呢，爱德华？跟我说说看吧。你打算杀了他们，是吗？用你的剑？还有手枪？听说他们全都躲起来了。"

"妈妈……"

"究竟有多少人死在你的手上了，嗯？"她问我。

我看着她。答案是不计其数。

我发现她在颤抖。因为愤怒。

"你觉得这样就能让你成为男人,是吗?"她说着,而我知道,她接下来要说的话比任何刀剑更能伤人,"你知道你父亲杀过多少人吗?没有。一个都没有。可作为男人,他比你伟大得多。"

我瑟缩身子。"别这样。我知道我本可以做出不同的选择。我为从前的决定而后悔。但我现在回来了——回来收拾我留下的烂摊子。"

她摇着头。"不,不,你不明白,爱德华。已经没什么烂摊子了。在你离开的时候,才有烂摊子需要收拾,在你父亲和我清理宅子的残骸,试图重新开始的时候,才有烂摊子需要收拾。这让他苍老了很多,爱德华。真的很多。没有人愿意跟我们做生意。你又连一封信都没写来过。甚至连一句话都没有。你的女儿出生,你的父亲死去,可我们伟大的冒险家连个音讯都没有。"

"你不明白。他们威胁过我。他们威胁过你们。他们说如果我回来,他们就会伤害你们。"

她一针见血地说:"你对我们的伤害比他们大多了,我的儿子。现在你又要回来惹麻烦,是吗?"

"有些错误必须纠正。"

她站起身。"别以我的名义。我已经和你毫无瓜葛了。"

她抬高嗓门,把接下来的话说给酒馆里的所有人听。酒馆里的人寥寥无几,但消息很快就会散播出去。

"你们听到了吗?"她大声说道,"我跟他脱离关系了。著名的大海盗爱德华·肯威已经跟我毫无瓜葛了。"

她双手平按在桌上,身子前倾,嘶声说道:"现在给我滚出去,不是我儿子的人。在我把海盗爱德华·肯威的行踪告诉士兵之前,给我滚出去。"

我转身离开，就在返回布里斯托尔那间公寓的路上，我意识到泪水打湿了我的脸颊，我允许自己哭泣，又为一件事而庆幸。庆幸周围没人能看到我的泪水，也没人会听见我的号啕。

第六十九章

没错——他们已经躲了起来,那些罪人。的确,那天晚上还有其他人——包括考博雷一伙人,但我不打算把他们也算在内。杀死听命于人的家伙实在没什么成就感。我想解决的是那些发号施令的人:黑格,斯考特,当然还有多年以前,把圣殿骑士团的徽章印在我脸上的那个人——威尔逊。

那些藏起来不敢见我的人。他们藏匿的事实恰恰证明他们是有罪的。让他们在恐惧中发抖吧。一切顺利的话,今天晚上,斯考特、威尔逊和黑格就会死。

但他们知道我会来,因此我在调查他们的踪迹时必须更加谨慎。次日早晨,当我离开公寓的时候,非常清楚圣殿骑士团的探子正在盯着我。我躲进一间熟悉的酒馆——肯定比跟踪我的人熟悉——然后感激地发现,酒馆后门的厕所还在老地方。

我站在后门边,面对恶臭屏住呼吸,迅速脱掉我的袍子,换上从寒鸦号上拿来的衣服——那是我许多个月前穿的衣服:配有纽扣的长背心,齐膝短裤和白色长袜。穿着这身衣服,我离开酒馆,来到另一条街道上,看起来就像是另一个人,就像是个前往市场的普通商贩。

我找到了她,地点正如我所料。我轻轻晃了晃她手里的篮子,让她知道我在她身后,然后轻声说道:"我收到你的信了。"

"很好。"萝丝说着,头也不回地弯下腰,打量着花儿。她迅速左右张望了一番,随后抽出一条头巾,罩在头上。

"跟我来。"

没过多久,萝丝和我便来到了市场的某个无人角落的荒废马厩边。我瞥了眼那座马厩,突然觉得很是眼熟。多年以前,我就是把自己的马儿存放在这里的。那时候这座马厩还很新,对市场上的人来说也很方便,但在后来的那些年里,市场上的货摊越来越多,入口也搬迁过了,于是这座马厩就遭到了废弃,只适合进行私下碰面,就像现在我们所做的那样。

"你见过小詹妮弗了吧?"她说。

她挪了挪胳膊上的篮子。我在老橡木棍酒馆初次遇见她时,她还是个年轻女孩。十年过后,她仍然年轻,却失去了那种朝气,那种导致她出逃的叛逆气质。这是十年劳作产生的影响。

正如将熄的火堆仍会迸出火花,她从前的性格也没有完全消失,因为她给我送来了一封信,要求和我见面,说她有事要告诉我。我希望,其中就包括她的主子和主子的朋友们的所在位置。

"见过了,"我告诉她,"我见过我女儿了。她正在我的船上,那儿很安全。"

"她的眼睛和你一模一样。"

我点点头。"她也继承了她母亲的美貌。"

"她是个漂亮的女孩儿。我们都非常喜欢她。"

"她是不是很任性?"

萝丝笑了。"噢,没错。卡罗琳小姐去年过世的时候,她就下决心要去见你了。"

"我没想到埃米特竟然会允许。"

萝丝冷笑了一声。"他并不允许,先生。是那个家的女主人安排的。是她和詹妮弗小姐筹划了这件事。他那天早上起来,发现詹妮弗小姐不见踪影的时候,已经来不及了。他很不高兴。他非常不高兴,先生。"

"然后他见了一些人,是吗?"

她看着我。"是的,可以这么说,先生。"

"萝丝,来见他的是谁?"

"黑格少爷……"

"还有威尔逊?"

她点点头。

他们是一伙的。

"他们现在在哪儿?"

"我不太清楚,先生。"她说。

我叹了口气。"如果你没什么能告诉我的,又为什么要找我来?"

她转头看着我。"我是说,我不清楚他们藏在哪儿,先生,但我的确知道今晚斯考特先生计划去哪儿,因为他要我带几件干净衣服到他的办公室去。"

"你是说仓库?"

"是的,先生。"

"他还有生意上的事务要处理,先生。他打算自己到那儿去。他要我等入夜以后过去那儿。"

我用严厉的眼神久久地打量着她。"为什么,萝丝?"我问,"为什么你要帮我这种忙?"

她左顾右盼。"因为你曾经让我避免了比死更可怕的命运。因为卡罗琳爱你。也因为……"

"因为什么?"

"因为那个人眼睁睁看着她死去。他不肯给她需要的药物,也不肯医治斯考特夫人,她们俩当时都病了。斯考特夫人痊愈了,但肯威夫人没能挺过来。"

听到萝丝称呼卡罗琳为"肯威太太",我吃了一惊。已经很久没人这么叫她了。

"他为什么不肯给她们用药?"

"出于自傲,先生。当初是斯考特先生得了天花,但他康复了。他觉得斯考特夫人和肯威夫人也能康复。但当时她的脸上长满了可怕的水泡。噢,先生,你肯定没见过像那样的……"

我抬起手,示意她别再说下去了——我不想破坏卡罗琳在我心目中的形象。

"当时伦敦流行天花,我们认为斯考特先生就是在那儿染上的。就连王室都害怕这种病。"

"你没染上吗?"

她内疚地看着我。"仆人们都接种了疫苗。是大管家安排的。他要我们发誓不说出去。"

我叹了口气。"他做得对,让你避免了可怕的痛苦。"

"先生。"

我看着她。"这么说,就是今晚?"

"是的,先生,就是今晚。"

第七十章

也只能在今晚动手了。

"您是爱德华·肯威吗?"她对我说。

我的女房东——她名叫伊迪丝——敲响了我房间的门,随后站在门口,不愿再向前一步。她的脸毫无血色,嗓音颤抖,手指揉搓着围裙的褶边。

"爱德华·肯威?"我笑着说,"为什么要问我这个,伊迪丝?"

她清了清嗓子。"他们说有个人乘船来了这儿。那个人跟您的打扮很像,先生。他们说那个人是爱德华·肯威,布里斯托尔曾是他的家。"

她的脸颊又恢复了血色,随后红着脸续道:"还有些人说,那个爱德华·肯威回家来是为了报仇的,那些曾与他结怨的人都藏了起来,但其中有权有势的那些动用了关系来对付您——我是说对付……他。"

"我明白了,"我小心翼翼地说,"他们动用了什么样的关系?"

"一队士兵正朝布里斯托尔赶来,先生,他们预计将在今晚抵达。"

"我明白了。而且毫无疑问,他们会直接前往爱德华·肯威下榻的地方,而爱德华·肯威将被迫自卫,随后会有一场血腥的搏斗,不仅会死很多人,还会损坏很多东西,对吗?"

她吞了口口水。"是的,先生。"

"那么你可以放心,伊迪斯,今晚在这儿不会出现那种令人不快的场面。因为我相信爱德华·肯威会确保这一点。请记住一件事,伊迪丝,他的确曾经是个海盗,也做过不少卑鄙的事,但他如今选择了不同的道路。他明白,想要改变看待事物的角度,就必须改变思考的方式,而他已经做出了改变。"

她茫然地看着我。"那太好了,先生。"

"现在我该走了,"我告诉她,"而且肯定不会再回来了。"

"太好了,先生。"

我的床上放着一包我的行李,我拿起来,挂在肩头,然后又改了主意。我挑出了必要的那些东西:头骨和一个小钱袋。我打开钱袋,将一枚金币放进伊迪丝的手里。

"噢,先生,您太慷慨了。"

"非常感谢你的款待,伊迪丝。"我说。

她让到一边。"这儿有后门,先生。"她说。

我在路上走进了一家酒馆,寒鸦号的划手长正在那里等候我的命令。

"伯特威斯尔。"

"我在,先生。"

"今晚让寒鸦号进港。我们要走了。"

"遵命,先生。"

我去了仓库区，穿过后巷，越过屋顶，并且自始自终藏身暗处。

我心里想着：噢，玛丽，要是你能看到现在的我就好了。

斯考特的仓库位于靠近码头的区域，屋顶上方能看到远处船只的桅杆。时间已是夜晚，大部分仓库都空无一人。只有他的仓库还有生命的迹象：点燃的烛台为窄小的装运入口染上了黄色的火光；附近是空无一物的货车，紧闭的门边站着两名守卫。至少不是士兵——他们是不是已经进入这座城镇了？——而是本地的打手，他们摆弄着手里的木棒，多半以为这份活儿很是轻松。他们多半还期待着回头去喝上一杯。

我停留在原地，化作黑暗中的阴影，注视着那扇门。他已经在里面了吗？就在我盘算应该何时出手的时候，萝丝来了。她还戴着早先那条头巾，篮子里装满了为她痛恨的主人埃米特·斯考特准备的衣物。

门边那两个保镖交换了一个猥琐的眼神，然后上前去拦住了她。我贴着旁边那座仓库，凑近到能听清他们说话的位置。

"斯考特先生在这儿吗？"她问。

"噢，"打手之一用浓重的西南诸郡口音说，"这取决于问话的人是谁，不是吗，我亲爱的。"

"我送来了给他的衣服。"

"你就是那个女佣，对吗？"

"没错。"

"噢，他在，你进去吧。"

我离得很近，足以看到他们让到两边，放她进去的时候，她翻了翻白眼。

没错。斯考特就在里面。

在黑暗中，我检查着袖剑的状况。不能操之过急，我心想，不能太快杀他。得在斯考特死前让他说出一些事。

我绕过仓库墙壁的转角,那两个保镖距离我只有几英尺的距离。现在只需要等待合适的出手时——

仓库里传来一声尖叫。是萝丝。没时间等待合适的出手时机了。我跃出黑暗,迅速拉近我和那两个守卫之间的距离,随后弹出袖剑,在萝丝的尖叫声尚未停止之前就割开了第一个守卫的喉咙。另一个守卫咒骂一声,木棒朝我挥来,但我抓住他的那条手臂,将他按在仓库的墙上,袖剑刺进他的背脊,了结了他。他顺着墙壁滑下的时候,我已经蹲伏在仓库的边门外,抬起一只手,推开了门。

我滚进门去,一枚铅弹呼啸着掠过我的头顶。匆匆一瞥之下,我看到仓库里堆放着茶叶箱,以及一座木制台架,办公室的入口就在台架上。

台架上伫立着三个身影,其中之一站在栏杆上,仿佛打算不顾二十英尺的高度,直接跳到地面上。

我躲在一堆板条箱后面,探头窥视,又连忙收回脑袋:另一枚铅弹砸进附近的木箱,木屑撒了我一身。但我这一瞥已经足以证明,没错,高处的台架上的确站着三个人。其中有威尔逊,他正站在那儿,用手枪瞄准我藏身的位置。埃米特·斯考特站在威尔逊的身边,他满头大汗,正用颤抖的手指拼命给另一把手枪装弹,准备递给威尔逊。

萝丝正摇摇晃晃地站在扶手上,面色惊恐。她的嘴在流血。无疑是为了惩罚她的尖叫示警。他们绑住了她的双手,还给她的脖子套上了绳圈。唯一阻止她下坠的,只有威尔逊的另一只手。

如果他放开手,她就会掉下去。

"老实待着别动,肯威,"片刻之后,威尔逊喊道,"否则这个女佣就会因你而死。"

他们会解除我的武器。他们会杀死我,然后因为萝丝的背叛而绞死她。

除非我能想出解决的办法。

我从枪带上抽出一把手枪,检查了铅弹和火药。

"那天晚上就是你,对吗,威尔逊?那个带头的家伙?戴着兜帽的人就是你?"

我必须知道。我必须确定。

"噢,没错。要是我来做决定的话,你那天晚上早就死了。"

我几乎笑了起来。"你错过机会了。"我甚至可以听见自己话语中的寒意。

在栏杆上,萝丝呜咽了几声,但又忍住了。

"现在,把你的袖剑丢出来,肯威。我可没法一直抓牢她。"威尔逊警告道。

"那你呢,埃米特?"我喊道,"你也在场吗?"

"我不在!"他慌慌张张地反驳道。

"但你会为我的死而庆幸,不是吗?"

"你对我来说就像眼中钉肉中刺,肯威。"

"你的傲慢会铸就你的毁灭,斯考特。你的傲慢会毁掉我们所有人。"

"你什么都不懂。"

"我只懂得一件事,那就是你坐视我的挚爱死去。"

"我也爱她。"

"我可不承认那是爱,斯考特。"

"你不会明白的。"

"我只明白,你的野心和对权势的渴望导致了许多人的死。我只明白,现在你该付出代价了。"

我从袍子里取出一把飞刀,在掌中掂量起来。这跟拿树干当靶子的时候可不太一样。

我站起身,朝着这堆木箱的边缘挪去,又深深地、缓缓地吸了几口气。

准备好了吗?我问自己。

好了。

"快点儿,肯威,"威尔逊喊道,"我们可不会等上你一整——"

我从藏身处滚了出来,冲向前去,找到了目标,然后同时开枪和掷出飞刀。

两发两中。埃米特·斯考特向后退去,额头多了个窟窿,他手里的枪落在台架的木板上,而威尔逊则在我的飞刀命中他的肩膀前开了火。他痛呼一声,蹒跚后退,带着嵌进肩头的飞刀靠在办公室的墙上,鲜血涌了出来。他徒劳地把手伸向那第二把手枪。

他这一枪也没有失准。我感觉到铅弹打进了我的肩膀,但我不能让自己因此倒下。我甚至不能让它拖慢我的速度,因为威尔逊放开了萝丝,她坠落下来,正张口尖叫,但枪声的回音和剧烈的痛楚让我没法听见。

她坠落下去,拖动了身后的绳索。我仿佛看到了那幕失败的画面:绷紧的绳索拖住她的身体,也折断了她的脖子。

不。

我飞快地推下一只箱子,然后踩了上去,纵身跃起。我在空中扭转身体,弹出袖剑,随后大吼一声,割断了绳索,又抱住了萝丝的腰。我们俩就这样重重地倒在仓库的石头地板上。

她活下来了。

在我头顶，我听到了威尔逊的咒骂声。我从枪带上抽出第二把手枪，眯起眼睛，透过我头顶那些木板的缝隙，看到灯光一闪，于是开了枪。台架上传来另一声尖叫，然后是他的身体撞进办公室的声音。

我奋力起身。我的伤口传来剧痛，身侧的旧伤也隐隐作痛，让我全身无力。我勉强爬上台架的阶梯，前去追赶威尔逊。我冲进办公室，看到一扇连着阶梯的后门。我站在阶梯顶端，平复呼吸，然后扶着栏杆，扫视着周围的仓库。

人影全无。我只能听到停泊在远处的船只发出的嘎吱声。我集中精神，动用我的感官能力，然后听到了什么。但不是威尔逊的声音。我听到的是朝着码头区域接近的行军步伐。

他们来了。那些士兵来了。

我咒骂了一声，蹒跚地回到仓库里，确认了萝丝的情况。她安然无恙。随后我又折返回去，顺着威尔逊留下的血迹追去。

第七十一章

你安全地待在我的船舱里。我听说你睡着了,因此错过了接下来发生的事。谢天谢地。

我赶到码头,发现威尔逊已经死在了半路上。他的尸体就倒在舷梯的底端。他的面前是一条我见过的船。我上次见到它的时候,它还叫作卡罗琳号,但此后便改了名字,改成了马修·黑格后来娶的那位女子的名字。它现在叫作夏洛特号。

黑格就在船上。他死期将至,虽然他自己还一无所知。在夜晚灰色的阴霾中,我看到几个模糊的人影正来往于船尾舷缘附近。那些是守卫,但这没关系。什么都阻止不了我登上那船。

就算那些守卫看到或是听到了威尔逊倒下的声音,他们也多半以为他只是个醉鬼。如果他们看到我蹲坐在威尔逊身边的样子,多半会觉我也是个醉鬼。他们并不在意。暂时如此。

我沿着码头的护堤飞奔，一路上确认了守卫的数目：总共四人。最后我来到了暂时停泊在这里的寒鸦号。在两条船之前，有一条较小的帆船，用绳索栓在岸上。我解开绳索，推了船尾一把，让它漂离岸边，然后再朝着我的寒鸦号飞奔而去。

"汉利。"我喊着军需官的名字。

"我在，先生。"

"给火炮上膛。"

他正坐在椅子里，双脚搭在放有航海图的桌子上，这时连忙收了下来。"什么？为什么，先生？见鬼，先生，你这是怎么了？"

"被子弹打中了肩膀。"

"你把那些人解决了吗？"

"解决了其中两个。"

"我这就去找医生……"

"别管了，汉利，"我咆哮道，"回头再说。你看，我们右舷有条船，名叫夏洛特号。我要找的第三个人就在上面。准备好右舷的火炮，如果我的计划失败，就把它打沉到水下去。"

我跑向船舱的门，然后停下脚步，忍着疼痛转过头，看向他。"汉利？"

"什么事，先生？"他站了起来，脸上写满了担忧。

"最好把船尾火炮也准备好。让船员们都带上武器。有士兵就要来了。"

"先生？"

我向他投去歉意的目光。

"抓紧时间，汉利。如果一切顺利，我们很快就能离开了。"

他看起来并不放心。他的表情更担忧了。我努力换上信心十足的微笑,又在离开前抽出了门下面的一只楔子。

那条小帆船漂到了海上。我听到夏洛特号的甲板上传来叫喊声:他们看到了这一幕。然后是大笑声。一群蠢货。他们看到的只是笑料,并非危险。我跳下寒鸦号,在码头的石头地板上站稳脚跟,然后穿过最后几码的距离,来到夏洛特号的船尾处。

"我是威尔逊!"我尽可能模仿着死去的威尔逊的声音,同时攀上舷梯。一张欢迎的面孔出现在舷缘上方,我一拳打了过去,随后把他拖过栏杆,丢到下方的地面上。他的尖叫声惊动了第二个人,后者飞奔而来,满以为发生了什么意外——最后他看到了我,还有那把在月色里闪闪发光的袖剑,而我反手一挥,划过他的喉咙。

我没去理睬剩下的两个守卫,而是跑上甲板,朝着船长室奔去。我透过窗户,满意地看到了马修·黑格。他的模样苍老了许多,一副忧心忡忡的样子,正从桌子旁边转身离开。他的记录员跟在他身边。

我扫视周围,只见那两个守卫正大步朝我走来。我拉开了船长室的门。

"你!"我那个对记录员说。

黑格丢下了手里的高脚杯。他们目瞪口呆地看着我。

我冒险回头看了一眼。我咒骂一声,重重地关上客舱的门,把楔子塞进门下,然后转身去对付那两个守卫。

他们本可以趁机逃跑的,他们倒地死去的时候,我告诉自己。是他们自己选择和我搏斗。在我的左边,寒鸦号的火炮甲板的舱口纷纷打开,炮口出现在那里。好小伙子们。我看到甲板上的人挥舞着滑膛枪和刀剑。有人大喊道。"需要帮忙吗,船长?"

不,不需要,我在心中嘀咕了一句,然后转身面对那扇门,拔出楔子,猛地打开了门。"好了,最后一次机会。"我对那个记录员说着,后者纵身扑了过来。

"阿彻!"黑格哀号道,但我充耳不闻。我把阿彻拽出门外,然后重重关上了门,现在房间里只剩下黑格了。

"下船去!"我朝阿彻咆哮道。后者用不着我继续催促,已经手忙脚乱地跑向了船尾。

这时候,我已经能听见士兵们行军的脚步接近码头护堤的声音了。

"柏油!"我对寒鸦号上的船员们大喊,"赶快把装柏油的桶子丢过来!"

他们把一桶柏油从寒鸦号上丢了过来,我拿起桶子,打开桶盖,随后洒在船长室的门边。

"求求你……"我能听到黑格在房间里的声音。他正用力敲打那扇被楔子抵住的门。"求求你……"

我置若罔闻。行军声更接近了。我听到了马蹄声,还有车轮的隆隆声。我瞥了眼码头护堤,以为能看到他们刺刀的刀尖。与此同时,我把第二桶柏油也洒在了甲板上。

这样够了吗?也只能这样了。

这时我看到了他们。看到了出现在护堤顶端的士兵们手里的滑膛枪。与此同时,他们也看到了我,纷纷从肩头取下枪来,开始瞄准。在我这边,寒鸦号的船员也做出了同样的动作,而我抄起一支火把,爬上横索绳梯,一直爬到足够高的位置。我准备丢下火把,随后跳下索具,逃离火海。

我是说,如果那些子弹没有先打中我的话。

然后有人命令道——

"别开枪!"

第七十二章

命令声来自一辆驶上码头的马车,车尚未挺稳,车门便打开了。

车里跳出两个人来:其中一个打扮得像个侍从,正为第二个人安排踏脚处——后者是个高挑瘦削、穿着讲究的绅士。

第三个人出现了。他身材肥胖,戴着长长的白色假发,穿着褶边衬衣、上好的绸缎外衣和长裤。这个人看起来经常享用美食,而且每次都会以波特酒或者白兰地佐餐。

侍从和那个高个子瞪大了眼睛:他们这才意识到有多少枪炮正指着他们。不知是出于意外还是有意为之,他们正置身在对峙的双方中间:士兵们的枪口在这边,寒鸦号的火炮和滑膛枪在另一边,还有我爬在索具上,准备把点燃的火把丢向下方的甲板。

肥胖的绅士动了动嘴巴,仿佛在做开口说话前的准备。他将双手交叉,放在肚子上,跺了跺脚跟,然后朝我喊道:"我有幸见到的可是爱德华·肯威船长?"

"那你又是什么人?"我大喊着回答。

这句话引得码头护堤上的士兵们忍俊不禁。

胖男人笑了笑。

"你真的离开很久了,肯威船长。"

这我承认。

他咂咂嘴,又挤出一个微笑。"那么也难怪您不认识我了。不过我想,您应该听过我的姓氏。我姓沃波尔。罗伯特·沃波尔爵士。我是第一财务大臣、国库总管及下议院领袖。"

我正在思索这头衔有多么振聋发聩,而他肯定是这片土地上最有权势的人之一……就在这时,我想到了沃波尔。这不可能。

他却在连连点头。"是的,没错,肯威船长。邓肯·沃波尔,那个身份和性命都被你取走的人,就是我的堂弟。"

我的身体绷得更紧了。他在玩什么把戏?他身边那个高个子男人又是谁?我突然意识到,他看起来跟马修·黑格有几份相似。那是他的父亲,奥布里·黑格爵士吗?

沃波尔安抚地摆着手。"这没关系。我的堂弟不仅牵涉到让我敬而远之的事务,他还背信弃义,不懂何谓原则。他打算把信任他的那些人的秘密卖给出价最高的人。他光是用着沃波尔的姓氏都让我蒙羞。我想也许在很多方面,你都给我的家族帮了个忙。"

"我明白了,"我喊道,"所以你会才来这儿,是吗?为了感谢我杀了你的堂弟?"

"哦不,不是这么回事。"

"那我究竟何德何能,能让您屈尊来访?如你所见,我还有别的事务要处理。"

我挥舞着手里的火把,让它噼啪作响。从楔子抵住的船长室里,传来黑格奋力敲打房门的声音。除此以外一片寂静,士兵们和水手们紧张地注视着对面的枪口,各自等待着命令。

"噢,肯威船长,只怕您要处理的那些事务正是惊动我们的原因,"沃波尔喊道,"因为我不能允许您照这样行动下去。事实上,我准备要求您把火把丢进海里,立刻从那儿下来。否则,唉,我只能命令士兵朝您开枪了。"

我嗤之以鼻。"你朝我开枪,我的手下就会还击,罗伯特爵士。恐怕就连您自己也会在交火时中弹。更别提您的朋友了——奥布里·黑格爵士,对不对?"

"的确是我,先生,"那高个子走上前来,"我是来为我的儿子求情的。"

他的儿子让他很失望,我看得出来。

"让我看看你的手指。"我要求道。

黑格举起了双手。圣殿骑士戒指在手指上闪闪发光。我的心沉了下去。

"还有你,罗伯特爵士。"

他的双手仍然交叉在肚子上。"你不会看到我手上的戒指的,肯威船长。"

"你为什么会这么想?因为就我所见,圣殿骑士们非常崇尚阶级和地位。我怎么知道在我面前的是不是他们的大团长?"

他笑了。"因为没有什么绝对的权力,肯威船长,而我来此的目的不是为了代表哪一方。我的目的是阻止野蛮的行径。"

我冷笑起来。野蛮的行径?他们烧毁我父母住处那会儿,似乎并不在意自己的行径是否野蛮。罗伯特·沃波尔爵士那时在哪儿?也许是在跟他的圣殿骑士朋友品着波特酒吧?为自己能够不被他们的阴谋牵扯进去而庆幸。当然了,他办得到,他有足够的财富和权力。

船长室里,马修·黑格啜泣呜咽起来。

"我想,你重回故土,为的就是复仇,是吗?"沃波尔喊道。

"我是跟某些人有笔账要算。"

沃波尔点点头。"伍兹·罗杰斯也是其中之一?"

我惊讶地笑了几声。"没错。他也会是其中之一。"

"如果我告诉你,罗杰斯因为欠债正在牢房里受苦呢?如果我告诉你,你给他带来的伤口让他的健康极其堪忧呢?如果我告诉你,他的组织已经跟他撇清关系了,你又会不会改变主意?因为他的脾气,因为他从不间断的贩奴行为。他已经完蛋了,肯威船长。我想,或许你会同意不再追究下去了?"

他说得对。我的刀剑没法再让罗杰斯更加痛苦,反而会帮他解脱。但不管怎么说……

"他不是我眼下关注的对象,"我大喊道,"这份荣幸属于下面船舱里的那个人。"

沃波尔悲伤地笑了笑:"他只是个愚蠢而又浅薄的年轻人,受了别人的影响。你一定要相信我的话,肯威船长,这起事件中的首恶已经死在了你的手里。请你相信,马修眼下蒙受的羞辱,作为惩罚已经足够了。"

我深吸一口气。我想起母亲问我杀过多少人。我想起了黑色准男爵的残酷。我想到了玛丽·里德的活力、阿德瓦勒的勇敢和黑胡子的慷慨。

然后我想到了你。托雷斯说错了,我并不是一无所有。我并不是孤独一人。我还有你。你,闪耀着希望之光的你。

"我要向您做个提议,肯威船长,"沃波尔续道,"我希望您能接受,为这桩令人悲伤的事件拉上帷幕。"

他开始说出他的提议。我侧耳听着。等他说完,我把答复告诉了他,然后丢下了火把。

第七十三章

只不过，我把它丢进了海里。

因为他提出的给我和船员予以的赦免，我看到他们期待地转头看向我，他们都是通缉的要犯，此时却有了重新开始的机会。他的提议给了我们所有人——每一个人——新的生活。

除此以外，沃波尔还给了我们不少好处——财富，还有让我去伦敦做生意的机会。等我最终爬下索具，士兵们纷纷放下了枪，寒鸦号上的船员也放松下来。等马修·黑格离开船长室，跑向他的父亲，又双眼含泪地向我道歉后，沃波尔拉过我的手臂，领着我走到一旁，说起他会在伦敦介绍给我的人：斯蒂芬-奥克利家族，一名律师，还有个姓伯奇的助手会帮助我打理生意。

他向我保证，我的仁慈会得到慷慨的奖赏，但作为报答，我必须成为自己一直期望成为的那种优秀人物。

当然了，这么多年来，我对自己的期望早就水涨船高了。但金钱、生意和在伦敦的住宅都会成为良好的基石，让我能够过上富有的新生活。这的确是良好的基石。

我会利用那儿来打理我的另一桩生意——我的刺客生意。

亲爱的，我们要出发吗？要启航去伦敦吗？

Assassin's Creed: Black Flag
Original Enghish language edition first published by Penguin Books Ltd, London
Copyright © 2013 Ubisoft Entertainment. All rights reserved.
Assassin's Creed, Ubisoft, Ubi.com and the Ubisoft logo are trademarks of Ubisoft Entertainment in the U.S. and/or other countries.
All artworks are the property of Ubisoft.
封底凡无企鹅防伪标识者均属未经授权之非法版本。

图书在版编目（CIP）数据

刺客信条.黑旗／(英)波登著；朱佳文译.－－北京：新星出版社，2015.3（2023.2重印）
ISBN 978-7-5133-1734-4

Ⅰ.①刺… Ⅱ.①波… ②朱… Ⅲ.①长篇小说－英国－现代 Ⅳ.① I561.45

中国版本图书馆 CIP 数据核字（2015）第 016731 号

幻象文库

刺客信条：黑旗

[英] 奥利弗·波登 著　朱佳文 译

策划编辑：陈　曦　贾　骥
责任编辑：汪　欣
特约编辑：王　骏　何　點　夏　青
责任印制：韦　舰
装帧设计：@broussaille 私制

出版发行：新星出版社
出 版 人：马汝军
社　　址：北京市西城区车公庄大街丙3号楼　100044
网　　址：www.newstarpress.com
电　　话：010-88310888
传　　真：010-65270449
法律顾问：北京市岳成律师事务所

读者服务：010-88310811　service@newstarpress.com
邮购地址：北京市西城区车公庄大街丙3号楼　100044

印　刷：北京美图印务有限公司
开　本：910mm×1230mm　1/32
印　张：11.75
字　数：175千字
版　次：2015年3月第一版　2023年2月第二十五次印刷
书　号：ISBN 978-7-5133-1734-4
定　价：38.00元

版权专有，侵权必究；如有质量问题，请与印刷厂联系调换。